有爱的青春陪伴者

星落成海

Xing Luo Cheng Hai

挖坑萝卜 著

孔学堂书局

图书在版编目（CIP）数据

星落成海 / 挖坑萝卜著. — 贵阳：孔学堂书局，2023.2
ISBN 978-7-80770-393-8

Ⅰ.①星… Ⅱ.①挖… Ⅲ.①长篇小说－中国－当代 Ⅳ.①I247.5

中国版本图书馆CIP数据核字（2022）第191726号

星落成海　挖坑萝卜　著
XING LUO CHENG HAI

责任编辑：胡　馨
责任印制：张　莹　刘思妤

出　　品：贵州日报当代融媒体集团
出版发行：孔学堂书局
地　　址：贵阳市乌当区大坡路26号
　　　　　贵阳市花溪区孔学堂中华文化国际研修园1号楼
印　　制：长沙鸿发印务实业有限公司
开　　本：880mm×1230mm　1/32
字　　数：267千字
印　　张：9
版　　次：2023年2月第1版
印　　次：2023年2月第1次
书　　号：ISBN 978-7-80770-393-8
定　　价：39.80元

版权所有　翻印必究

楔子

"我要走了。记住,从今往后,我只是你做的一场梦。"

那个女人转身一跃,钻进了深蓝的大海里。

"梦有什么好记的。"少年孤零零地站在礁石上,浪潮在他脚下拍打着。蔚蓝的海天融成一色,风里传来轮渡遥远的鸣笛。

少年的眼底聚集了孤绝的波光,女人愣了愣,忽然明白这是一场后会无期的分别。

她只好在海里朝他招手,笑道:

"你说得对,过来,让我亲亲你。"

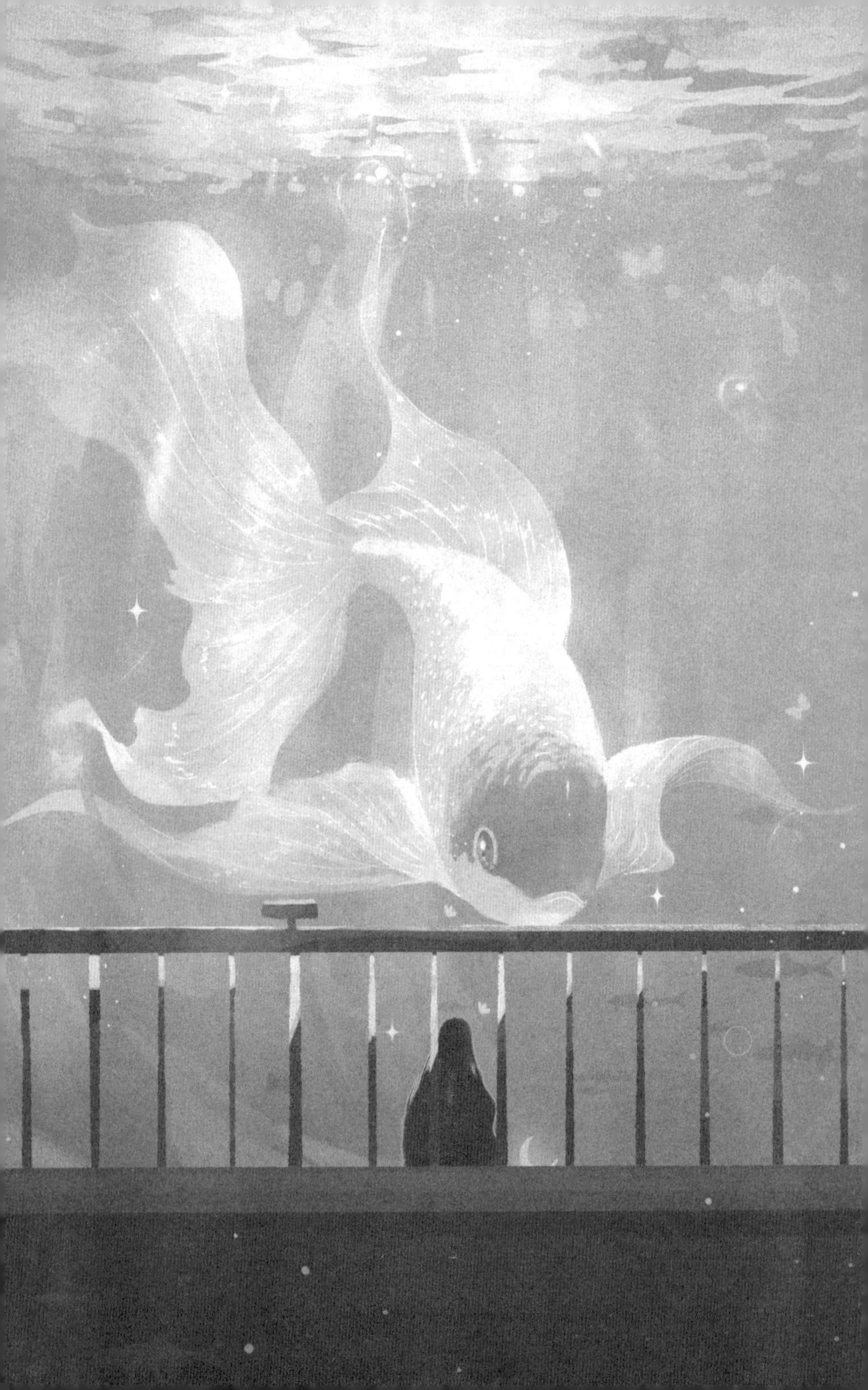

目 录
CONTENTS

第一章　外面的世界很危险　　　　/ 001

第二章　一切为了生存　　　　　　/ 022

第三章　做好事是会遭报应的？　　/ 038

第四章　史上最不靠谱的空降兵　　/ 056

第五章　不善伪装的人鱼　　　　　/ 077

第六章　食物链顶端的男人　　　　/ 104

第七章　时年，十年　　　　　　　/ 112

目 录
CONTENTS

第八章 瓢泼的雨和孤倨的山洪　　　/ 134

第九章 让我抱抱你　　　/ 157

第十章 心动？那是禁忌　　　/ 178

第十一章 指不定我也看上你了呢　　　/ 207

第十二章 经年不忘的梦　　　/ 227

第十三章 汇聚的她　　　/ 245

第十四章 爱情是逃不开的命运　　　/ 263

尾声　　　/ 279

第一章
外面的世界很危险

一、

林闪闪出生的时候是一百三十九岁。

严格来说,她的祖籍并不是地球。

若非祖上飞船故障之时又遭遇地球的磁场异常,她的祖先随着那次人类历史上被称作未解之谜的"大爆炸"掉落地球,至今他们这些后代,可能依旧在太空里逍遥遨游,探索着更高维度的奥秘。

而不是被困在地球上这片小小的海洋之中深居简出,逐渐被人们冠以"人鱼"的称谓,停留在了传说中。

毕竟如今的 21 世纪,世人除了不知道这世界上真有人鱼,他们还不知道的是,人鱼早已在这几千年的时光中,在海洋深处发展出了纷繁的血统旁系和族群势力。

人鱼,成了人类永远无法理解的、神奇的外星生命。

而我们的女主角林闪闪,似乎便是其中的"天命之子"。

身为鲤鱼一族,"寿命赛王八"的说法,并非空穴来风。出生时就有一百三十九岁的她,在人鱼族里,同样也是不可多见的"高龄"。

于是乎一切都是如此地顺理成章,自打林闪闪从一簇鱼卵里钻出来,她便成了人鱼族下一任祭司的最佳候选人。而她的爹妈,产下了这堆鱼卵后,就撒尾一溜欢儿地游走了,让林闪闪成了孤儿。

这就意味着,他们放弃了成为名留千古的历史人物的机会。

要知道,人鱼族祭司是百来年才出一个的鱼族领袖,其肩负着替天行道,啊不,决定着人鱼族的兴衰,有着带领族人走出这蒙昧的地球,回到故土的伟大而光荣的历史使命啊!在他们的世界里要虾有虾,要藻有藻,不缺钱不缺权,最为风光无两!

算了,林闪闪自我安慰不下去了……

回到现实。

撇开这些空话套话,在林闪闪这一百多年的预备祭司生涯里,她要做的其实无外乎成天钻研怎么带领族人避开鲨鱼、发家致富、安居乐业,以及怎么在如今这海洋环境日益恶化、全球变暖导致冰川融化的环境里,寻找到新的栖息地。

回到故土?

算了吧,他们祖辈乘着飞船来的,到他们这一代,他们的科技文明已经退化到连木船都不会造了。

如今林闪闪二十岁了,还剩两年就要到她的十八岁未成年礼了,那时她将正式继任人鱼族祭司。

人鱼为什么会逆生长的这个问题,林闪闪也问过现任祭司。祭司回答她,人鱼本就是高贵的外星生命,他们基因里的DNA序列和表达顺序,当然与地球生命不同。

对整个人鱼族而言,生命是从耄耋之年开始,到花甲,到知天命,再到临近未成年……当他们积攒的阅历化为高山之时,他们生命的活力又恰会化为青似盛夏的树,然后抵达生命里最旺盛的一个巅峰时期。

这是一段必经的生命历程,和人类不同,却如斯美妙。虽然在代代繁衍的历程里,或多或少总会出现那么几个,越年轻,越发不稳重的鱼出来……

他们如今的这位预备祭司，就是其中的典型。

今天的林闪闪也成功地引战了三条鲨鱼。她躺在礁石上，斜着眼睛晒太阳，无聊到誓要和太阳斗狠，看谁是先挂掉的那一条"咸鱼"。

一条绯红亮丽的鱼尾垂在她的腰肢下，她的鳞片在阳光下发出迷人的碎星色泽，鱼尾巴的末端还微微地被烤焦了。

"闪闪，你在这里做什么呀？"

一条琴尾鱼游过来，从水里冒出了半截人身子。

"思考人生。"礁石上的林闪闪回答说。她睁开了一半的眼睛，很快又被刺目的太阳再度照成了死鱼眼。

"听说你又和鲨鱼打架了？大祭司已经下令搬家了,快走吧！"

"我不想搬家。"

林闪闪一动没动，她的嘴里叼着一根被晒干的盐焗海苔，闷声道："我不明白，我们人鱼族为什么到现在都还要怕鲨鱼。"

人鱼在退化，这是毋庸置疑的事实。林闪闪叹："这实在不应该啊。"

"因为我们只是鱼啊。"琴尾鱼歪头。

"我们不是人鱼吗？"林闪闪道。

"有一半人的身体，不是更可口吗？"琴尾鱼愣愣的，"鲨鱼更喜欢。"

林闪闪坐起来，和琴尾鱼面面相觑："可是，和他们打架我赢了啊。"

"你是祭司候选人，你还是锦鲤啊，你以为你是靠实力赢的鲨鱼吗？不，你靠的是运气！"

人鱼族里，每条鱼都有自己的特殊能力，这在人类的说法里，大概就叫作"异能"。比如林闪闪，身为一条锦鲤，她的能力便是"运气"。

林闪闪撇嘴，她觉得现任祭司大人就是太小心翼翼了，近年来但凡有点风吹草动，祭司大人就组织搬家。

"那就当是这样好了。等我继任了祭司，我才不怕，我会保护你们。鲨鱼什么的,来一条,我剖一条,来两条,我——"

琴尾鱼:"大祭司说,这次是虎鲸,不久就会来一群。"

林闪闪的豪言壮语还未放完,她就静默地卡住了,下一秒,她便以一个优美而不失仓皇的姿势一头扎入水里。

"你怎么不早说,走走走,溜了溜了!"

这已经是今年的第三次迁徙。面对日益恶劣的海洋环境,人鱼族不得不召开代表会议,商议接下来的迁徙之地。

去过了极地的冰川,去过了大洋深处的荒贝岛,去过深海,去过赤道,一直"水深火热"的生活,他们都倦怠了。

忽然有人提议:"要不……咱们去浅水域看看吧?"

明眼的鱼都看得出来,这是有人要拍林闪闪的马屁了。

——众所周知,林闪闪是条绯红色的锦鲤,是不折不扣的淡水系人鱼。

虽然人鱼强悍的基因赋予了他们在任何水域都能生存的能力,但一条外显基因为淡水系的人鱼,在淡水中绝对更具王者风采!

但当即有鱼站出来反对:"不行,不行,浅水域太靠近陆地,会被人类发现的。人类制造了很多海洋垃圾,从那些被海洋垃圾划破肚皮的老海龟、活活缠死的鲸鱼尸体来看,人类世界很危险!"

他们已经退出人类历史舞台很多很多年,若贸然出现,谁知道他们会被那群"魔鬼"清蒸还是红烧?

但浅水域并不是全无好处,至少,不会再面临深海里的那些危险。

两拨鱼一番唇枪舌战,口水横飞,争执不下。

最后,那位已经四岁高龄的大祭司控制了会议势态,他奶声奶气地喊了声"停"后,把目光投向了焦点人物——漫不经心的林闪闪:"你觉得呢,闪闪?"

林闪闪猛地从睡梦中惊醒——众所周知,鱼在水里睡觉时是喜欢睁着眼的。她抹一把嘴,下意识地鼓掌,整个动作如行云流水般自然:"好,我觉得这样非常好,特别好!"

众人一怔。

由于无法确认他们未来的祭司是否在睡觉,林闪闪的回答最后被记为一票支持票。

就这样,林闪闪稀里糊涂地接受征召,开始去浅水域探路——这便是故事的起点。

临行前,大祭司取下了他脖子上的一串项链,让林闪闪蹲下,给她戴上:"毕竟是浅海,我放心不下。闪闪,你的能力过于特殊,每次使用总会需要付出一些代价……你戴上人鱼之泪,它能帮你消除掉那些'后遗症'。"

四岁的大祭司奶声奶气的,但他的口气陈郁不减。

人鱼之泪项链是由细软的海藻编织而成的,唯有一颗光芒温和、泽如明玉的珠子坠在上面,蓝光闪闪。

大祭司对着林闪闪语重心长地道:"闪闪,外面的世界很危险,你去探路时,可要长个心眼。记住尽量不要靠近人类的那些大船。"

林闪闪把那颗人鱼之泪握在手心,惊喜地打量:"大祭司,你要提前下岗了?"

人鱼之泪是人鱼族祭司的信物,是祭司身份的象征,一代传给一代,这可是个宝贝。

"那登基仪式什么的,不给我弄个吗?"林闪闪捏着他圆嘟嘟的脸蛋,没捏两下就发出一声惨叫——"啊!"

再一次,因为没大没小,林闪闪被德高望重的人鱼族祭司一脚踢进了海里。

祭司深知在人鱼年龄递减的生命里,会有些意志不坚定的鱼,被生理年龄影响心理和行为,变得"为老不尊"。

海风很大,他站在一块礁石上挥动着"奶乎乎"的手臂说:"记住,不要贪玩!"

二、

夜里星光璀璨,可枕海风入眠,"明珠号"游轮正在海面徐徐返航。

从国外到返航入港,一路海鸥相伴,茫茫的海上风景独好。只是海面看太久,也会令人疲倦。尤其是晕船怕颠簸的人,这长途则更是遭罪。

暮色四合,海天融成一色,游轮的每一层都亮起了灯。VIP的左舷甲板上,一个男人却还在海钓。

太阳早已西下,他还戴着阔边渔夫帽和防晒墨镜,船上的灯光斜射在他的鼻梁上,在他的脸上投射下高挺的一片阴影。

海钓椅上的杆很久都没有动静,他也一动不动专注地仰躺着,可能已经睡着。

这个画面整体意境很美,像一幅油画。

——除了站在男人身后的助理小旗打了个哆嗦,她的身影摇摇欲坠。

"冷就进去加件衣服啊。"海钓椅上的男人头也不回地开口道,这句话打破了画面的宁静。

"不是的,哥,我不冷。"小旗头晕眼花地摇摇头,"我就想再进去吃一片晕船药。"

"又没谁拦你。"男人回头,上下打量着她,终于忍不住说,"再说——不是让你自己活动的吗?你晕船干吗不在房间休息?"

"不可以的,哥,贝拉姐说我要时刻跟紧你,你坐轮渡时经常跳海,我得防着你轻生!"小旗摇着头,语气坚定。

男人一时无言以对,拉下一截墨镜,露出黑白分明的瞳仁:"我劝你回船舱休息,少管闲事。"

"我没事的!虽然我是新来的,但我是您的铁粉。既然贝拉姐将这份神圣的工作交给了我,那也就是说,现在能照顾哥哥的只有我了!"

小助理头摇得犹如拨浪鼓:"我一定在你海钓的时候寸步不离,我有一百二十分的信心,能帮你重拾对生命的热情!"

小旗虽然头晕眼花,却仍像打了鸡血。

时年看了她一眼,眼神中透露出一丝不相信。

他重新扭回头:"那你加油。"

"好的,哥!"

又过了几分钟,小旗终于扛不住,开始示弱:"哥,我真的站不住了,哥,咱们进去吧。"

"欸,明天天气如何,适不适合海钓啊?"时年擦着鱼竿,充耳不闻。

小旗急忙掏出手机查询:"明天天气晴,23℃~29℃,温度适中,可以海钓的哥,不过明天这艘邮轮就进港了。"

说完这句,她晕得不行,真快吐了:"现在时间也不早了,晚宴应该要开始了,要不咱们,唔——"她捂住了嘴,腮帮子鼓得像一颗海胆。

"哦,"时年继续擦着鱼竿,无动于衷,"晚宴都有些什么菜品啊?"

小旗握着手机,眼睛瞪得溜圆,时年继续引她说话,她只好用力将嘴里的东西咽了下去:"有……有金枪鱼、帝王蟹、象鼻蚌、海菜、鲜鱼汤……"

"哦,鱼汤啊,我这些天喝腻了,算了。"时年朝她挤眉弄眼,耸一下肩,"夕阳真美,我还是继续海钓吧。"

小旗睁大眼,欲哭无泪。

都说大明星时年私下里脾气怪异、铁面无私,小旗终于略窥一斑。

同一片海域里,海水映照,残阳如血。一条绯红的尾巴正在这片披红染金的海水里时隐时现。

在探路这块,林闪闪是老手了,她信心十足,自认无人能出其右。

她今年二十岁了,要经验有经验,要体力有体力,反应迅捷,速度了得,若想要在水里让她出点什么事,那还真——

还真就出现了!

很久之后,林闪闪回想起这一幕,都觉得人应该戒骄戒躁,业精于勤荒于嬉……否则年少轻狂遭雷劈。

事情是这样的:当时,林闪闪只是在肆意地摆着鱼尾,在海里以 20km/h 的速度不紧不慢地游着，海面上的浪涌如锦缎，海鸥在一片鸣笛声中惊起，而后又扑棱着翅膀转向，画面是如此美好。

意外本不该发生，若不是林闪闪被那阵磅礴厚重的鸣笛声震得头皮发麻，钻出了水面。

恍神的一刻，一道黑影如流光，"咻"地一闪而过，从她的胸口，拽走了那颗珠子。

人鱼之泪！

林闪闪甚至连对方的模样都还没看清，那道黑色的闪电便如开锋的利刃一般，剖开水面，瞬息远离了几十米。

林闪闪一摸胸口，空了。

她当即猛地扎进水里追过去："站住！"

"新任的祭司？警惕性好差。"对方似乎有意戏耍她，时不时和她来个相距二三十米的近距离对话。

听声音对方是个雌体，语气里充满了傲慢。

"怎么回事？"林闪闪看不清那人的相貌，却看清了那条鱼尾通体的黑色，心下凛然，"魔鬼鱼，你们族群，怎么……"

林闪闪讶异得很，时隔多年，深海里的魔鬼鱼，竟然在浅水域再现。

"卷土重来，意外吗？"

那人鱼发出冷静的嘲笑："你们根本不配拥有人鱼之泪，这珠子只有到我们手里，才有真正的未来。不过……你们这届祭司竟然是条鲤鱼？"

对方似乎在上下打量着她，随后发出了啧啧的感叹——"真是一代不如一代啊！"

林闪闪一怔。

魔鬼鱼，又称为线翎电鳗，因为一直不满人鱼族历代消极避世、四处躲闪的生存之道，从人鱼族叛出，自成一脉。千百年间，魔鬼鱼不时来犯，其目的百年如一日——人鱼之泪。

他们生性好战，速度、攻击性都是鱼类里面的佼佼者，在海里，他们素有"黑闪电"之称。

那魔鬼鱼没再和林闪闪周旋,夺了珠子就开溜了。

"给我站住!"而凭空被鄙视,以至颜面无存的林闪闪气鼓鼓追了一两百米,就清楚地知道,自己追不上了。

可她仍然在继续追,并且狠狠地说道:"想抢我的东西?"

开玩笑,她可是锦鲤,她能抓住空气里叫作"运气"的东西。

——而运气的体现就是,当你自己无法强起来的时候,你的对手一定会因为各式各样的原因变弱。

"砰!"

林闪闪的能力发动后,仿佛是命运的安排一般,就在下一秒,因为频频回头取笑林闪闪,魔鬼鱼鬼使神差、"眼"不择路地撞上了一艘大轮渡的吃水壁……她被撞得变回鱼形,晕了过去。

林闪闪能隐约看见她的黑影在水里缓缓下沉。

"哈哈哈!"林闪闪不客气地狂笑,她摆着尾不紧不慢地朝那边游去,"没这个运气,我也不能活这么多年。"

轮渡是陆地人类的东西,没有魔鬼鱼这个意外,她不会靠轮渡这么近。

她下潜得很深,已经超过了人类对水体的肉眼可见度,她有自信自己不会被人类发现。

"看你往哪儿跑!"林闪闪距离那条魔鬼鱼越来越近了。

魔鬼鱼迷迷糊糊地醒了过来,看见林闪闪兴高采烈地朝自己扑了过来,瞬间一激灵。

林闪闪的行动却一滞,像是碰触到了什么东西:"咦?"

水里有什么东西挡住了她的去路,硬硬的,她四下摸摸,网状的……再摸了摸……是渔网!

就在林闪闪意识到那是什么之时,她整个人已经被一股力量往上托了一把,水里的暗潮还涌过来了好多海里的鱼虾,直往她脸上扑。

而魔鬼鱼和她相隔不远,她鬼魅的身影也在水里慌张地盘旋了两圈,忽而她衔住了一个什么东西,在渔网朝那边裹挟而去之前,突兀地直直升天。

"喂……"咕噜噜……

海水进肺,天旋地转之间,林闪闪被一股巨大的力量从水里往上拉扯,巨大的渔网出水的刹那,水声在耳边汹涌,她似乎听见了甲板上隐约的人声。

"收网!收网咯!"

——豪华的旅游型游轮上的厨子,经常会打捞新鲜的海鱼上来,现场做美食,以飨食客。

人类的世界果然危险,堂堂人鱼族的祭司大人,来浅海的第一天,就被人类的渔网捕获,成功沦为新鲜食材了。

三、

甲板上,自诩铁粉,向大明星投诚的小助理晕船晕得不行,嘴巴再次鼓成了海胆。胃里一波汹涌而来,她终于忍不了了,扑向了大明星的鱼桶。

"哇——"

空空如也的红色鱼桶登时满了一小半,彻底断了大明星后续的海钓安排。一阵难言的气味弥散开来,时年被熏得大脑放空了几秒。

而后,他摘下帽子和墨镜。

小旗战战兢兢:"哥哥,哥哥……对不起……"

"喂。"他的声音温柔中带着一丝危险,"小旗,我不想喝汤了,我想喝酒。"

彼时太阳的最后一丝光线已经西沉到了海面之下,他俊逸的五官在余晖里一闪而逝,惊艳了小旗。

"酒?什么酒呀……"小旗缓了缓,呆若木鸡地问。

"你的、断、头、酒。"

夜色彻底笼罩,时年笑了,这个笑容映衬着夜色,让人感觉阴恻恻。

小旗再度一个激灵,强大的求生欲让她飞快地捧起一杯苏打水。

"哥！我错了。你想喝什么汤？罗宋汤怎么样？我给你做，我给你做成吗？"

时年没答话，仍瞪着她。此时此刻，鱼竿动了。

"啊，哥，哥！有鱼！"小旗惊喜地喊。

时年回首一看，鱼竿还真弯了。

"不是吧……"时年喃喃，他的鱼钩上压根儿就没放饵，难道姜太公钓鱼的故事是真的？

好奇之下，他收线，拉竿。

那鱼在将要出水的时候挣扎剧烈，水面隐隐电光攒动。他猛一用力，钓钩出水，空中抛起一条约半米长的黑鱼。那鱼全身漆黑如墨，尾鳍突出如棒状，身上泛着隐隐的电光。

这条鱼出水的刹那，月下水珠四溅，淋了小旗和时年一脸。

居然是条电鳗？

时年愣了愣，喉咙发干。

在这样一个绝美的瞬间，谁也没注意到，那万千颗滚落的水珠里，有一颗淡蓝色的珠子，就那么巧合地落入了那杯苏打水里……

觉得自己空钩钓了这么一条有点厉害的鱼，时年端起那杯苏打水一饮而尽："好像是条电鳗，拿去给后厨吧，看看能不能做。"

"不——"

他咕咚喝水的瞬间，有声变了调的惊呼传来。

时年喉咙被哽了一下："咳——"

他惊吓之余侧眸怒视小旗："你鬼吼鬼叫什么？"

"啊？"

"你刚刚冲我喊什么，不什么啊！不！"时年都想把这个助理揪到海里祭天了。

小旗一脸蒙——自己说话了吗？

小旗盯了濒临暴走却也帅得像画报似的时年好几秒，想到自己的工资攥在这位手里，她决定认错，没喊也是她喊的。

"哥，吓到你喝水是我错了，我说的是，说的是——"

小旗想了想，以一个娇羞的姿态，把那根鱼竿颤颤巍巍地捧给了时年，为爱献出生命又如何：

"抽打我吧，不……不必怜惜我！"

时年一愣。

林闪闪早在渔网上岸的时候，就变成一条鲤鱼混在了鱼群里。

虽然是第一次被捕，但她并没有过分慌张。好歹是混迹海洋多年的人鱼，百年来什么风浪她没见过？

她选择和那群海鱼海虾一起老老实实地躺尸。

渔网的鱼虾被倒入厚实的塑胶大河盆后，便被人端走了，随后渔工分门别类地将她和一群淡水鱼虾放在了供氧的大鱼缸里，就离开了后厨。

不多时，又有人提进来一只小红桶，往一个空置的水缸里倒去。

那水缸里之前什么都没有，也不知道是捕了条什么稀有鱼种哦？林闪闪很沉得住气，在沉住气的同时还不忘胡思乱想。

过了许久，她确定无人进出，才慢慢地化形，爬出了鱼缸。

好巧不巧，之前引林闪闪猜度的大玻璃鱼缸里，也传来"哗啦啦"的水声，随之也跃出一物。

林闪闪在线目睹那条通体漆黑的鱼，学她鲤跃龙门的姿势跃出鱼缸，悍然落地。

"你？！"

林闪闪一声惊呼之下，那家伙显然也愣了。

这还真是……林闪闪当下嘴一咧，笑开了花。一个被渔网活捉，一个咬钓竿逃上了船，还真是"山重水复疑不见，柳暗花明后厨逢"啊！

"咦？"

她摩挲着下巴看那鱼的形态，登时有几分乐不可支："竟然还没化形？"

和人类不同，人鱼族在地球扎根之初的时候，便诞生了三套基本形态：鱼形、人形和人鱼形。幼年时期的人鱼族只拥有基础的鱼形,青年时期则可以化成人鱼,而人形,则是人鱼彻底发育成熟之后,才能变化的形态。

老实讲,她仍然最喜欢人鱼的形态。

人鱼形态在水里行动起来可动可静,可行可停,脸蛋那么漂亮,鱼尾也那么养眼。关键是上半身还有鳞片覆盖,平日里拿海藻叶遮身便是。至于下半身,她是从来不需要"裤子"这种玩意儿的。

"人鱼之泪呢,还来。"

看情况,这鱼肯定还没到化形期,都变不出双腿的。林闪闪觉得自己已经胜券在握。

那鱼却不服输,猛地抽身蹦跶,一下又一下强有力地朝着外厨蹦去。

林闪闪去追,怎奈地面残留着不少鱼虾的黏液,十分湿滑,她脚丫一踩,很快就摔了个大马趴。

"嘶……"

摔在光不溜秋的地面,疼得她眼冒金星,一下没了脾气。而那鱼已经扭腰摆脊地死命蹦跶着,比她还快地蹦出了后厨。

林闪闪倒吸一口凉气,细眉紧皱,好几秒才缓过神来。

外面一阵喧嚣,脚步杂乱,人声此起彼伏:

"鱼跑了,鱼跑了!"

"我的天,那是贵宾客人的,丢了可不好赔啊!"

"快抓住它!"

"是不是那条黑电鳗啊!快去确认一下!"

糟糕,有人朝这边来!

听见声响,林闪闪的骨头还疼着,身体却已经慌乱地从地面爬起来了。她盯着自己这赤身裸体直跺脚,目光四下一扫,最终火急火燎地——锁定了一个装鱼的蛇皮编织袋。

露天做料理的外厨甲板过道上,早就因为一条黑电鳗的出逃,变得热闹不已。

而一位不速之客带着一位长腿美女款款而来，又让这人仰马翻的场景，愈演愈烈——来者正是之前钓到那条黑电鳗的时年。

"先生，您怎么来后厨了？"

自然是来看鱼。

他们的这位贵宾自己来，身边还跟了位腰细腿长的女客人，那女人也精致漂亮，有着成熟的风韵。

众人最直观的感受便是，那两人往这儿一站，就好似哪部的电视剧在这里开拍一样。

"鱼还没开始处理吧？我的一位朋友，她想亲眼看看。"他们的贵宾开口了。

"那鱼……那鱼……"厨师长冷汗直冒地环顾一圈，后厨的人都面面相觑。

厨师长艰难地出声："跑了……"

"跑了？"

时年的脸黑了一大半。

"对……从后厨的鱼缸里，一路蹦出来，蹦到甲板上，躲过所有人，跳海里了。"为了增加可信力，厨师长甚至动用了手脚表演，将过程描述得十分详细。

"噗！"那漂亮的长腿姐姐掩唇直笑，"那可真是一条腰力了得的电鳗啊……"

时年脸再黑一寸，认真重申："我，真的钓到了。"

"好好好，我信还不成吗？"那位漂亮姐姐笑弯了腰，"我信你空鱼钩钓到了一条半米长的电鳗……"

时年的脸全黑了。

那漂亮姐姐趁势往他身上倒："那个跑了没关系，我当下一条好了。"

不能让魔鬼鱼跑了。

林闪闪套着宽大的编织袋，躬着身，没头没脑地从后厨奔出来的时候，正好撞在了那个姐姐笑弯的蛮腰身上。

"砰！"这沉闷的一下，那位漂亮姐姐的笑声戛然而止。

她恍惚觉得自己到了斗牛场，被一头强壮的公牛牛角顶到了肺。下一刻就被这力道掀开，摔到一旁去。

必须要提一下的是，在漂亮姐姐有意无意往时年身上倒的时候，这位人高马大、西装笔挺的男人，是微微地张开了双臂……

于是场面形成了诡异的重合，对着那个男人投怀送抱的人，无缝衔接地变成了……林闪闪。

男人做梦也没想到，他张开双臂，撞进怀里的却是一身的血水和鱼腥。

"滴答，滴答"。

林闪闪身上装过鱼虾的蛇皮编织袋还在有规律地滴着水花。

这直接引来了男人的一阵瞳孔地震。

"啊，抱歉。"林闪闪抬起头，连忙朝着自己抱住的、那个发出一声闷哼的男人出声道歉。

那男人一低眸。

这回轮到林闪闪瞳孔地震，当场石化在原地，她结结巴巴：
"时……时年？"

四、

海上波光粼粼，林闪闪一绺发丝正好被海风吹起。

那一刻的林闪闪有些恍惚，恍惚到有些放空。

她呆呆地看着他，眼睛一眨不眨。

垃圾堆里钻出来的女人，仰着脸脆生生喊了他的名字。对，她的声音就是脆生生的，还带有点细嗓的婉转，很好听。

时年一愣，锁眉打量她，他高高的眉骨中央多出了一条褶。

他寻思了几秒后问道："我们认识吗？"又见她澄棕的瞳仁盯着自己，这种表情他真的见过太多了。

于是，他也回过神来，挑了眉，问："私生饭？"

时间好像过了很久很久……

"你怎么搞到我行程的？"

"撒手，三秒之内给我撒开。私生不是饭。"

"听到了吗？再不撒手，你就等着被抓吧！小旗，过来，帮我按住她。"时年终于采取措施了。

呆滞中，林闪闪总算回过神来。然后，她推开了时年，转身就跑。

她跑了几步却头皮一紧，疼得眼泪直飙。

她回头一看，自己的头发像海藻一样地缠住了对方的衣扣。而与此同时，时年也看见那缕头发在阳光下似乎有股绯色的光泽。

时年一愣。

他抬眸再要看向眼前的女人时，突然眼前一黑——

这一天发生的事对贝拉来说是场灾难。

首先，她看见她手下的宝贝艺人又一次莫名其妙地，没经过她的同意和运作就上了热搜。这些个热搜标题也很劲爆——

#时年在游轮上被"私生饭"扒掉上衣#

#时年腹肌#

#"私生饭"扒完上衣就跑了#

灾难的其实不是这几条热搜又在网上掀起了什么轩然大波，而是有眼尖的网友在现场不那么清晰的路透照里，发现了与时年一起同行的x姓女艺人。

这位女艺人近期正在和时年搭档一部剧，剧里演的姐弟恋，现实生活中她也比时年大了不少。

贝拉看到这张照片后，是真恼火了。

贝拉一通电话拨过去，小旗的耳膜都要被震裂了："把手机给时年！"

手机那头窸窸窣窣，不多时传来一声懒散的应答："干吗？"

"压热搜，话题上到热搜榜的50以内你就提头来见。"

日理万机的经纪人们手上永远都备着两部以上手机，贝拉一边利落地用胖胖的拇指在一部手机上给公关部下达命令，一边则气不打一处来地对着耳机怒道："你都回来四天了，怎么没和我说？！"

"都四天了，我哪里还记得。"对方似乎还在睡觉，声音是刚醒不久的气泡音,但很明显,他的助理应该已经在手机给到他之前,就告诉他情况了。

贝拉:"你是认真的吗,和那女的一起出行?喜欢姐姐型的你也挑个大众口碑好点的啊!"

"我被人扒了衣服,你最先关心的竟然是这个?"

电话那头的时年似乎总有把贝拉气到吐血的本事。

"离那个女的远点。再被拍到一张合照,小旗的实习期不用过了!"

贝拉管不了那么多,手里的口红管子一扣,一直在她脸上鼓鼓捣捣的化妆师感受到了她满身的杀气,赶紧放下眉笔,退了出去。

那边,时年终于醒了,坐起,并且生气了:"贝拉,你威胁我⋯⋯"

"'私生饭'的问题回头再处理,人没伤着就好。好在现在大家也只是在讨论你有几块腹肌。"工作时的贝拉是绝对的女强人,她自顾自地整理了一下形象,假睫毛又因为她的眼部脂肪过厚掉了下来,她便一把撕了。

"回来了就来我这儿,咱们公司作为出品方之一推出的这档新生偶像节目,目前热度不够,正好我刚和平台方聊了聊,咱们商量一下,看怎么把你加进企划,PD(制作人)还是导师——"

回应她的是一声手机挂断的电流音。

得,这下八成请不来这尊大神了,目测这节目要糊了。

很显然,贝拉手底下带过最棘手、最大爷、脾气最坏的艺人的前三里,时年必定有一席之地。

贝拉"啪"地将手机拍回桌面,长叹一声。

外面的场记此时敲门来催:"贝拉老师,出了点问题。"

录制现场。

"贝拉姐,路笙到现在都还没来,刚打了电话确认,她来不了了。她那边⋯⋯你昨晚不让她进食还收了她的手机防止她点外卖,半夜她饿得慌非要下厨,结果把厨房给烧了。"

"人才啊。"贝拉只觉得一盆水把她从头到脚浇了个透心凉。

时年隶属的公司叫作"辉皇娱乐"。此前，某视频平台计划与多家经纪公司联手，打造一个女艺人和练习生同台竞技类的节目，旨在为观众呈现新时代的偶像新面貌，和全新舞台的表达。平台找到他们公司联合出品，公司答应了。

而辉皇娱乐作为提供参赛选手的公司之一，自然也是要输送一些自己手下新鲜的血液进去的。每个经纪人都恨不得名额再多些，贝拉则不然，她的手下就报了一个。

"我就报一个，这一个，将会点燃这个秋冬。"

以贝拉的傲气，她自认自己挑来参加竞技节目的这一个练习生，势必不是凡物。而素来以"眼毒"为名的贝拉，在明星经纪圈里，人送外号"金牌代理人"，她选送过来的选手，也被外界来来回回猜测了不少。

这不，就这里出了问题。

那家伙还没点燃秋冬呢，就先把自家的厨房点燃了……

同公司的经纪人秦芒，带着几个靓丽的女孩打贝拉面前过时，停下来冲她皮笑肉不笑地说："欸，听说你家路笙把厨房炸了来不了啦？啧啧啧，你看你，何必呢？平时苦了孩子，偏不让她吃。"

贝拉想把秦芒的头拧下来。

"节哀。"秦芒塞了包薯片进贝拉怀里，拍拍她肩膀，带着姑娘们扬长而去。

贝拉把薯片捏得粉碎。

所以说，眼"毒"经常伴随着的反噬就是——她手底下带的都是些什么玩意儿啊！

一个动辄甩她脸子，不爱萝莉爱姐姐的御姐癖；一个毫无生活自理能力、死也要下厨房的饕餮饭桶……其余的先按下不表，她花了几个小时化好的"引荐人上台发言"妆，这下也挡不住她垮下来的脸色了。

"这节目明天才录下半场吧？"贝拉深皱着眉头问场记，她还不死心。

"没……改成一天录完了。中场休息三十分钟暂停录制，现在还有二十分钟左右。"

贝拉的心里灰暗不已。

二十分钟,喊路笙赶过来压根儿不够,也就够贝拉去外面抽支烟郁闷了。

下午,雨淅淅沥沥下了会儿,林闪闪躲在一家咖啡店门口的屋檐下,望着银针一般的雨水发呆。

街道上人来人往,路过的人都对她投以好奇的目光。

不为别的,就她那一身蛇皮编织袋,以及蛇皮袋外套着的一件 oversize(特大号)的某品牌西服,就足以吸引眼球。

好在她发呆的时候模样真的很呆。

她一动也不动,和晒太阳的时候一样,甚至带着几分四十五度望天的死鱼眼。让人误以为她是咖啡店外站街模特的同时,也误以为她是个假人。

这已经是林闪闪流落街头的第四天了。

唉——

雨终于停了。林闪闪长叹一口气:"看来他真的不住这里了。"

林闪闪一开腔,便吓坏了把她当雕塑、一直靠在她身上打电话的年轻女人。那女人跳了起来,林闪闪自顾自地拍了拍自己发酸的胳膊,走出屋檐。

几天前,从游轮上逃走的林闪闪拐个弯就跳水走了,谁也不知道她是怎么不见的。她游了不久就上了岸,才上岸不久就遇见有人类工作人员拉着绳子把她往陆上赶,说要涨潮了,海边不准游泳赶紧离开。

"不能下水?"林闪闪问,"那我不上岸还不行吗?"

她掉头往深处游,却被那些人拽住,生拉活拽地拖上了岸:"不要命了啊!上去上去,台风要来了,接下来几个月,都不准下海!"

林闪闪就这样被人拖上了岸,并且被赶得离海岸远远的。她看见沿着海岸线的好长一段,都张贴着"禁止下水"的告示牌,沿岸还经常有人巡逻。

林闪闪也没见人类这么操作过，只觉得自己被困在陆地上了。

但她是谁？她是任何时候都临危不乱、充满智慧的人鱼族预备祭司！

林闪闪想到的第一件事就是找人。

她要找一个同类。

在她的记忆中，人鱼族长老告诉过她，陆地上有一个地方，万一她流落到陆地遇见困难，可以去这个地方寻求帮助。

她问了一路才问过来，然而所谓的"人鱼族人类驻扎办事处"，早已变成了咖啡馆，她对着咖啡店店长唱人鱼族族歌，对方也没任何反应。她掰着指头数了数，距离长老告诉她这个地址的时间，少说也过了五十年。

这下林闪闪也不知道自己该何去何从了，回不了海里，茫茫人间，她找不到办事处，这会儿她的肚子很饿——一条鱼空腹三四天也是会饿的。

林闪闪忧心忡忡地在街头漫无目的地走着，她的目光扫过一排排林立的高楼，还有造型盘旋迥异的高架桥。

人类的世界，钢筋铁骨，人人行色匆匆。这些和海里流动的液体，以及顺着水流穿梭的鱼群来比，可真不一样。

不动声色地观察了几天，她倒是知道了些人类法则，也没有让自己表现得很奇怪。比如她没有去做在垃圾堆捡衣服啊，去超市拿食物吃啊这类有损身价的事情，她堂堂的人鱼族未来祭司可做不出来这些事。

林闪闪还知道了这里有种必不可少的东西——钱。

知道了钱，这就好办了。林闪闪经过广场，看见一个抱着吉他的歌手在那里开嗓唱歌，而围观的人群中有人把钱放进地上那个琴盒里。

林闪闪站着听了会儿，然后走过去。

"唱得好的话，可以换钱吗？"她径直走过去问那个歌手。

围观的人开始低声耳语，对着这个奇怪的、穿着麻布袋和西装混合体的女人议论纷纷。

那个留着两鬓铲、脑后捆着丸子辫的艺术歌手看到她倒仿佛遇见同道中人,他用极具欣赏眼光地上下打量了她一眼后,似乎很是欣赏她的艺术派穿搭,笑道:"可以啊,要借'麦'吗?"

林闪闪点点头,她知道他说的"麦"是他面前立着,可以把声音放大很多的那个铁架子。

"我唱一首,只拿买面包的钱,其余的都给你。"

"这么自信的?"那年轻歌手吹了声口哨,笑吟吟地做了个"请"的姿势。

那可不?她是人鱼啊,天生的歌姬。

林闪闪握住麦克风,弯起嘴,轻轻一笑。

第二章
一切为了生存

一、

贝拉正在户外靠着墙抽着烟和场记说话。

"姐,你别气,秦芒她就是喜欢给别人心里找不痛快。"

"没事儿。"贝拉紧锁着眉头吐出一个烟圈,把烟蒂摁灭后丢进垃圾桶,"我就是憋屈。我这不是在台上输给她,是我的人还没上台,就废了。"

"您消消火,反正您手上的人在您的带领下怎么都会不错的,不需要靠这节目。"那场记殷勤地为她续上一支新的烟,见贝拉去掏火,又接过她手里的那包碎薯片,"这个我给您扔了吧姐……"

"不用。"深爱膨化食品的贝拉用胳肢窝将那包薯片夹住,她的头一歪,用拇指推开打火机盖,"扔了多可惜,薯片碎泡奶,超好喝。"

贝拉吸第二支烟的时候突然抬起头,她被广场空地那头飘过来的一阵歌声所吸引住了。

她摁灭了烟,走了过去。

人群比开始的时候足足加"厚"了两圈。贝拉用力往里挤了挤,听了十几秒后，贝拉那不甚大的眯缝眼，似亮堂了一瞬，最后，她终于忍不住打开了手机横屏的录像模式。

太奇妙了，站在她面前的那个握着麦唱歌的女孩子简直太奇妙了。

那姑娘一头海藻般的长发，并不柔顺，却很自然随意，在细雨初霁的阳光下，隐约折射出红色的光泽。

她两条腿白皙纤细，光着脚丫，浑身上下笼着一个破烂不堪的编织袋裙，直到膝下。上身又搭着一件价值不菲的西装外套，看起来要多奇怪有多奇怪。

她的五官十分小巧精致，眼睛一睁，便露出一双湛黑湛亮的瞳仁。

但那双眼睛没有过多的眼波流转来让它活灵活现，反而有点钝，有点……懵懂。可就是这样一双眼睛，配着那略微凌乱的头发，却有股说不出的合宜——

像是湿漉漉的晨雾里走出来的麋鹿，又或者闯入人间的、不沾人气儿的女巫。

贝拉几乎在那一秒被击中，心中默默念了句：

"我可不可以把她变成我的艺人？"

在街边啃着面包的林闪闪吃得噎巴巴的，喉咙发干。她这才发现自己失算，她刚才应该再多拿一瓶水的钱。

"咳咳……"林闪闪终究还是噎住了，她掐着喉咙哽住脖子憋得通红。她最爱的面包渣如今成了夺命利器。

突然，一个庞大如山的阴影遮住她面前，胖乎乎的四指握着一瓶苏打水："给。"

事后，林闪闪回忆第一次见到贝拉的时候，总记得那个戴着墨镜、留着利落齐耳短发的女人，逆光如泰山的身影，霸气地把她头顶遮出一片阴影。

贝拉坐在林闪闪旁边，个头几乎是她的两个大。

林闪闪喝了口水说了句谢谢后，接着吃。

贝拉看她吃牛角面包的样子像是刚经历了饥荒，不由得问："这么好吃吗？"

"嗯。"

林闪闪低头啃着面包，回答得含混不清，看得贝拉都有点怀疑，自己到底是不是从没真正体会过面包的美味。

"和我去唱首歌吧，我可以给你很多面包。呃，我是说，感谢费。"这是林闪闪认识贝拉后，贝拉对她说的第三句话。

贝拉从没钓过鱼，但林闪闪从前是那种为了面包屑，能和别的鱼打得头破血流的鱼，所以她几乎没带脑子地上钩了——

一切为了生存。

"好哇。"

林闪闪被拉去了一栋很大的建筑里面。

现场有一处空旷的台子，很多的座位对着它，前面坐了一排拿笔的人，一个或一群女孩子走上去，在上面唱歌跳舞。

贝拉给她换了身衣服，并在她衣服上贴了个号码牌，说："待会儿喊到你名字后，你就上去唱歌，说你来自辉皇娱乐。"

很多的摄像机和灯光亮着，林闪闪出神地望着那些圆圈圈的灯光，竟然生出几分喜欢——那些光亮，好像一个个小太阳。

林闪闪今天第二次开嗓。

开嗓前，台下那坐在一排桌子后的其中一人问她，要唱什么歌曲。

林闪闪眼一瞟，她感觉到台下这个叫作贝拉，答应给她面包的女人好像很喜欢她。林闪闪的表现欲又来了，于是想了想道："嗯，我唱一首……你们应该都听过，但我忘记名字了。"

她唯一会的一首人类的歌曲。

下面的人在笑："好，那你直接唱吧。"

林闪闪沉吟几秒后，闭上了眼睛，缓缓开嗓。

"绿草，苍苍，白露，茫茫，有位佳人，在水一方……"

该怎么形容现场听见的这个歌声呢？

贝拉在台下环抱的双臂缓缓放下，眼睛再一次地一眨不眨，甚至生出了比之前更为强烈的某种"惊艳"的情绪。

那是一种令人人耳即惊艳的嗓音。

不同于刚才在街头听她唱歌的感受，这回她唱的是贝拉听得懂的语言，缓缓的曲调，老旧的歌曲，但她的嗓音婉转、空灵，可以说是惊为天人。

"我一定要把她变成我的艺人！"

这次贝拉的感慨从疑问号变成了感叹号。

林闪闪下场后，贝拉激动地拉住她的手："少女，有没有兴趣做艺人，业内资深经纪人破例当星探，亲自带的那种！"

林闪闪摇头："面包我有了，谢谢。"

"我是谁你知道吗？我手底下带过谁你了解吗？当下最火的那个剧《南亭》，你看过没？那里面的男主角，是我带的。"

"不知道，不了解，我要走了，谢谢。"

这清心寡欲的小样子，更是让贝拉心动。

然而林闪闪还是摇头拒绝，贝拉只好作罢。在林闪闪离去之前，贝拉递给了她一张纸片。

"这是我的名片，上面有我的地址和电话，如果你需要更多面包的话，就来找我！"

二、

半个月后。

林闪闪又一次在人类世界里，见到了时年。她不由得心想——怎么海洋那么大，人类世界却那么小啊？

那天的情形又像是一场逃不开的邂逅，如果非要让林闪闪回答那天的感受，那就是冤家路窄。

那天，在林闪闪为了面包抵达辉皇娱乐的几分钟前，贝拉正坐在办公室的沙发里，她的手里握着一杯可乐，面前摆着炸鸡，她正苦口婆心地和时年分析着参加那个综艺节目的利弊，卖力地策动着时年加入这个在她看来话题度必定很高的偶像竞技节目中。

贝拉的眼光一向很毒，但也有让她无可奈何的硬骨头。

比如此刻电话那头的人还没进入状态，态度十分消极，甚至他的状态还停留在半个月前的那次游轮事故上——

时年："先说你错了。"

"我哪儿错了？"贝拉一愣。

"你威胁我了。"

时年是个标准的天蝎座，贝拉转头就忘的事情，却能让时年半个月对她爱搭不理："你竟然敢拿小助理的去留来威胁我？"

"啊，那事儿啊，我错了！"

贝拉爽快地认错："对不起我错了，还不行吗？大宝贝，小旗那事儿是我当时气急了。你的铁粉反正不会对你不忠的，你看得顺眼就用吧，那孩子的试用期过了，我签字就是。"

贝拉见风转舵的本事用得倒是飞快，道歉起来毫无心理包袱。

"我生气了半个月，你不会现在才知道你错了吧？"

"嗯？你生气了半个月？你这半个月是都在生气吗？"贝拉惊疑。

时年无语。

所以啊，有时候经纪人和艺人之间的伤害是相互给予的。

遇见这种没皮没脸心又大的经纪人，同样也是斤斤计较的时年的"滑铁卢"。

那边贝拉又在重新商量着要他去加盟综艺当PD的事情，这边时年不紧不慢地泊着车，给台阶不下，态度照旧难哄："你再道歉三百遍，我就考——"

这时，贝拉接听了前台的电话："贝总，楼下有个叫林闪闪的女孩子找您。"

"噢哟？来啦！"

贝拉一跃而起，扔了时年的电话，风一般地跑了出去。

时年还没说完的话被晾在了电话空音里。

林闪闪来了，还得到了贝拉的亲自迎接。透明的电梯箱层层往上飞移，隔着玻璃，林闪闪好奇地看着地面的人快速被拉成黑点。

看见贝拉的办公室的格局前,林闪闪倒是没料到贝拉在人类里竟也是个举足轻重的人物。不仅有年轻漂亮的小姑娘给她们端茶送水,而且沿路都有人朝她们点头问好"贝拉姐"。

就在林闪闪的内心惊叹之余,贝拉甚至还邀请她在自己豪华的办公室内,一起吃她最爱的炸鸡。

林闪闪坐在沙发里摆摆手,不想失了自己身为未来一族之长的镇定:"不了……那个,你上次说只要我干吗,就会有很多的面包来着……"

"哈哈哈!"贝拉很快就点了头,扑哧笑开,"你把自己签给我当艺人,平时配合我这边做一些培训啊,演艺类的工作,我给你的报酬够买很多面包,而且远远不止面包。"

"面包就够了。"林闪闪肯定地说。

"可以的,可以的,你爱买啥买啥。"

虽然从未见过如此奇怪的姑娘,但贝拉觉得她的要求真是太容易满足了,她要是个傻子……那得赶紧忽悠着签下!

贝拉想想就兴奋,然后她又想起了什么:"对了,和你说哦,第一期海选的节目已经播出了,你镜头还挺多的,结果公布了,你入围了。"

贝拉一边说着,一边用眼睛上下打量林闪闪,她的语气无不透露着认真:"我本来没想过这事儿,但你如果愿意,咱们就真签了,我送你继续往下走,只要你努力、用心,你的未来肯定不可限量。"

但贝拉打量的结果,依然是有些奇怪的:

工字吊带的亮片连衣裙,粉红的流苏蝴蝶结颈圈,脚上穿一双绑带的过膝高帮白长靴——还是那日她给林闪闪换的衣服,甚至头发上的喷彩,好像也没掉……

贝拉在猜这姑娘到底有多少天没洗头洗澡了。

"演艺?唱歌可以吗?"林闪闪说道,"我只会唱歌。"

"没问题。你一定会是我手上,最火的那个。"

贝拉不是那种觉得奇怪就探究到底的女人,林闪闪的古怪并不会影响她的第一判断。她咬着鸡腿,一手推过来一份合同和一支笔:

"看看，有什么问题可以提，没什么问题就先签字儿。"

林闪闪盯着白纸黑字思忖了会儿。

字不认得，签了就是。

反正到时候她有机会回了海里，他们也抓不到她。

"最火的？贝拉，原来这就是你挂我电话的原因。"

就在林闪闪抓起笔的当口，一个有点耳熟的声音从外面飘了进来，来势不小，咬牙切齿的冷度让林闪闪耳朵竖了起来，起了一个激灵。

不是吧？

很快，那声音的主人走了进来，贝拉咬着的鸡腿当场掉下："大宝贝，你怎么来了？"

当着手里最火"炸子鸡"的面，说另外一个新签的艺人必定最火，贝拉尴尬了，此刻的她仿佛被人赃俱获。

"谁是你大宝贝？"进来的人穿着一身黑，居高临下地看着这个满嘴油腻的女人，"你翅膀硬了，贝拉。"

得，他一生气就喜欢阴阳怪气。

贝拉的一张脸皱成了一个圆润的核桃，一时变幻莫测。

那人兀自冷笑道："看样子你签了个了不得的新人。"

"哪里，哪里……"贝拉努力地挤出几分苦笑，"是还不错，但绝对绝对不如你！时年，时年，我的大宝贝，我刚刚正想挂了电话去找你。"

"是吗？你明明是挂了电话迎新去了。人在哪儿呢？让我也见识见识。"

"那肯定的，见见前辈肯定是要的，就这个……咦，人呢？"

贝拉一转头，却发现她的桌子前空了。

嗯？这办公室也就一个门啊。

贝拉纳闷，前去里面的小套间找人。而林闪闪此时，则在长桌下面飞快地往外爬。直到爬到尽头——

她视野中出现了一双黑色皮鞋。

时年歪着头，他的一双长腿直直堵在桌子前，一只脚尖打着拍子等着她。

林闪闪尴尬地爬了出来，双腿并拢跪在地上。她眼珠左右乱晃没敢抬头，但已经猜到对方居高临下的姿态。林闪闪觉得自己的鱼胆肯定要碎了。

人类世界也太小了吧，怎么这样都能遇到？

"新人？你叫什么？"头顶上的人问，他的声音低沉冷峻，还外带三分挑衅的笑意。

"林闪闪。"

林闪闪被盯到头顶发麻。

"真名？"

"嗯……"

"倒是有意思。"时年问，"就是你顶替了路笙上场？"

"啊？我不清楚……"林闪闪对此一无所知，但她想了想那天的贝拉当时如获救兵的神情后说，"大概是吧。"

"更有意思了。"时年蹲了下来，想到路笙在培训教室里哭得哇哇作响，天塌下来一样的模样，眼前的人却这么一脸不知情，"小姑娘，你知不知道你毁了一个人的前程？"

"我吗？不可能。"

林闪闪下意识地反驳道。她是锦鲤，她永远不可能给任何一个人带来坏运气，毁掉一个人的前程，这点她毋庸置疑。

"呃……"这一抬头，她又对上了那双星星般的眼睛。

他穿了一身黑，很潮的穿搭，能直观地看出他清瘦但挺拔的身形。他的外套上还别着一个很闪的银色小太阳，和他的那双眼睛一样，简洁别致，明亮得耀眼。

他的眼睛是淡棕色的，有光照进来的时候，里面像洒了一把碎金，极为诱人。

就这一眼，已经让林闪闪把贝拉嘴里那个最火剧的男一，以及自己记忆中的面孔，和面前这个男人彻底联系起来——

时年，是如今人类里很火很火的大明星！

两人四目相对时,时年的笑容慢慢变了味儿:"是……你?"

林闪闪飞快地低头捂住脸:"不是我,不是!你认错人了!我们没见过。"

过了好一会儿,林闪闪没听到回应,便张开了一条手指缝。

"嚯!"

时年凑得更近了,他的脸近在眼前。林闪闪吓得瘫坐在地了。

"没见过怎么会认得我?"

林闪闪的头还在拼命往下低,时年摸过桌上的协议,用它抵着林闪闪的下巴往上抬:"我看你可眼熟得紧。"

"你是、是明星,是个人都会认得呀。"林闪闪心虚。

"是吗?你身份证拿来。"时年明显不信,朝她伸出手来。

身份证?那是什么东西?确认身份的吗?

他要她的身份证做什么?

难道……是知道她没有那东西?

林闪闪被迫和他面对面,她的心里一紧,舌头打结:他认出自己来了?

"哎,你在这里啊?"

此时此刻,找了一圈的贝拉看见的却是如此景象。

她欣慰不已:时年都找人要身份证了,看样子他也是一见倾心,心生欢喜了吧?

"哎哟,"贝拉赶紧小跑过去,"时年你瞅瞅,你是不是也觉得挺好?迫不及待地想签她!对对,闪闪,把身份证拿来,签字了我去给你复印下身份证!"

"你还敢签她?"时年转头一瞪。

贝拉愣在原地:"怎么,你不是也在要她身份证?"

当下最尴尬的就是林闪闪了,但她现在只想摆脱这个男人的气场。林闪闪被他的目光紧紧盯住,有种仿佛无所遁形的慌张。

她无奈地跟时年小声商量:"那个,衣服我改天给你送回来?"

"送来干吗,怎么,还想要我签个名?"

— 030 —

时年皮笑肉不笑，冲着贝拉又是一记嘉赏的冷眼："不错的，我的好经纪人，直接帮我抓到那个扒了我衣服的'私生饭'啊。"

贝拉一怔。

林闪闪窘。

误会，误会。她当时在船上，怕被时年认出来，只是想把他的外套掀下来蒙住脑袋就跑，谁想手一快，就连人里面的T恤也扒了……

时年："身份证。"

林闪闪："……没有。"

贝拉急了："怎么了这是，时年你是不是误会了，别吓跑了小姑娘，人不签了啊！"

林闪闪："我不签了。"

贝拉愣怔住。

林闪闪推了时年要跑，时年伸手去抓，却只抓住了她的裙肩飘带。飘带一受力，裙子瞬间松了一侧。林闪闪捂住下滑的带子，回头，时年一惊，立刻松了手。

林闪闪跑了。

但她回头时那避之不及的一眼，弄得时年分外僵硬。

"贝拉，你有没有觉得，这个'私生饭'……好像很怕我？"

"你不是要人家身份证，登记找律师嘛。"贝拉拍了他胳膊一巴掌，追了出去，"管她'私生饭'不'私生饭'，这姑娘绝对是我的。"

"我是说，那种……"空空的办公室里，时年费解地皱眉，他仍然很难形容那种感觉，只用手指在桌面敲了敲，"认得我，看见我很心虚的感觉。"

从他们第一次见面的时候就是这样。

三、

林闪闪慌乱地跑出辉皇娱乐。

她前脚还在思考着自己不找贝拉，接下来的面包如何有着落，后脚就发现有人跟着她，从公司大楼楼下跟到了过河桥。

跟踪者是个戴眼镜的青年，看起来文质彬彬的，很斯文，也不知道为什么要这样气喘吁吁……

废话，当然是因为林闪闪在跑啊！

青年本来在楼下端着杯咖啡，等林闪闪下楼，结果林闪闪下了楼就开始狂奔，像是后头有什么追她似的。青年那伸在半空的手还没来得及打声招呼："林——"

林闪闪就无视门禁闸，双手一撑，从闸上越过去，奔出了公司大门。

于是，青年扔了手里才喝了半口的咖啡，手忙脚乱跟着奔了出来。跟过公司门口的马路，跟过了河，跟下了桥面的石阶……

"喂，你是在跟着我吗？"

一路狂奔的林闪闪终于停下，转头问他。

拜托小姐，这么明显的事，你需要跑了半里路才发觉吗！

过了河有一条公园道，两侧花树紧凑。隐蔽清幽的小道上，青年也懒得发泄情绪，只是推了推眼镜，上下打量她后说："人鱼族？"

"嗯？嗯，你？"林闪闪一愣怔。

"人鱼族人类办事处，顾南烛。"年轻男人不动声色地递给她一颗珍珠，用以告知林闪闪他的人鱼身份以及品种。

这就像是人类社会中的名片，正常情况下，当有鱼主动朝你递出他的珍珠时，那他就是没有恶意的。

因为人鱼的品种并非显性信息。有些心术不正的鱼，甚至会在知晓了别的人鱼的血统和品种之后，利用那些人鱼的特性或者弱点，实施伤害。

林闪闪这才放下心来，同时，也激动不已。

茫茫人海，天可怜见。

当她被贝拉相中拉住，知道自己登台表演的节目可能会被不知名的科技广泛传播，被很多很多人看到时，她就在歌声里，加入了只有人鱼族能听到的次声波频率。

如今，她果然召唤到同伴了。

林闪闪，你真是条聪明的鱼！

找到同类的林闪闪热泪盈眶。

四下无人，她很快就挤出了一滴眼泪，落到手心，如交换定情信物似的交到他手上。

"你好你好，人鱼族锦鲤属，实习中的祭司，林闪闪。"

顾南烛，男，二十六岁，化形完毕，烛光鱼属，目前在人类世界的某个科技博物馆上班。

就在几个小时前，街角某家小资氛围浓郁的咖啡店里，顾南烛正安静地对着自己的笔记本电脑办公，此时咖啡厅的背景音乐里传来一首缓慢悠扬的曲子，正是那首最近从某个节目里翻红的参赛曲目，《在水一方》。

吸引他的不是歌里细软的女声，而是从歌声深处透出来的，某种只有人鱼能感知到的声波频率。

"人鱼？"

当即，顾南烛便阖上了自己的便携式笔记本电脑，不紧不慢地走出咖啡厅，走之前，他尚且没忘端走一杯自己最爱的拿铁。

聪明的顾南烛上网搜了搜，便直接来到了辉皇娱乐的大楼寻人。

顾南烛将林闪闪带回了家，他的住所是市区内的一所小公寓。公寓装潢简洁，但看起来并不随意，是个很有格局的小复式楼。

一个男人居住，难免显得大了点。

他肯定在人类里混得不错，是个富贵人儿，林闪闪心想。倒不是因为这房子宽敞漂亮，而是因为——他的冰箱里塞满了面包。

面包，可是鱼类最爱的食物。

顾南烛到家，先去喂了一下自己鱼缸的鱼，待他转个身回来，却发现林闪闪不见了。

他似乎是个喜怒不形于色的人，林闪闪人不见了他也不喊，先是挨个房间看了一遍。依旧没找到人后，他想了想，打开了家里比人还高的豪华双开门冰箱。

果然，林闪闪钻进了顾南烛家宽敞的冰箱，正在一堆面包里，大快朵颐。

　　"你家真是天堂呀，顾南烛。"林闪闪在一片涂抹了黄油和芝士的面包里，朝顾南烛竖起拇指点赞，"我可以睡在这儿吗？"

　　"我家不缺冻鱼干。"

　　夜晚，顾南烛正在给林闪闪铺床："我只负责收留你一段时日，等海城潮落，你就走。"

　　收留？她还以为顾南烛带她回家只是权宜之计，隔日便会有个组织前呼后拥朝她毕恭毕敬地喊着"祭司大人好，祭司大人辛苦了"，然后给她排忧解难，端面包送海苔，帮助她搜捕恶贼，找回人鱼之泪，回到海里……

　　怎么变成收留一阵子就"您好走不送"了？

　　在林闪闪的印象里，"人类办事处"应该是个组织聚集地啊！

　　自己竟是这般待遇？

　　蒙圈的林闪闪咂舌，疑惑地发出了来自灵魂深处的拷问：

　　"不是办事处吗？怎么就只有你一个办事专员？！"

　　"很久之前办事处是一整个大家族，后来鱼越来越少，只余下我们一家。十年前，我的父母突然不辞而别，现在只剩我。

　　"因为人鱼族的特性，我们很难在同一个地方久待。

　　"所以你在从前的人鱼族办事处的地方，并没有找到我。"

　　顾南烛梳理得还算清楚。

　　"啊，仅存的陆地独苗？那你一个人是怎么长大的？你爸妈呢，出门了就没回来？"

　　"没回。"顾南烛的眼镜在灯光下反射出清冷的光，"鱼类天生就是产下鱼卵后就离开的物种。"

　　话是这么说没错，但林闪闪仍有些震惊。

　　先不说鱼类是个很需要群体的生物，她知道在陆地上，人类是拥有"家庭"概念的，而顾南烛是怎么孤零零一个人过了这么多年？他爹妈为什么没回来？

思索中的林闪闪已经在顾南烛的指示下爬上床，钻进了被子。顾南烛则犹如老妈子一样给她掖好被角。

原来人类是这么睡觉的，还要盖东西，像把自己裹在一个茧里。林闪闪依然瞪着圆溜溜的眼睛盯着顾南烛："那你和我一样，是孤儿啊？"

"不一样。"

顾南烛看了她一眼，把她偷偷藏在被窝里的面包摸了出来，熄灯关门时，他说："你是天生的，而我本可以不是。"

这个陆地仅剩的办事专员的某些怨憝冷漠的情绪，在这一刻，终于透出了几分。

如果世界上有顾南烛怨恨的人，那应该就是他的父母了。

长夜漫漫，林闪闪嘬着手指上残留的面包余香，在黑暗里睁着眼睛感叹。

人鱼之泪现在还不知在何方，岸边涨潮又不能回海里。她原本指望能从人类驻扎办事处这边获取点援助，结果顾南烛却是这里仅存的独苗。

两方多年断联也就罢了，没承想陆地上也仅剩一鱼；仅剩一鱼也就罢了，这同类还对自己不冷不热，仅仅有着身为同类、出于鱼道主义救援的寡淡。

林闪闪说自己十有八九是下任人鱼族祭司，顾南烛的反应是："哦。"然后把所有陈述语调句子里的称呼从"你"改成了"您"，仅此而已。

无论如何，这和林闪闪预想的走向不一样。

难办啊，难办。

身为一条鱼，林闪闪尚未习惯人类世界，但她的好奇心仍然是旺盛的，她已经在一旁接连观察了这个人类办事处的家伙好几天：

顾南烛每天都按时起床、洗漱、吃早餐、出门上班，下午带面包回家，一半给她，一半喂鱼，他自己则端着一杯咖啡慢慢地喝，好像这世界的万物都和他没什么关系。吃完了晚饭他就开始上网研究些她看不懂的资料,然后换上一身白褂,一头扎进阁楼里,直至深夜。

阁楼里是奇奇怪怪的器皿和试验台。

他这模样,还挺像人鱼族谱上记载的那些为了人鱼族复兴的老祖宗呢。

林闪闪凑进去,顾南烛正入神地观察着显微电镜里的生物细胞,手边的记录厚厚一沓。

人鱼族其实都挺聪明的,只要他们愿意,他们就可以在很短的时间内学熟某一领域的东西,比如林闪闪在短短几天就学会了人类这边的文字,因为这是必备技能。

民间流传的吃鱼头变聪明的说法,总有那么几分靠谱的影子。

"这是什么呀?"

她看着那些纸上的符号,妄图和如今活得很有人样的顾南烛建立共同语言。

"基因序列的表达实验结果对比。"

哦,不在她的领域里,换一个。

"那这个呢?"林闪闪又摸着一个黑乎乎的,看起来非常像海底藏宝箱的黑匣子。

"量子纠缠实验盒。"

哦,还是听不懂,打扰了。

林闪闪接触过的外界人类很少,她还以为人人都和顾南烛一样奇奇怪怪,这无疑让她产生了艰涩的处世感,都有点抗拒出门了,于是越发依赖顾南烛。

这不,她又鬼鬼祟祟地在顾南烛的实验室门框边时不时地冒一下头了。

顾南烛头也不抬:"什么事?说。"

"顾南烛,我要到流血期了。"

林闪闪表明来意。

流血期在人类里叫生理期,在海里的时候这是个小问题。于是林闪闪礼貌地问道:"我可以排在你家的浴缸里吗?"

"不行。"顾南烛十分肯定地拒绝了她。

顾南烛是个原则十分强的洁癖,同时也不卑不亢,他绝不会因为林闪闪是祭司,就允许她用他家里仅他自己能用的浴缸。

林闪闪焉头耷脑:"好吧……"

林闪闪来到人类世界里住了几天,吃住的问题暂时解决,顾南烛却以她是短期居留客的理由,不太关注她的生活问题。巧的是,林闪闪比他更不关注,她来的第一天换衣服,就差点拎着他的大裤衩穿在自己身上。

但顾南烛总不能在人间这么久还没点长进,林闪闪刚要走出门,他像是终于想起了什么似的,这才抬头:"你做什么去?"

"我想去我们初遇的那条河……"

既然不让她排浴缸里,那她只有出门去找找其他地方了。

"打住。"顾南烛扶额,想也没想就看穿了林闪闪的心思,"别那么干,人类女性一般是这样解决这件事的,嗯……"

他迟疑片刻后还是放不下自己手里的研究,皱皱眉从口袋里摸出钱夹子:"乘电梯会吧?去楼下最近的超市,和售货员说您要买卫生棉。"

钱!

这是林闪闪来的这几日里,再一次摸到此等珍贵的物件,林闪闪紧紧捂着那个钱夹子,心神荡漾,她的脑子里除了牢牢记住卫生棉,还在暗戳戳地盘算着是不是要在去的路上再问下面包店。

她乖乖地一人出了门。

殊不知,这一出门,便是她厄运的开端……

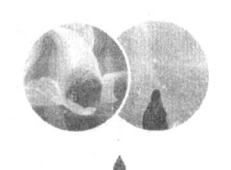

第三章
做好事是会遭报应的？

一、

在海里的时候，林闪闪就是出了名的热心肠，她进可为了漂亮章鱼姐姐硬刚鲨鱼，退可给搬家时嚷着年老体迈的老鱼们当脚夫。她总是那么热心，看见不平事和不幸运的人时，都会出手帮一帮。

一如今日，林闪闪出门买个卫生棉，前前后后做了以下爱心之举：

她先是在楼下看见了一只双腿患有风湿的流浪狗，泪眼汪汪地在垃圾堆徘徊，被垃圾清理员暴力驱逐。她抱起狗子跑了，并摸摸狗头给它加了道祝福，然后在路过一处广场时把它放下。不多时，便有位印堂发亮的小哥哥路过，善心地将那只狗抱走收养。

林闪闪做完这事有点后怕，没了人鱼之泪，没法消解吸收来的霉运，那她自己不会倒霉吧？

她又走了一段，啥事也没有发生。

"欸？"林闪闪乐了，放下心来。

随后，她又碰见了一对正在闹分手的情侣。

"欢欢，你为什么要和我分手？理由呢？"男子拉扯着女子，"房子咱都买了，写的也是你的名儿。我这么爱你，我不接受！"

"你说呢？你玩狼人杀有百分之八十的胜率！"女子声嘶力竭，歇斯底里，"对不起，我才是接受无能的那个，直觉告诉我，你是个可以撒谎不眨眼的渣男！"

男人顿时产生了黑人问号脸，这倒是没什么，主要是他们吵架吵得实在是太认真了，还占据了人行道的大半边，路人只能纷纷侧着身子走。

最后的结局是，女子登上一辆陌生的豪车，被抛弃的男子蹲在路边，抱头痛哭。

林闪闪觉得他怪可怜的，上前安慰他说："别哭啦，失恋没什么大不了的呀。"

"我的房子没了……"男子这才抹了把眼泪，对着林闪闪这个路人诉苦，"她把我的电话和微信全拉黑了，刚和房产公司打电话，房子也被套现了，原来她才是骗子！"

啊……又是一个可怜的人。

林闪闪忍不住拍拍他的肩，说："老天保佑你。"

"小妹，谢谢你。"倾诉完毕，男子的情绪终于缓和了些。

林闪闪："不客气，你也早点回家吧。我想问下你超市怎么走呀？"

然后，那男子给她指了路。

林闪闪说了句"好人有好报"便离开了。离开之时，她背后空气里再度留下了一串无形而绚烂的物质。

于是，那男子在哭够了，转身回家的当口里，赫然发现了那女子掉落的钱包——

钱包里是她和另外一位看起来豪横多金的男子的亲密合影，以及一张贴了密码的银行卡，很明显这是那位豪男送的。

多少钱呢？

男子随后找了个提款机，十几秒后，他捂住脸，喜极而泣："我的房子回来了。"

林闪闪在充分发挥了她的锦鲤气运，做了两件好事后，她终于成功抵达了附近最大的一家连锁超市，进了超市后她直奔护理区而去。

　　超市很大，路过那些应有尽有的货架时，林闪闪突然产生了自己族群只是一群野鱼的想法——难怪顾南烛那家伙没了爹妈也不归族，人类也太幸福了吧！

　　她买了卫生棉，还买到了面包。尽管林闪闪出门一趟，并未发生人鱼之泪找回来这样的幸事，但她还是觉得好快乐。

　　要找到人鱼之泪，需要大气运，她还得再攒攒。

　　林闪闪也不着急，她慢吞吞地拎着两包卫生棉和一购物袋的面包走出超市。这不，她立马就遇上了这一趟出门里，第三件需要伸出援手的事。

　　超市外面不远有条十字路，路口的红绿灯闪闪交错，路上是穿行的车辆，红绿灯下是聚集的行人。

　　林闪闪面前走着一个背着双肩包，长得格外可爱的小男孩，小男孩舔着彩圈波板糖，正优哉游哉地朝路口走去。

　　那孩子大概八九岁的样子，侧面脸庞稚嫩却有着少年老成的淡定，脑袋上戴着有黑猫耳朵的耳机，一只手还酷酷地插在他崭新的卫衣口袋里，像个等待着过马路，马上就要去上班的成年人。

　　直到小男孩的那双扑闪扑闪的大眼睛，发现一个小偷用刀划破了某位大妈的皮包，顺走了她的钱包时，那个看起来圆溜溜的后脑勺才歪了歪，目光直指案发地点。

　　那小偷浑然不觉，在几秒内得逞，马上准备撤走。

　　短短几秒的时间里，林闪闪就见那小孩撇撇嘴，扯住那位大妈道——"妈妈，你的钱包掉了，那位好心的叔叔帮你捡起来啦。"

　　行人纷纷望了过来。

　　小孩奶声奶气的稚嫩嗓音不大不小，他白白嫩嫩的手指所指方向，正是那小偷。

　　大妈外加一群路人顺着小孩所指的方向看了过去。

小偷一怔。

他感觉自己遭遇了职业生涯中的滑铁卢——他竟然被一个小屁孩给摆了一道,这个小孩给他贴上了"好人"的标签。

明明是他偷的,硬被那小孩说成是他帮人捡起来的。

那大妈那样的,能生出这么漂亮的小孩儿?

不能吧?那小男孩刚刚明明是一个人走的。

林闪闪还在纳闷中呢,在众人的注目礼下,小偷只好"善良"地微笑着,咬牙切齿地把钱包"和善"地还了回去,临了还不忘嘱咐:"现在外头小偷猖獗,您下次可千万要当心。"

大妈一顿口头感谢,众人纷纷予以赞赏的眼光。

岂料,未及林闪闪想通这一切,那位大妈拿回了钱包后,竟然顺势蹲在地上摸了摸小男孩的头,说:"儿子真乖,走,咱不去吃冰激凌了啊,先陪妈妈去买个包。"二话不说,拽着小男孩的手腕就走了。

小男孩始料未及。

这、这是什么操作?

那胖乎乎的女人牵住他的细胳膊,不,应该用"牢牢焊住"更为贴切,大力地将他带离了路口,他们的方向不再是过马路,而是沿路走向别处。

走了十来米,大妈眼底的得意再也掩饰不住了。

大妈心想:没想到今儿出门能捡着这么大便宜,一落单小孩,还是自己送她手上来的,哈哈,赚大发了呀赚大发了。

而那小男孩也终于反应过来,开始挣扎:"啊!坏人别扯我!别拉我……救命……叔叔阿姨,她不是我妈妈,她不是我妈妈!"

然而当小男孩意识到这点的时候,已经为时已晚。

小孩在那里哇哇哭着,交通灯下的人却在笑:"这皮孩子,不给吃冰激凌,急了。哈哈哈……"

林闪闪抠着眼角纳闷,怪不得顾南烛说人类的发展比人鱼族的先进很多,因为人类聪明。聪明归聪明,毕竟他们也没少吃鱼头汤,但鱼也没这么顺手拐小孩的啊。

世上之事，就是这么无巧不成书，有了先前剧情铺垫，谁都不以为然。在人群的笑声中，林闪闪成了唯一目睹了完整剧情的人。

眼看那么可爱的小孩要被抓走，热心肠的林闪闪怎能坐视不理呢？

于是，她动手了。

"放开那个小孩！"

只在短短瞬间，林闪闪浑身的气息与周围的磁场展开了肉眼不可见的某种物质交换。而那被聚集的被称作"运气"的东西，无形地以那个小男孩为目标，奔袭而去——

立竿见影的锦鲤祝福开始生效——那位拽着孩子跑了有一段的大妈，踩到了一块香蕉皮，四肢朝天地重重滑倒在地。

"哎哟！"大妈没法跑了，只能在地上哼哧哼哧痛呼。

那小孩飞快地甩开她，也没立刻跑，蹲在地上报仇般地伸出小魔爪揪住了她的肥脸："坏人，坏人，坏死你！"

哦，这个小孩的样子颇有她对战鲨鱼时的模样呢，凶悍，是个苗子。林闪闪一边朝男孩走去，一边投去赞赏的目光，隐隐约约又听到一声暴喝从远处传来："岳牙！你又死哪儿去？"

这男声，颇有几分耳熟……

林闪闪还没回头，蹲在地上的小男孩比她更快地对这个声音做出反应——他一把跳了起来，朝那头重重哼了一声："阴魂不散。"而后双手一拉书包带子，拔腿就跑，径直横穿到了马路上。

"哎，危险啊小孩！"

小男孩逃命般地横穿过马路，却没留意到宽敞的车道上，十几秒的绿灯眨眼已然变红。

他蹿出一两个车宽的距离，便被车流困在了路中间。

"啊！"车道上，小男孩脸上的惊慌刹那滋生。

而后，认为自己可以拯救世界的林闪闪，将袋子一扔，朝小男孩冲了过去，双手一搂将他的头揾进自己腰间，在车流的风声里大声呼喊："小孩不要害怕抱紧我，他们撞不到我！"

二、

刺耳的喇叭声、刹车的摩擦声在马路上连番响起。

林闪闪就这样蹿进马路，抱着一个小孩直挺挺地立在车流里，仗着自己的锦鲤能力岿然不动。此情此景，任谁看了不说一声有病。

车子横七竖八地停下，成功造成一段紧急的交通拥堵。

嘀嘀的汽车鸣笛此起彼伏，有的人打起了交通大队的电话。

这时，有人大步走到马路中间，一手钳住林闪闪的手臂，一手提起岳牙的衣领，又大步将他们带回了路边。

"站马路中间干吗？找死吗？"

很有辨识度的长腿，外加慑人的气场和气急败坏的口吻，林闪闪惊悚抬头，可不正是时年，他出现的地方，好像都会变得金光闪闪。

时年优越的五官此时组成的并非什么愉悦的神情，还好时年的视线第一秒没落在她身上，只拎着小男孩的领子集中火力："呵，又想溜？"

"臭渔夫，你放开我。"岳牙宛如一只炸毛的小猫咪，被人高腿长的时年拎在半空中四肢乱扑腾，"你又不是我爸爸，不要你管我！"

"渔夫"是最近一次热点事件里某些黑粉给时年取的新外号，嘲笑他不好好拍戏，非去海上吹牛，说自己空钩子钓到了电鳗。

"哦？原来你又要去找你爸妈啊，我不管你，他们未必见得管你啊。"时年气结，又笑了，一本正经地冲他"嘘"了一声，"慈爱"地捏捏他鼻子，"我不骗小孩子的，他们真的不要你了。"

时年做起欺负小孩的事来，简直不要太理所当然。那个叫岳牙的小男孩静了几秒，他那双黝黑的葡萄眼迅速蓄水，"哇"的一声惨哭起来："我要告诉贝拉！"

时年不以为意，只在意自己今天一天的时间就耗在"带孩子"这件事上了。面对震天响的哭声，他不痛不痒地掏掏耳朵："是哪个小兔崽子闹着要吃火锅？出来给你买火锅食材你还伺机溜走，被车撞了怎么办？你还告诉贝拉，我才要告诉贝拉，让她给你报培训班！让你做不完十套卷子不许出去玩！"

闻言，自知理亏的小男孩哭得更大声了。

提到被车撞这事，时年好像想起了什么，目光一转，落在那个正悄然开溜的鬼鬼祟祟的背影上。

"站住！"

正准备溜走的林闪闪感觉自己的领子也被揪住了。

时年看清楚林闪闪："又是你？"

"是的呢，真巧。"林闪闪讪笑着回头。

时年取下墨镜，良久，才缓缓摇头惊叹："现在的'私生饭'，已经能做到这种程度了吗？"

林闪闪一愣。

这个问题难倒她了，她也在想陆地到底有多大，是不是连她们去过的某个小群岛的面积都不如？怎么他们在哪儿都能遇上。

时年也是惊叹，怎么就连这种出门买火锅食材的私人活动，她都能把他逮中得明明白白？

时年每次遇见林闪闪，她都是这副躲闪的眉眼，也不吭气儿。

"或许……"良久，时年又眯着眼，微咬着墨镜杆再次猜测，"你上次找贝拉，是想搞到我的行程？"

仔细想了想，他又觉得不可能，贝拉最近因为追丢了这个女人，失落得要发疯。

林闪闪："不是。"

她吞了口唾沫，四下张望，手忙脚乱地拎起地上一个巨大的购物袋："买东西，然后看见小孩帮人贩子，人贩子绑小孩，我去救，就这样。那么……再见！"

她的手指指向自己的购物袋、岳牙和不远处痛哼的大妈，又回到时年手里的岳牙，最后落回自己心口上，她快速做了说明，准备再次溜之大吉。

"站住。"

林闪闪第二次被拉住领子。

时年皮肉都不笑："你编故事呢？"

林闪闪无奈。

"我真的被人抓走啦,哼!"岳牙吵闹了起来,凶巴巴咬他胳膊一口,哭得更大声了,"我被人抓走了,你还凶我,我要水木,我要瑜姨,我要路笙,我要贝拉。"

"嗯?"时年哑然不语,"岳牙,说谎鼻子会变长的哦。"

也是,你要时年怎么相信一个漂亮小孩不过顺手做了件好事,结果好死不死,竟然帮到一人贩子头上,然后被人救了,救他的,还是自己一个很厉害的"私生饭"?

"我没说谎!我就是差点被抓走了!"

"抓去煲汤才好呢……好了,别吵。"时年揉揉眉心,岳牙这孩子还小,脾气又臭还会咬人,但还没学会撒谎。既然他都这么说了,他姑且承认林闪闪做了件好事这个事实。

"那么……"林闪闪小心翼翼地一根一根掰开时年钳制自己领口的手指头,"我可以走了吗?"

"不能。"

时年仍然不解,放下岳牙,一双在阳光下透着琉璃色的眼睛盯着林闪闪:"你真不是'私生饭'?"他总觉得她有些眼熟。

林闪闪一个激灵。

"哪有'私生饭'看见你这么害怕的呀。你自恋、你臭不要脸,我觉得她更像是我的粉丝!"岳牙整理着自己的兜帽,他小小年纪却看出了林闪闪的避之不及,他眨眨眼睛看向林闪闪,"你肯定不是他粉丝,对吧?"

偏偏此时的林闪闪还非常老实巴交地点头,诚心诚意地说:"嗯,真不是。"

时年闭眼,只觉得自己的脑门上有一团黑线在攒动,自己手指头也微微发痒。

好像现在的小孩子这么熊都是有原因的,不是吗?

"还粉丝?你是明星吗?哪儿来的资格有粉丝?你个兔崽子先把考试考及格吧,别成天想着出道了!"

"我不是明星,但我有名呀!"岳牙不服。

因为方才他们闹出的动静,周围已经有不少人围观过来,有人甚至认出了他们。

"哇……时年,是时年!"

"牙牙啊!啊啊啊,是牙牙!"

"那女人是谁……"

……

岳牙不是童星,但他也很有名,有名到路人皆知,这是事实。

岳牙这个破小孩,总是唯恐天下不乱,时年再次感受到了人群聚拢的危机。他心想,此地已经不宜久留。

"林闪闪是吗?"

林闪闪又听见时年在呼唤她,她一抬眼,只见对方俊脸上慢慢朝她浮现出一个意味不明的微笑:"既然不是'私生饭',那就感谢你的见义勇为,希望我们不会再有下次见面。"

老实讲,时年对林闪闪第一印象并不好,这次相遇她带小孩站在马路中间,照旧不好。他感觉林闪闪即使不是"私生饭",肯定也是个脑回路有点问题的女人,这种人就算被贝拉找到,签来又能干吗?

他还是帮贝拉"排雷"吧。

林闪闪此时已经点头如捣蒜:"当然,没有下次了!"

他松开抓着她的手,又重新把岳牙拎了起来:"再见。"

"嗯嗯,再见。"林闪闪求之不得。

但,紧接着……

"等等。"

他一顿,目光扫过林闪闪的购物袋,透明的购物袋里几包卫生棉昭然可见。果不其然,周围有不少的目光聚集在了林闪闪屁股后……

由于林闪闪比时年更快地转身,尴尬的事情就这样被时年发现了——她的牛仔裤后面,红了一大片。短短几秒里,时年不知做何感想。本来拎着岳牙就要撤的人,再一次拎住了林闪闪的衣领子。

"还做啥呀?"

林闪闪苦着脸,声若蚊蝇地回头,她的脸已经皱成了苦瓜。

却见时年飞快地脱下了自己的外套，然后凑近，将外套在她腰间一系——时年突如其来的举动，腰间一紧的林闪闪闻到了他身上的气味，香水里混杂着一丝熟悉的味道，她的瞳仁悄然静滞：

"喂……"

"赶紧回家。"

时年做完这些，看都没看她，只冲她甩下一句话，就在众人的尖叫声里，扛着孩子跑了。很快，不远处的泊车位有辆炫酷的黑色跑车闪电般融入了车海里。

林闪闪呆呆地愣在原地，尚不明白周围的那些女人为何发出尖叫声。

林闪闪的记忆开始遥远地，在脑海另一端浮现。

波光粼粼的海水给礁石铺盖上来自海底的贝壳，泛着淡红色的海水里隐隐透着血腥味儿。

"可恶……"

绯红鱼尾的女人伤痕累累地爬上岸后，忍痛抹去尾巴上的残鳞。

她的伤势很重，她的尾巴却在这种时候隐隐发烫泛着红芒。她仍咬着牙，将一把铜黄的、锈迹斑斑的钥匙扔到少年脚边。

"喂，钥匙我给你捞回来了，我们这里爆发了战争，你赶紧跑吧。"

少年捡起地上的钥匙，他的手腕上锈迹斑斑的铁链在阳光下泛着残光。

"抓我来的是你，关押我的也是你，怎么现在……"

"哪来那么多废话，放你走，你就走。快滚！"

少年没说话，转身离开。

"怎么还不走？"

女人的牙齿打着战，却发现不知何时少年又停下了，他回过头紧紧盯着她的鱼尾。

"别好奇了，要不是有战争，而我现在……哼，算你的运气好。赶紧走！我好了回头可不放你走了。"

每条人鱼都要经历化形期这一不稳定的阶段，在这个阶段里，她们的双腿会时隐时现，化形初生。而当正式化形的那一天，是人鱼一生中最虚弱的时间。

她更糟糕，在人鱼族的战场里，逢上了自己的这一天。

毫无疑问，她现在毫无防御力，这片礁岛不是什么安全的地方，这个少年走后，她极有可能被别的人鱼找到，死在化形的路上。

女人其实没什么力气去找一个更隐蔽点的位置了，她光洁的双腿已经在红芒里若隐若现，豆大的冷汗正从她的额角滑下。

"走啊，再看我挖了你的眼睛！"

她在咸腥海风里半阖上眼，朝少年喊道。

"叮叮当当"锁链响起，少年没说话，消失在海天分界线里，只留给她一个脏兮兮又清瘦的背影。

她终于可以放心地闭上眼，等待双腿化形期最后一次"炼狱"地来临了。

可……他又回来了。

腰间一紧，她混乱地睁眼，少年身上已经仅剩汗衫，他俯身将外套脱下系在了她的腰间，盖住她已经变成赭红的鱼尾，他肌理分明的手臂上还挂着解开一半的锁链。

她的眼睛里有发烫的水汽、天上的云絮、飞翔的海鸥……而少年淡棕如琉璃的眼睛里，只有一个凌乱且绯红的自己。

少年皱着眉，他的模样一如平日里的不耐烦，说："我等你安全了再走。"

那个少年，就是年少的时年。

跑车里，出逃未遂的岳牙哼哼唧唧，被时年扔在后座与一堆食材为伍。

"哼！我不想吃火锅了。"

"呵，不行。"脸上愠色未消的时年露出冷酷的微笑，"一会儿让你水木、让你喻姨、让你贝拉给你煮，你今天必须给我全部吃完。"

三、

林闪闪短暂地发了会儿呆,想起了一些和画面重合的往事。但她仍不明白为什么时年给自己系上外套的时候,周围那群人在尖叫。

然后,她也没明白为什么那些人在时年走后,突然就冲着自己目露精光,扑了上来……

她条件反射本能地拔腿就跑。

在逃跑的路上,她才总算在那些人嘈杂的呼喊里听清了"时年的外套""我老公的外套是我的"诸如此类的混乱的呼喊。

"给你们,给你们,我不要了!"

没想到时年在人类族群里魅力竟如此之大,赛得过她在人鱼族里一呼百应的威望了。

百米开外的林闪闪呼哧呼哧地回头,看着烟尘四起的街道,暗道佩服时年的影响力,她迅速做出反应解下身上的外套,然后——

"砰!"

她撞上了广告杆,摔倒在地,鼻子里流出两行殷红的液体。

没想到做了好事的反噬,来得如此猝不及防。

那群风风火火追来的队伍,也没想到会有这样的转折,望着地面眼冒金星的女人,顿时没人敢轻易上前了:

在线碰瓷儿?谁上去讹谁?

观望几秒,保险起见,那群人若无其事地选择了慢慢作鸟兽散去。

"来个人拉我一把啊……"林闪闪颤颤巍巍地伸出手,但她头顶的上方只剩下朗朗晴空。

可怜的林闪闪,在人间行走了不过一段逛超市的距离,就连番见证了人类世界的冷漠和黑暗。

事情还没有完。

林闪闪挂着两条鼻血在原地醒来,却没有任由自己挂着两条鼻血继续回家。

她自认是条体面的鱼,于是她在小区里拆开了那包卫生棉,抽出了一片擦了擦自己鼻子下的血。

"欸欸，顾南烛！"

她在楼下撒得正欢，几个路过的人对她行着注目礼。顾南烛正下楼扔垃圾，看见她如此，沉默了几秒，装作不认识地快步闪回楼里。

林闪闪赶紧追上去，她也不明白为什么电梯里好几个人，顾南烛却偏偏避嫌感满满地甩开她，她仍自豪满满地说着："卫生棉我买到啦，然后呢？是不是要脱裤子？"

顾南烛无奈。

这祭司莫不是个傻子。

林闪闪活了一百多年，当然不傻。只是人类和人鱼族有太多太多的不一样了，她需要时间去了解，去适应。

倒不是顾南烛没意识到这点，而是林闪闪紧接着倒了更大的霉，没给他时间去慢慢引导。

事情的发展经过是这样的：

林闪闪到家听顾南烛红着老脸跟她大致说了一下卫生棉的使用方法后，就摸进了二楼的卫生间。由于她在路上偷吃了太多面包，肚子胀得慌，她在卫生间里一待就是半小时。

坐在马桶上的时候，林闪闪怀里抱着时年的衣服，那衣服里却突然掉出来个四四方方的小物件。物件右上角印着时年不笑但五官极为周正英俊的脸，只是更为稚嫩点儿，左侧是一行行数字。

林闪闪捡起来端详，手指落在他的面庞上。

啊，还真是长开了啊……从前的小少年。

林闪闪嘟囔着拍着胸口，心想：他的性格倒是一如既往地差。所以，要是被认出来，你可就死定了呀，林闪闪。

"顾南烛，这衣服里有个硬卡片，上面有人的头像，还写着出生日期和地址，这是啥？"林闪闪收回思绪，隔着卫生间的门大声问顾南烛。

楼下的顾南烛想起林闪闪带回的那件陌生但价值不菲的外套。

"身份证吧？"顾南烛道，给林闪闪衣服的好心人也太粗心，"那个东西很重要，在人间行走需要那个，相当于人鱼族的身份珍珠。"

"哦……"

"别蹲太久。"顾南烛一边守在一楼，防止林闪闪染指自己的卫生间，一边倒是以为林闪闪和一般女孩子一样痛经，"肚子难受的话，出来喝点热水。"

他倒了杯白开水，顺便在客厅的纸上列着就这件事所发散出的几条人类世界的基本常识，诸如"人类异性之间有安全距离，不要随便靠太近""人类是在外要言行得体，不能张口闭口脱裤子"之类的。

林闪闪终于长吁一口气，"哦"了一声，满足地离开了马桶垫。

顾南烛正列完最后一条"姨妈期间不宜蹲马桶过长，会腿麻和头晕"时，楼梯上就传来沉闷的响动。

"啊！"

林闪闪腿麻、头晕齐上阵，从楼梯上滚下来。

顾南烛的笔被他摁断了。

"一，二……"

林闪闪的头撞了柱子，又滚下楼梯，倒霉的事还差一件。

雪白的医院病房里，头绑绷带、手打石膏的林闪闪掰着手指头，数着已经发生在自己身上的不幸之事，暗自喃喃："我怕是废了。"

林闪闪从锦鲤能力初显的那年起，就被人鱼族长老看作了背负着人鱼族的命运之人。依照长老的话说：世间万物无端，族内能鱼异士应有尽有，但没一样能力，其珍稀程度能抵得过"运气"。"运气"这种玄之又玄的东西，也许就是他们人鱼族在地球流落几百年后，唯一能回到外星故土的机会……

嗯，靠运气回母星，听起来还真是聪明呢。

而作为林闪闪本鱼，很久之前就知道"运气"这个东西并非取之不尽用之不竭的。

她每每使用过后，交换出去的幸运，都会化成霉运在她体内吸收累积。然后,那"霉运"会以一种"厄运"的形式,在她身上爆发开来。

直白点说,她每使用一次能力,就会换来一次倒霉,反噬到她头上。

从前她使用完能力后,都会去长老那里用神奇的人鱼之泪消解厄运,所以她一直倒也安然无恙。以至于四岁的长老都觉得,人鱼之泪注定是属于林闪闪的。

可如今,问题来了。

林闪闪没了人鱼之泪,就少了能给她消解厄运的宝贝,但凡她做几件好事,倒霉事就会接二连三地发生在她的身上。

她算算,那天出门她做了三件好事。现在算上撞广告杆、从楼梯上坠下,还得有件悲催的事发生,是什么呢?

打针用错药全身中毒?邻床病人突然狂躁?抑或是顾南烛说去给她搞定个身份证失败没回来,她要被医院扫地出门?

她已经连住了好些天医院,意外没发生,但该来的总会来。

林闪闪越想越不安,感觉医院里面全是未知的意外,房子塌了把她埋里面都有可能。

顾南烛倒是已然知道这位鱼类祭司为何惴惴不安,为了方便她在医院联系自己,他还给她买了部手机。

几天下来,林闪闪发现顾南烛在人类里面的口碑似乎还不错,每当他开着一辆漂亮的小车来送饭时,护士姐姐们总会聚集在一起偷看他。

林闪闪偷偷问顾南烛为什么这么有钱。

顾南烛一顿,确定四下无人而隔壁床病人在睡觉后,才拿起遥控"啪嗒"把医院的电视打开,调到苦情剧频道,道:"没钱的时候,哭就好了。"

林闪闪赶紧摆手:"不必了,不必了。"

她是条泪腺不发达的鱼,几乎没什么事能够让她哭,生活多姿多彩,她成长得也挺快乐的,她觉得还是看猛男落珍珠更妙。

顾南烛是发光鱼系,落下的珍珠肯定颗颗饱满莹润,光泽透亮,价值不菲。

"我觉得您也可以哭一哭,"顾南烛面无表情地提醒,"您可弄丢了你们人鱼族上千年来,最至高无上的珍珠。"

林闪闪一愣。

"而且没了那颗珍珠的庇护,你往后每做一件好事,就会倒霉一次,目前你其实等同于废了。"

真该死,这条在陆地上的离族之鱼补刀子是真的在行啊。林闪闪的脑仁又有些疼了——"顾南烛,你确定你的品类是烛光鱼,而不是一条河豚?"

说起来,人鱼之泪是历代祭司传承下来的,人鱼族里面最好看的,也最厉害的珍珠。但现在人鱼之泪被一条人形都没化成的魔鬼鱼给抢走了,她也没看清那条鱼长啥样……

那魔鬼鱼要是游回深海,回头她就只能带着人鱼族,杀去魔鬼鱼的老巢里再打一仗了。

惠河是一条从这座城市中间经过,与大海相连的河道,从东边直贯穿到西边。天气晴的时候,日光会将河水融成一条闪光的半透明绸带,非常漂亮。雨大的时候,河水则会淹没河壁的伴生植物,暗流则会带来咸腥的海泥沙。

辉皇娱乐的公司大楼,就建在不远的群星广场。

今天的惠河也泛着晦暗。天上的雨滴不小,颗颗砸落在水里,平静的水面被滴成了筛子,路上行人极少,河边白桦树的叶子,在雨里"沙沙"作响。

桥底下的水面卷成了一个轻浅的漩涡,一个黑影在漩涡中挣扎游弋,那影子初始像条大黑鱼,过了一会儿,漩涡里却冒出了一只洁白的手臂。

当人鱼临近化形期的时候,人的外形会不分时机地显现,又会随机消失,如此不受控制地忽隐忽现一段时日后,最后在某一日,经历最后一次痛苦地化形,人鱼的形态才会趋于稳定。

魔鬼鱼从水里往浅处走的时候,已经到了她人类身体在水里撑下去的极限。继续走下去她可能会溺毙,她只能选择踏足这片陌生的陆地。

河边,有个在雨里坐在遮阳大伞下垂钓的人。

他远远看见一个身形婀娜的女人从水里缓缓步行上岸,但因有水雾隔着,他看得并不真切,那人迈着缓慢的步调,活像电影小说里的女妖。

垂钓者惊叹一声,擦了擦眼镜,站起身来还想细看,那道身影却蓦然消失,转瞬一道黑影掠至那人的眼前。

"啊!"垂钓者发出了一声惨叫,转瞬视野全黑。

良久,河边仍有垂钓的钓钩和大伞,除此之外却空空如也,只剩一副碎裂的眼镜落于地面。

不远的公园草丛里,垂钓者昏迷不醒,光着膀子,只剩一条大花裤衩,他的T恤上衣和宽裤头皆不知去向。

夜晚,雨还在下。

时年在这样的大雨里,不情不愿地从辉皇娱乐的门口走出来,面对着逐渐瓢泼的大雨开始发牢骚:"贝拉那个女人究竟会不会约会面,出国就不能改个时间?"

这么大雨,万一航班延误?又或者由于天气过差遭遇了雷暴。

即使一切顺利,他也不想在短短几步,从门口到保姆车里的距离里淋湿他的这一身新衣。

小旗早早就在一旁为他撑开了伞:"哥,您消消气,贝拉姐说了,这次国外那边是金主,咱们得联络好感情,拿下了,对你事业好着呢。是对方提的时间,咱们还是按时去为好。"

"你倒是被她治得好。"

时年哂笑一声,在小旗的护送下上了车。突然,他想起了什么,停顿一下,对小旗道:"给我带眼罩了没?飞国外得三个小时以上,我要睡觉。"

"带了,带了。"尽管口气总是像盼咐似的,可架不住人家声音傲娇又磁性啊,一哼一盼咐之间,小旗就已经如坠云雾了。但她仍不忘吃一堑长一智地拍拍自己背包,保证这次什么也没落下。

"你再检查一下。"时年定定地说,"肯定有什么忘带了。"

小旗拍着胸脯保证:"肯定没有的,哥!这次我绝对什么都带齐了,这个会面这么重要,关乎你进军海外,贝拉姐千叮咛万嘱咐,我哪还敢出状况……要不是水木姐姐住院,贝拉姐走不开,她肯定会和我们一起去的。总之你还是别担心了哥,我真的已经什么都准备好啦,什么都不敢落下的。咱们走吧!"

时年过了几秒"嗯"了一声,摸了下下巴,终于沉沉开腔:"但是我想告诉你,我突然想起来,我的身份证好像忘带了。"

小旗愣了几秒,反应过来,关心地追问:"您的身份证忘哪儿了?现在还有时间,没关系我可以去找!"

时年眨眨眼,记起自己把外套脱了,挂林闪闪腰间的情形:"某件外套里。"

"外套在哪儿?"小旗追问。

"某个人身上……"

"谁身上?"小旗的目光里装着一个大大的问号。

"身份证,"时年又沉默了几秒,"严格意义上来说,是搞丢了。"

小旗一怔。

这事最后掉链子得怪时年自己,看来他进军海外的事要搁一搁了。

时年以一个非常快的速度原谅了自己,而后又和小旗从车里爬了出来,重新回到公司门口。

小旗碎碎念地跟在时年后面,身材高大的时年则捂着耳朵,满不在乎地踱步进了公司的旋转门里。

站在对街屋檐下躲雨的女人慢慢掀开眼帘,她的眼神一直牢牢盯着辉皇娱乐的大门,幽沉的视线落在时年的背影上。

魔鬼鱼湿透的头发仍在滴着水,一滴一滴落在松垮的白 T 恤和运动裤上。

真巧啊,人鱼之泪,我们又见面了。

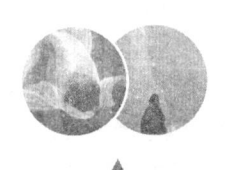

第四章
史上最不靠谱的空降兵

一、

魔鬼鱼先发现了人鱼之泪的去向，此刻的林闪闪，却还在医院优哉游哉地养着伤，丝毫不慌。

这几天，林闪闪想吃面包渣，顾南烛却说在外面得注意着，让她务必吃得正常点儿，不要"鱼性毕露"。林闪闪不情不愿地吃了几天人类的饭菜，她的心里头一直惦记着自己有个劫难没有到来。

"对了，顾南烛，医生说我明天就可以出院，回家休养啦。你送晚饭的时候，记得帮我把洗干净的衣服带过来呀。"

"我晚上有事。"

顾南烛把床头的手机递给林闪闪，连他的眉角都在含蓄地表达着不认同："手机上就可以点餐的。即使你只是在陆地暂住，也别懒到什么都不愿意学吧。"

和懒惰的林闪闪完全相反，顾南烛所有的空闲时间，几乎都献给了林闪闪看不懂的科研。

人鱼其实是相当聪明的，学东西的速度很快，能在极短的时间内学会人类好多年的所学,甚至能理解更多人类目前还无法理解的知识结构。

所以在顾南烛眼里,林闪闪是个异类,甚至是人鱼族的败类。

林闪闪对此不以为然:"我需要动脑子吗?我有运气啊。"

顾南烛心想:所以有运气就可以钻进冰箱扑到一堆面包里,就可以去河里解决生理期,就可以差点在大庭广众之下对着他脱裤子?!

顾南烛懒得去理解林闪闪的脑回路了。

他觉得林闪闪真的非常懒,不仅懒,求知欲还低。

凭借着幸运 buff(增益效果)活了这么多年,她已经习惯待在舒适区了,她一直觉得世界上没什么可以阻挡她快乐地生存。可如今人鱼之泪没了,顾南烛不来送饭,她也不敢动用运气,只能随便吃点好心人送来的食物。

天色向晚,林闪闪肚子里的"咕咕"声越发响亮了,她委屈得不行,却仍然不愿意动脑子去摆弄那部手机。她选择退而求其次,捏着上次从顾南烛钱夹子里偷偷拿出来的几张钞票,徒步到医院外面觅食。

第三件不测之事姗姗来迟。

这次迎接林闪闪的是极其常规的高空坠物。比较不常规的是,见过楼上掉花盆的,也见过楼上的小孩往下丢玩具的,但她没料到这次掉下来的是——一碗吃剩的麻辣烫残渣。

怎样的运动轨迹,才能让这个胡乱包裹在纸碗里、难以描摹的食物残渣和几团纸巾,不偏不倚地正好落在她头上。

林闪闪端着那半碗鲜亮火红的高汤,抹掉脸上方便面的残渣,愣愣地想:这次的反噬也未免太过于简单了。

她忽然从碗里捞出一物,眼睛一亮:

"喂!楼上哪个扔的麻辣烫啊?你的假牙落里面了!

"我说这到底谁的?还要不要啦,不要我就扔掉啦!

"不要不好意思来认领啊,这隔壁就是医院,要不要去检查下啊？你这牙口问题太严重容易得癌症的啊！"

接连五分钟，楼下一直回荡着林闪闪接二连三、孜孜不倦的呼喊。

最后，楼上抛物的那位终于忍不了了——

"你个小丫头怎么说话呢？谁得癌症了？你这小小年纪的嘴巴怎么这么阴损呢！俺健康得很！"

从六七层的楼层里探出来一个老头花白的脑袋："没完没了了是不？小小年纪的，我让你咒人！"

得，气急败坏的老头被林闪闪这没完没了的叫唤气得干瞪眼，转头就抄起阳台上一物……

这回真是花盆了。

还是原来的轨迹，还是原来的目标，林闪闪抬头，望着瞬息朝自己脸部罩下来的黢黑的花盆，闪避不及。

原来，真正的反噬……在这里。

"妈呀！"

就在林闪闪闭上眼，以为自己命不久矣时，一道突如其来的黑影扑向她，拦腰一抱，冲撞力让林闪闪和救援者双双倒地。

"啪嗒！"

高空落地的花盆连着黑土在他们旁边摔得四分五裂，林闪闪却无虞无恙。而后，来人坐起将她也扯离地面，她仍愣在那里，睁大了眼——时年。

但此刻她瞪大眼的原因，不仅仅因为救她的人是时年，更是因为，她看见这有着鬼斧神工的一张脸的男人身上……散发出淡淡的荧光。

奶白色的，透着点轻烟的味道，那是——人鱼之泪的光！

在一般情况下，人鱼之泪只是颗普通的珠子，林闪闪也无法感知到它的存在。但当它运转起来的时候，林闪闪是能清晰地感知到它的能量的，人鱼族能看见人鱼之泪运转时发出的独特的光芒。

今天的时年穿得很低调，牛仔外套和灯芯绒的卫衣内衫，看起来没那么高冷,但也是帅得可以登台的模样。

时年发出一声闷哼:"还不起?"

林闪闪这才注意到自己压在人腿上了,她像兔子一般地跳起来:"啊啊,对不起!"

时年"嘶"了一声站起来。救人的时候,他可没看清这人就是林闪闪,这定睛一看,她活像早有预谋,故意蹲拍的狗仔。

时年难免觉得好笑,说:"林闪闪,怎么又是你?"

时年那步步逼近的模样看起来没多少慰问的善意,林闪闪缩着脑袋跟着后退,竟然心虚地抱住脑袋:"是……我真的不是'私生饭',刚刚明明是你自己扑上来……"

"喂,现在重点是那个吗?"时年扒下林闪闪的手臂,林闪闪的双眼避无可避地和他盛着愠气的浅棕眸子相撞。

"那是啥?"林闪闪一副要哭的样子。干吗?要打她吗?她今年已经二十岁了,硬刚刚不过了呀!

时年却没有打她,只是发问,他的那双眸子认认真真地看着她问:"你有没有觉得,你多少有点阴魂不散?"

对不起,这个问题恕林闪闪一时无法回答。

因为她还陷在惊讶之中无法自拔:人鱼之泪,居然在时年身上!

后来,时年报了警。

他一手钳着想要开溜的林闪闪,一手握着手机有点不耐烦地说:"是的是的,就是楼上有人朝窗外抛物,影响小区文明治安。这条路我这几天会常来,麻烦你们派民警过来处理下。"

林闪闪心口大石落地,看他的眼神里布满劫后余生的感激。

时年瞥了她一眼,说:"看我干吗?你是做了什么心虚的事,怕被抓吗?"

林闪闪一改之前每次见他就想逃窜的心情,她的目光出神地聚集在他身上,咽了口唾沫,说:"你刚刚化解了我的厄运。"

这种炙热的眼神落在时年这里,显得有点如狼似虎。

"以身相许就免了！"时年如遭雷击般地松开了手，他心生嫌弃，复又五指伸出朝林闪闪摊开手心，"我救你是另外有事……上次那外套你肯定还留着吧？身份证还我。"

林闪闪摸了摸脑袋："没带。"

后来，林闪闪出现在了时年说的病房里，带着身份证。

她来时正好看见贝拉提着硕大的全家桶走了进去，也是一副看望病人的模样。

林闪闪有些兴奋，喊了一声"贝拉"，也紧跟着跑了进去。

病房里，贝拉来看望的女人正坐在床上，她有一头黑长直的头发，皮肤很白，像纸面一样，眉眼线条有种病弱、冷淡的美感，那应该就是时年来看望的朋友。

除了贝拉，岳牙也在，还有一个性别不详的儒雅的短发中年人，和一个年轻靓丽的姑娘，当然，时年也在。

林闪闪进门之前，倒是没料到病房里有这么多人，一大家子，活像家庭聚会。

她有些愣住了，而后一伙人朝她看了过来，贝拉是最先扔下鸡腿扑过来的："我的面包姑娘！"

林闪闪想了想，忽然凑近，细声细气地在贝拉耳边说了几句什么。

几秒钟后，贝拉以一个牢不可破的力道牢牢拉住林闪闪的手臂，双目放光——

"真的吗，你真的决定要和我签约了？"

林闪闪硬着头皮在时年危险的目光里点头："嗯。"

贝拉高兴得手足无措起来，四处找手机。房间里除了时年，还真没人见过贝拉这个模样。

"签！现在就可以签，电子签约没有问题，我手机有身份证扫描软件，太棒了，不枉我找了你好多天。"

倒是时年全程盯着林闪闪，在她点头的那刻跟着站起来，匪夷所思的模样里写满了问号——

"我让你来还我的身份证,你就顺便拿着你自己身份证来签约?"

这个,林闪闪心想,还真是巧合啊。

她刚刚真的只是来还时年身份证的,哪知道贝拉也在。只是看见贝拉的那刻,她脑子里忽然鬼使神差、顺水推舟地做出了某个大胆的决断——她要拿回人鱼之泪。

该怎么接近时年呢?同样成为贝拉手下的艺人,无异于是老天爷赏赐的捷径。

那时年所在演艺界的水,她怕是要去游一游了。

她在时年眼中的形象是负面的,不是"私生饭",就是对他怀揣不轨之心的歹人。

她讪讪地将时年的身份证递给了他:"你的身份证。"

不等林闪闪说话,贝拉先一步叫屈了:"你闭嘴!她来还你身份证和她来和我签约这件事有什么冲突?碍着你什么事了,害你去不了国外参加试镜了吗?"

时年脸臭,但发不了什么火,贝拉最近对他的态度一直不是很好,主要是他自己搅黄了那次国际会面,放了人家鸽子,用贝拉的话来说他这就是在"自毁前程"。

"算了,你们爱签就签。"他无端有点添堵,却说不出来,只好朝林闪闪气势汹汹地伸手,一把夺过身份证。

林闪闪毕恭毕敬地交还时,又看见了他身上的人鱼之泪发出的白光,心里的激动满足之情无以言表,忍不住在他掌心欣喜一挠。

时年后退两步,某种抓狂的情绪直直地冲上他的天灵盖:"林闪闪!"

"对不起,对不起……"林闪闪疯狂摆手,"手滑!"

有意思。

床上那个黑长直的女人忍俊不禁,朝病床前那个靓丽的妙龄少女看了一眼后,又看了看林闪闪,生怕局面不够火爆地说:"贝拉,这位是不是就是那个代替路笙,被你送上海选舞台的姑娘?"

此言一出，青春靓丽的少女几乎是迅速盯紧林闪闪。

很明显，她就是他们嘴里的路笙，那个之前炸了厨房的倒霉妹子。

林闪闪一时之间就树敌了两位。

"对对对，闪闪很厉害的。"贝拉一边笑嘻嘻地说着话，一边摸着路笙的肩膀，努力缓和这剑拔弩张的气氛，"别急，别急，路笙以后还有别的机会。"

"她厉害着呢，"时年冷冰冰地补充，"也是游轮上扒了我衣服的那个女人。"

贝拉干笑着："那个啊……肯定是个误会，闪闪，要不你解释解释？"

林闪闪无法解释。

"就是她！"此时岳牙从床上蹦了下来，左右打量着林闪闪，像在打量一个可疑的女人，"又怪，力气又大，就是那个在车子很多的马路中间把我抱住，让我一动不动的家伙。"

林闪闪无法辩驳。

"这么说起来……"贝拉皱起眉，她的脑子终于缓过来，有了经纪人该有的警觉：为什么林闪闪屡屡和自己手下的明星们牵扯上联系？就连出来救场，都是那么的天时地利人和？

"闪闪，你到底是不是……"贝拉微微眯起双眼。

林闪闪使劲摇头："不是！我发誓我不是'私生饭'！"

她又心虚地望了眼时年，因为她的确是冲时年来的。

时年横望回去，手指示意贝拉快看这个心口不一的女人。

贝拉望过去，又在几秒的时间里喜笑颜开："你说不是就不是，看来唯一的解释就是——缘分啊！"

房里的众人无语。

好的，眼睛本就不大的贝拉，再次选择性眼盲了。

时年的手指头又狠狠地虚指了指林闪闪，颇有种"你行，你狠，给我等着瞧"的意味。

林闪闪也不知道该庆幸还是该担忧。

庆幸的是，魔鬼鱼不知所终，而人鱼之泪莫名其妙地出现在了她眼皮子底下，让她不至于归海之后举旗伐战。

不幸的是，人鱼之泪竟然在她最怕见到的人类——时年的肚子里。

贝拉的眼神上上下下地打量着林闪闪，像是在打量一件宝贝似的："真好真好，来签就好，差点你就要按退赛处理了。喂，时年，那节目你应了吧，现在闪闪也来了，你去当个导师，照顾照顾，带带她。"

"想得美！"时年冷笑一声，无情的双手插兜而去。

次日，顾南烛来接林闪闪出院，提着林闪闪的衣服袋子递给她："给，你换上，我去办出院。"他瞟见林闪闪手边散落着几本杂志，杂志上，面容帅气的男明星穿着当季的限定款，笑容似六月海洋上粼粼的波光，十分耀眼。

身为堂堂人鱼族未来的祭司，丢了人鱼族至宝，把自己混到沦落人间街头不说，她又在这么短的时间内就追上了星？

对于林闪闪的所作所为，顾南烛引以为耻，觉得人鱼族的没落不是没有原因的。

"今天必须出吗？"林闪闪问。

"不然呢，你不想回海里？"顾南烛微微挑眉，"这几天有雨，你从河道里回大海的概率也比较大，不一定非要等海边解禁。"

言下之意，林闪闪可以出院回家了。

"嗯……顾南烛，我不走了。"

林闪闪摇摇头，面色认真地说："我现在有件重要的事情要去做，短期内不会离开陆地了。你上次说的那个，很重要的身份证，就那东西？你能不能帮我也弄一个？"

"为何？"

"我找到人鱼之泪了，就在这个人的身上。"林闪闪指着杂志上笑得灿烂的时年，重重地点了几下。

顾南烛先是恍然，他只觉得脑袋一大：林闪闪要去接近明星了，她要进军那个一举一动都被放大，私人生活、秘密都无所遁形的演艺界。

二、

没多久，贝拉找到林闪闪，带她去了一栋公寓楼。

"这是我手底下的艺人们居住的集体公寓，不管你们自己有没有住处，反正这里是有你们各自房间的。"

"你是新来的，我想想。"贝拉安排林闪闪住到楼上，"你唱歌的话，平时要练练嗓子什么的吧？那你就住楼上的那间吧。"

她伸手指了指一间房。

啊，又是楼上。

林闪闪望着那被打磨得光滑的木质楼梯，仍然心有余悸。她以后可不能再做好事了呀，要再做次好事，她指不定还得从楼梯上摔下来。

林闪闪不无担心地朝着楼上小心翼翼地挪。

"右边那间啊。"贝拉在楼下口头叮嘱，她是不可能给林闪闪把行李搬上去的，她心有余而力不足，于是就留在楼下客厅里朝岳牙招招手，逗小孩玩。

岳牙拎着奥特曼的玩具走过来，一边被贝拉揉着圆嘟嘟的小脸，一边朝楼梯上疑惑满满地望着："那家伙在干吗？"

贝拉回头，见林闪闪打开了行李箱，早有准备地从她那不大的行李箱里，取出了一摞的防滑垫，跪在楼梯上，一阶一阶地往上贴。

"不知道，朝圣吧。"贝拉揉着岳牙的头。

"这回应该安全些了吧……呼。"

林闪闪终于贴到最后一阶了，但她没有停下，将防滑贴直朝着贝拉指给自己的房间贴去。

二楼有间房间的门被人推开。手上挂着车钥匙、打扮得漂漂亮亮的时年从房间里走了出来，与林闪闪打了个照面："林闪闪？"

"嚯！"林闪闪吓得又往后一翻，滚下了楼梯。

唉，怎么贝拉没跟她说，时年的房间就在对面呢？

— 064 —

时年饶是惊讶,也没能在第一时间拉住她。

所幸林闪闪这回掉下两三个阶梯后,就眼疾手快地用手勾住栏杆,缓过来了——等等,时年就住在她对面,这不是天助她也吗?

这是多好的事啊!

这样她就有更多的机会,伺机把人鱼之泪拿回来了。

转过弯来的林闪闪,就在时年诧异且不淡定的目光里一把勾住了栏杆,化险为夷,且保持着妖娆的咸鱼悬挂的姿势躺在台阶上,飞快地整理自己惊慌的表情,朝时年友好地弯起双眼摆了摆手:"嗨,前辈,以后请多关照。"

时年觉得她莫名其妙,他心想:这女人是在强势挽尊吗?

时年没怎么搭理她,迈着长腿,从她身边视若无睹地走下了楼。

"为什么安排她住我对面?"

下到一楼客厅,时年并没有因为林闪闪那句乖巧的"前辈"而领情,而是用食指指着她,目光则居高临下地质问着沙发上的贝拉:"路笙都比她强。"

之所以这么说,是因为路笙虽与他同为明星,但她却是圈内出了名的时年的"迷妹",说是时年的粉丝头子之一,也绝不为过。

迷妹绝对比"私生饭"强,绝对!

时年总觉得林闪闪是冲他来的,比如此时,他又发现林闪闪在楼梯上挂着,用余光在偷瞄他了。

"路笙哪里比她强了?"贝拉不服,反唇相讥。

林闪闪一愣,忽然觉得好感动,贝拉对她真好,任何时候都在维护她、帮助她、不遗余力地肯定她……

"作为一个我们公司要推出的新生代偶像,唱歌、跳舞、表情管理、舞台……哪里都比她强吧?"时年反问。

贝拉恍然:"这倒也是。"

林闪闪窘。

"那你把她弄走,让她住楼下,把路笙换上来。"时年懒得理林闪闪,于是冲贝拉命令道,"可不是什么人,都能做我的对门邻居的。"

"那不行,她得练嗓子,楼上没人,清静。"贝拉摇头,务实地陈述。

"我不是人?"时年怒了。

"你是人,你是人,你现在又要出去约哪个大龄女明星?嫌自己的花边新闻还不够多?穿得像个花孔雀似的。可别跟我说你就只是出去买袋米给岳牙做饭。"贝拉也质问,她对时年一贯的作风习以为常。

她看也不看地把岳牙的脑袋捞进胳肢窝,我见犹怜地对着他的小脸继续揉捏。

"瞅瞅你这一天天的,今天可是轮到你值班带娃。我们可怜的小岳牙哟……八岁就要被一个人丢在家,没个人陪着玩。"

时年语塞,被抓了个现行。

"贝拉,你把我的奥特曼的头揪掉了。"岳牙冷冷地盯着她。

"哦,对不起,对不起。"贝拉放开他,仿佛更有证据,"你看,这孩子多可怜,现在连奥特曼都不跟他玩了!"

时年捋了捋头发,说:"毕竟我才是被光选中的男人。"

贝拉一把脱下自己脚底板上的拖鞋。

林闪闪住进来的当天,正是时年的"带娃日",最后他也没能出门。

林闪闪也是这时候才知道,签在贝拉手下,竟然还有这样一个不成文的规定:带孩子。

贝拉专门找公司要了一套公寓,安置她手底下的艺人。当然,并不是说这些艺人自己没住处,但她不成文的规定就在于此:通告少的时候,大家请住进公寓里,以便培养同事间的感情,带带孩子。就连时年也不能例外。

岳牙今年八岁,不是什么正儿八经的演艺界人士,更不是贝拉手底下的明星。

听贝拉说,岳牙是她熟人的孩子,她帮忙带的。

岳牙爸妈工作忙,她和岳牙爸妈的关系很好,所以帮忙顺手带,都带了好几年了。

但由于贝拉身份的特殊性,以及岳牙成日和贝拉手底下的这些明星们住在一起,如今,岳牙已经成为各家粉丝都熟知的小孩了。又因为他很小就喜欢用 vlog(视频记录)记录生活——像是记日记似的,如今,毫不夸张地说,他早已是一名具备国民度的养成系明星了。

小小的男孩子长得很可爱,有着黑葡萄般的眼睛、剥壳鸡蛋般的脸,关注者不断增加。也让万千少女在网络上开启了"云养娃"模式,给他的外号从"月牙"到"牙牙",昵称个个萌开花。

贝拉手下的艺人除了林闪闪,还有冯青瑜、水木、路笙、时年。贝拉就从周一到周日给他们排好了班次,包括她自己在内。

总之,贝拉手下的人可以请假可以换班,但不能没人带娃。

岳牙就长住在这栋大宿舍里,其余的人平时大概率是轮流来住。难怪林闪闪今天搬来,宿舍里空空荡荡,也没见到别的什么人。

"闪闪你来了正好哇,"贝拉数了数,"你们几个正好凑齐了周一到周五。"

林闪闪好奇:"那周末?"

"我带。"贝拉说,"或者谁爱带谁带。"

时年冷冰冰地冲着那个混世小魔王笑:"就那小浑蛋,谁爱带啊……他要是能不总想着偷溜出去,我能多活好几年。"

岳牙龇牙咧嘴地冲着时年说:"时年是小狗!"

三、

在林闪闪入住的当天,由于厨房还在翻修,中午贝拉提议到外面吃,也算给林闪闪接个风,当然,她拉上了一脸不情愿的时年。

林闪闪被脾气古怪的岳牙扯住头发走在前面,他在探索着:"你的头发在太阳下为什么是红色的啊。"贝拉就在后面催时年:"快点儿,扫什么兴,以后就是前后辈同事了,你别仗着帅就绷着个脸……"

时年被贝拉拽着,眼神不自觉地朝林闪闪的那头红发望去,微微出神。结果不出意料,他发现那个林闪闪又在偷瞄他!

两个偷瞟者的目光相遇,自然是凶悍者胜。

"你瞅啥?"时年一瞪眼,林闪闪就怕了。

"没啥,没啥。"

至于吃饭,贝拉的第一目标当然是快餐店。

但岳牙跳下车就往儿童乐园的比萨店跑,林闪闪则是步子不受控制地往一家面包店挪着,和他们分道扬镳。

"你不会是想请我们吃面包吧?"时年白了她一眼。

林闪闪抿抿嘴,同时纳闷,嗯?怎么变成她请了?不是说好给她接风的吗?

人类的社交她不大懂啊。

就在时年追过去把岳牙拎回路边,又勾着贝拉的长肩挎包往回扯的当口,林闪闪慌慌张张地打电话求助顾南烛。

"顾南烛,顾南烛!怎么回事,他们中午拉我出来吃饭说给我接风,但听他们意思,怎么好像要我付钱?我、我没钱呀!"

林闪闪倒不是抠,但她目前真的只是一条贫穷的人鱼。

电话那头的顾南烛正在博物馆上班,穿着工作制服,在一面巨大的玻璃罩外头,双眸紧紧地盯着玻璃里各种古代不明遗迹的残骸。

他想了想后,明白过来,林闪闪入职的是个充满人情世故的行业。

"那你就付钱,记住,这钱不能省。"

但林闪闪上次从顾南烛钱夹子里顺的那点钱,早就用完了。

"打开微信。"顾南烛言简意赅地指示,同时在和林闪闪的对话框里输入转账金额,"吃完饭去付账的时候,说你微信付就行了,点我发给你的转账。"

"哦哦!"

等等,微信……在哪儿?

"找到图标了吗?手机上那个绿色底的。"

十几秒后。

顾南烛的耐心在林闪闪手忙脚乱的嘟囔里耗尽了,他挂掉了电话,他已经放弃这个祭司了。

"像你这样懒到手机都懒得去了解的人鱼在人间行走,果然是靠运气活到现在的。"

林闪闪尴尬地抱着手机站在那里,她并不以自己求知欲低下为耻,哼,这上面有好几个绿色图标,我怎么知道是哪个?

时年已经拎着两脚凌空踢腾的岳牙回来了。

"你们想吃什么?"林闪闪抱着手机乖巧发问,不是吃面包她就没了主意。

时年以为自己又遇见个选择困难症,摇了摇头,只能带队了:"那家吧。"

他随手一指,顾长的手让林闪闪又想起挠他手心时的手感,她飞快地低下了头。

岳牙跟在时年和贝拉的后面走,林闪闪也跟在后面,他悄悄拉岳牙领子,弯腰虚心求教:"那个牙牙,微信,是哪个啊?"

身为人鱼族的预备祭司,底子没有,面子可不能丢啊。问大人羞于启齿,那问小孩子总不为过吧。

"啊?"岳牙一脸难以置信地盯着她,转瞬高声惊叹,"林闪闪,你连微信都不知道……土包子!"

但岳牙还没说完话就只剩一阵"呜呜呜",因为林闪闪一把搂起他捂住了他的嘴,抱着往时年那头去了。

时年和贝拉闻声回头,林闪闪勒着小孩笑得好虚假:"呵呵,这小孩又要跑!"

最后时年选的是家海鲜馆。

贝拉倒是吃得欢,带着小孩加了一盘又一盘。林闪闪失神地望着桌上层层叠叠的空盘子里各种海洋兄弟姐妹的尸体,目带哀伤。

时年留意到林闪闪几乎没怎么动筷子,再看林闪闪从头到尾那一身说不上有钱的朴素打扮,好像意识到了什么,喝着水咳了两声,忽然拍掉贝拉在菜单上指指点点的手——

"够了吧,再吃你要超二百斤了,你学学人家秦芒。"

"我不学。"在贝拉的眼里人生苦短,唯有艺人和美食不可辜负,她又追加了一波,"秦芒那么好,你跟着秦芒混去……蒜蓉生蚝、椒盐皮皮虾。"

同样是经纪人,一个漂亮得可以去当明星,一个却油腻得只能去给明星擦鞋。时年这是典型的哪壶不开提哪壶。

"我这就去。"

时年瞥一眼愈加哀伤的林闪闪,翻了个白眼,还真起身了。这个贝拉,可真没有眼力见儿。

看着时年往外走,林闪闪还挺为贝拉着急:"欸,他真去了?"

"你让他去。"贝拉嗍着一个钉螺的尾巴,吃得头也不抬,毫不在意。

于是,林闪闪完全是下意识地,追出去了。

现在的时年在她的眼里就是她闪闪发光的人鱼之泪,她总是不自觉地瞟他,动不动就留意他。

她倒是没料到时年竟然只是出来为他们那桌付账。

第一秒林闪闪自然是没感动的,在她的线性思维里,只记得顾南烛在电话里跟她说的"人情世故"。她告诫自己这顿一定要她请,她必须请。

于是她推测,时年是不是对她不满意,不承她的饭了?

这个答案引发了后辈林闪闪的危机感,她赶紧跑上前去阻止:"欸……前辈,这饭我请,让我来吧,我来。"

时年先是有点诧异她怎么跟出来了,他皱了皱眉,直到眼神聚焦在林闪闪扒着自己手臂的手上——

懂了,她还是想对他下手。

"松开。"

他仍示意收银结账。

"别别别,真的,不用麻烦前辈了,我来我来!"林闪闪一手仍按着他,另一只手飞快地摸出怀里的手机递给收银员,"给,我微信付款。"

"你撑什么面子，"时年不耐烦起来，后退两步，"穷狗别随便碰我。还有，我都刷一半了，你别……"

"呃，"虽然林闪闪不知道他怎么看出自己穷的，但她仍相信穷狗也是有尊严的，于是继续上前，"还是不麻烦前辈了，我来我来。"

"我说了我来——"

两人拉拉扯扯，推推搡搡。

那天，林闪闪因为身为后辈应该买单的诚心和执意，固执地和前辈时年客气地拉扯着，推搡着……

然后，她一把大力把那位前辈推到了地上。

被推倒在地时，时年愣住了，他被林闪闪这股认真推搡的劲儿震撼了。

然后，他望着林闪闪的目光变得更加变幻莫测，继而敬而远之了。

四、

贝拉走之前嘱咐林闪闪注册个微博账号。

节目正式开录了，后头少不得要用到。

林闪闪本想当天就回顾南烛那儿向顾南烛求教。可奈何那天是时年的值班日，她没挪得动步子。于是，可爱岳牙的嘴巴再次被林闪闪捂住。

"欸？牙牙你怕鬼？别怕别怕，时年哥哥不理你，晚上我留下来陪你好不好？陪你写作业、玩乐高。"其实她还有个一箭双雕的野心，虽然岳牙年纪小小，但挺喜欢抱着手机玩的，她可以让岳牙教教她用手机。

岳牙：呜呜呜——

他才不怕鬼好吗？鬼故事什么的都是吓唬小孩子的！他七岁的时候就一个人看过恐怖片排行榜上的电影了，和动画也差不多嘛。

贝拉高兴于终于有个喜欢住宿舍的人了，对林闪闪大为赞赏。林闪闪心中兴奋地搓手——人鱼之泪，就是今晚了！她可以趁时年睡着之后，如此如此，这般这般……

时年站在楼梯口嗤笑一声,以看穿她的一切妄想的眼神俯视着她:"哟,终于有人喜欢牙牙了?真好,今晚你带吧林闪闪,我有事,先走了。"

是她的目光太炙热,还是她对他的偷瞄太明显,时年好像依旧把她当成"私生饭",对她的警惕性很高。

既然她留下,他就走了。

林闪闪的美梦破灭了。

第二天。

贝拉带林闪闪去公司熟悉环境、见见人,顺便办办手续。

辉皇娱乐公司很大,租的是地段很好的商业办公楼。林闪闪跟在贝拉身后,一路上被人频频注视。

"贝拉,你是这里面的头头吗?"

林闪闪觉得贝拉在这里的地位和人鱼族里的长老们有点像,走到哪儿,那里的人鱼都要笑脸相迎,巴结着的那种。

"当然不是,我只是干得还不错,一把手算不上,三四把手的那种吧。"

贝拉一路上和人笑脸相迎,笑的笑,聊的聊,声音抑扬顿挫,握手拍肩好不亲热。

"记得啊,在这里工作要和每个人都搞好关系,但别什么都和人说。这里爱八卦的人不少,经常有人勾兑点消息卖给外面。"

林闪闪:"……哦。"

然后,两人经过了一间练习生教室。

林闪闪看见里头有很多青春靓丽的小姑娘、小伙子正在低着头围着一漂亮女人听训,那女人手里拿着一摞记录本。每上去一个人到她那儿领个本子,都战战兢兢地退下,不断鞠躬道歉,有的接过本子直接哭了。

"啊,闪闪,你再记着。咱们这里,你的我的分得很明白,人也好、区域也好、事情也好。碰到事都不要乱说、不要乱看,更不要乱插手……"

贝拉念叨着念叨着,身边就空了。

她回头一看,林闪闪已经趴在玻璃上看里面的热闹了。

"……你在做什么呢?"贝拉赶紧去拉开林闪闪,"我刚说什么来着,这是别人的练习室,别乱瞄!那边那个才是我的。"

正说着,练习室里,那个漂亮女人已经走了出来:"哟,今天是不是风没刮好,把你练习室的门刮歪,歪到我这儿来了啊?"

这个女人的语气是居高临下的,话是冲着贝拉说的,是让贝拉熟悉的宿敌口气。

正是秦芒。

"瞧你说的。"贝拉眯着本就不大的缝眼皮笑肉不笑地回敬,一边把林闪闪往身后扒拉,"怎么,还担心我这头偷师学艺?偷听了你们什么秘密养成计划?"

"那可不,我的孩子们勤快着呢,又单纯,每天在这里练他们的个人技艺,我这不是怕哪个居心叵测的人,带着她的老幼病残班子来抄作业?"

这绵里藏针、阴气森森的对话,饶是林闪闪都察觉出两人气场不合。

老幼病残班子:冯青瑜老、岳牙幼、水木病、路笙脑残……

外面嫉妒贝拉的人,总是如此调侃她。

"那你就放心好了,"贝拉掸着耳郭,满不在乎地道,"谁爱抄你作业谁抄,反正肯定不是我的孩子抄的。我的孩子们个个老天赏饭天赋加身的,就不需要没日没夜地练。呵呵,我那练习室半年都不用的。你要是折腾孩子的地儿不够,借你啊……"

"你——"

贝拉说完,就拉着林闪闪在秦芒青红的脸色里,哈哈大笑着离去。她总能云淡风轻地戳中那女人的痛处。

一个手里拥兵上百,却没出来几个大流量艺人;一个手里不是老就是小,个数还一只手能数过来,却个个都有辨识度和不俗的粉丝影响力。

但林闪闪的这张新面孔还是引起了秦芒的关注,她的眼睛一眯,心想：莫非这就是那个大伙说着的，被贝拉临时拉去节目里，替补的选手？

"那个女孩是谁？"

秦芒问着身边一个经过的制作人。

"不认得啊，今天是头遭见，说是贝拉新签进来的。"制作人回头打量两眼，也是好奇。

"那个人是谁？"走了不远，林闪闪也问。

"秦芒。"贝拉哼哼道，"她糟蹋的苗子可不少。"

原来她就是秦芒，每次贝拉吃完炸鸡，都要对着即将被扔进垃圾桶的鸡骨头叫一声她的名字。

她俩大概是那种天生的宿敌吧。

林闪闪想，就像他们族群和魔鬼鱼一样，都是鱼，但总在斗争打架啥的。贝拉又教育林闪闪说，只要是她贝拉的艺人，见着秦芒理都甭理她。

林闪闪"嗯嗯"乖巧应道。

所以秦芒一时还真没能从贝拉身边人的嘴里，探听出点什么关于林闪闪的事来。

但敏锐是她们这种人的本性。

贝拉这人，长得一般，眼光却修炼得别人比不上的毒，她这些年也就签了这几个，能被她签的，秦芒又岂能不好奇？

贝拉走后，秦芒几根手指头捏着手心，嘴里喃喃："林闪闪……"

可巧，今天时年也在公司里接见一家杂志社的人。应付了会儿，他就借机出了会客室透气，走廊尽头有个玻璃景眺区，他站那儿玩了一会儿手机，秦芒便端着杯养生茶走了过来。

"时年，前几天会上咱们老总还提起你呢，说你今年的几部作品都不错。"

秦芒第一时间凑上来，她的笑容里透着熟稔，和一股说不清道不明的亲热："今天来公司转转啊？"

时年正低头玩手机上无聊的小游戏，面对秦芒的搭讪，他只淡淡抬头看了她一眼："嗯。"

"我今天看见贝拉了，还带了个叫林闪闪的女孩子在公司里转。"

秦芒转转眼珠，想想也就时年不怎么能被贝拉拿捏，遂笑笑，拉家常似的过来探口风。

"说是你们贝拉新签的？长得还不赖,你觉得那姑娘怎么样？"

时年头没抬，摇头，想了会儿才说："一句话说不清楚。"

"那就多说几句？"秦芒听出了他话里的漠然，也没生气，"要不，我请你喝杯咖啡？楼下咖啡厅有座。"

秦芒自己没本事，倒是对贝拉签的人格外警惕和上心。

"都说了，一言难尽。"时年终于从无聊的手机游戏里抬起头来，看了秦芒一眼，然后走了，"不想喝。"

就因为她在一旁碎碎念，他的植物都被僵尸啃没了。

林闪闪内急，问了贝拉洗手间位置后，就去解决了三急。解决完后，她从洗手间的坑位上心满意足地站起来，摸了摸冲水按钮，嘴里不禁爆发感叹："人类世界好干净啊……"

"哗啦啦——"

按钮没摸到，但她站起来的瞬间，马桶里自动冲水了。

"好厉害！"林闪闪心想，这就是顾南烛说的，从前人鱼族来地球的时候，所用的力量了吧，"科技！"

辉皇娱乐果然有钱，连马桶都用这么智能的，可是，等等……林闪闪目光一倾，欲要走出去的身影，顿在了原处。

——人类这高科技不好用啊，怎么冲不下去？

没问到自己想要的信息，秦芒揉皱了手里的纸杯，也走了。她踱着优雅的步子走进洗手间，嘴上哼笑："呵，还真是嘴巴紧啊……"

其实刚开始，秦芒内心还在嘀咕时年那油盐不进的态度，是挺敷衍人的。直到她进到洗手间，得以看见这一幕——

"下去！下去！下去……"

林闪闪正在不停地进出洗手间小隔间检查着什么，并对着公司自动感应冲水的马桶，疯狂做深蹲。

秦芒一愣。

贝拉的手底下果然没有一个正常人。

第五章
不善伪装的人鱼

一、

"就算你真是时年哥的'私生饭',也要加油好好比赛,答应我好吗?"

万万没想到,对林闪闪说这话的,不是拉她入伙的贝拉,而是被她取而代之的路笙。

当时,贝拉正把林闪闪喊来公司办公室,逐字逐句和林闪闪分析着她的发展线路。这时路笙走了进来,双手落在贝拉办公桌上,两眼认认真真地直视林闪闪说了那句话。

"你让她加油?"贝拉也有点诧异,似笑非笑地打量着路笙,"怎么,不怕她抢你位置?"

贝拉心里有谱,其实她完全了解林闪闪的长处与短板——林闪闪的发展路线本就是"新生歌姬""天籁唱将"之类,早就避免了和路笙撞路子。

路笙却大方地摇头:"她的定位是什么我不关心,我只知道这次的机会很珍贵,她要珍惜。"

说说关于新生偶像节目这事，这个节目就是一个唱跳综合的表演舞台。

与其说是竞技，不如说是各大公司为了推出自己的一些新生艺人，联合起来打造的大型偶像表演舞台节目。

一期期下来，人气高的、实力强劲的，自然会成为名副其实的"新生代偶像"。

如果林闪闪只走歌姬路线，那推出她的最好方式肯定不是这个节目。

而最适合这个节目的人是路笙。

路笙在国外做了多年的唱跳练习生，只等厚积薄发的那天。

可惜现实就是阴错阳差闹了乌龙，现在名额落到林闪闪的头上。

路笙不怨林闪闪，但是她深知这次机会的珍贵："不管未来她的定位是什么，这些舞台磨炼，总不是什么坏事。"

"那个，我吧，对自己要求并不高——"

林闪闪心道哪里不是坏事，太耽误她拿回珠子了，于是她去拉了一下贝拉的袖子。

"她不会的东西很多。"贝拉也同样直视路笙，"比如她舞蹈没眼看，我刚看她扭了一段，像个在旱地上蹦跶的鱼。"

她本来就是条鱼啊……

路笙："我教她。"

贝拉："而且她目前并没有树立、管理形象的意识，体态姿态也是差得可以。"

这是在开批评大会吗？

路笙："咱们不是有水木吗？时尚模特一姐，我不信她搞不定。"

贝拉："但是吧，这个比赛我对她有点虚，并不打算投入太多，给她斥巨资造势什么的，我觉着能走到哪儿算哪儿。"

"行，看她自己。"路笙说，"总之我还是那句话，机会难得。"

林闪闪哪里知道，路笙错过的却被她赶上的这个节目，成了路笙最放不下的执念。

贝拉点点头，算是同意了，又啃着炸鸡冲林闪闪指着路笙："虽然这家伙是不甘心在作祟,但她总归是好意。要不你先通过这个比赛磨炼磨炼,你的舞蹈啊、表现力什么的,路笙包了,如何?"

"呃……"林闪闪还在摸着鼻子想怎么拒绝。

"没问题!"那边路笙就朝着林闪闪友好果断地伸出了手,握着她的四指有力地上下摇晃两下,"以后多指教。"

后来,林闪闪悔不当初。

因为这些事情的确挺耽误时间的。之后她的大部分时间,几乎都被一些录制、练习给死死占据了。投资方似乎是想斥资打造这个节目,前期为了拍摄一套所有成员的主题舞曲,要求他们全部住在训练营,有点封闭式训练录制的意思。

林闪闪一时之间,几乎没有机会接近时年。

但她好歹是条活灵活现的鱼,自从发现了训练大楼里的游泳池能与外界相通之后,她便会趁无人注意的时机里,悄悄化身一尾鱼,神不知鬼不觉地从水管"偷潜"出去。

当然,林闪闪偷潜出去的时间点,都会精准地挑在时年来公寓值班的时候。

第一次,她在深更半夜想用鱼鳍撬开时年房间的锁,却扑了一场空。

反倒是惊得半夜穿着大号奶牛睡衣起来找牛奶喝的岳牙,站在冰箱前一回头,吐了她一脸的奶。

"啊!鬼呀!咦,不对……林闪闪?"

漆黑的夜里,林闪闪抹了抹满脸的牛奶。

岳牙歪着头,舔着奶盖道:"你怎么来这儿了?贝拉不是说你被关起来了,短时间不能来值班吗?"他黑葡萄般的眼睛瞅了一眼墙上的电子钟表万年历,"今天也不是你值班呀。"

小小年纪,问题却犀利如斯。

林闪闪惊出一身冷汗,生怕他知道自己刚刚是从时年的房间出来的,于是她对着小孩笑脸相迎:"想牙牙了,偷偷溜出来陪牙牙玩呀。"

岳牙闻言大喜，忽觉终于有人发掘了自己的可爱，愿意留在这座大公寓里与自己玩耍，遂高高兴兴拉着林闪闪的手，将其拉进了自己的玩具间："那我们就来……通宵拼积木吧！"

第一次失败的外出就让林闪闪总结出一条规律：时年并不一定会在他值班的那天来公寓带娃，他偶尔会和水木、冯青瑜换班。

真是的，他明明是个人类啊，怎么滑不溜秋的？林闪闪过得如一日三秋，只觉望眼欲穿。

而且更悲剧的是，她这偷偷溜回公寓的小动作，还被时年发现了。

某天夜里，林闪闪的微信一闪，有人添加好友，是时年。

林闪闪兴奋地接受。

时年上来就问她："以后我们就是同事，要同处一个屋檐下了，高兴吗？"

林闪闪不明所以，误以为时年对自己态度有所转变，发了几个最可爱的脸红表情过去："高兴！"

"以后请多多指教啦……"林闪闪在想还要发些什么话时，却突然发现了带着红色感叹号的"您还不是对方好友"。

她一头问号地重新通过公寓的群聊，点击时年的头像，却发现对方的主页背景图案和签名都换了。

一个翻着白眼的狗子和一句签名："想蹲我？你高兴得太早了。"

等她第二次再回去，时年的房间门换锁种了。

从钥匙锁换成了密码锁。

"林闪闪，你怎么又走神？跳错了，重来。"

林闪闪被她的导师再次不满地出口喊回神时，她几乎已经是 A 班里最不具威胁性的拖油瓶了。

这个竞技节目比较常规，甚至和以往的选秀模式没什么区别。

选秀的规则是她们每次的舞台都会被评分分等级，选手的舞台会被评定为 ABCD 四个等级。A 为优，D 为差，成绩从上至下依次排列，他们可能要经历十几次舞台表演。

只有人气与实力兼具的顶流选手,才可以获得最终的胜利。

一如她没什么求知欲的脸,林闪闪对这个比赛也没什么求胜心,但架不住她海选评测舞台的时候惊艳开嗓,拿了个 A,博了一小波关注度。

尽管在两期节目播出后,林闪闪的热度不断上升,但她仍在尖子练习生班里当着混子,且引来了不少外界的质疑。

林闪闪发现和她一道的那些姑娘都很活泼热情且勤奋,并对能上电视的机位有着很高的敏锐度。比如今天,大家一起在食堂吃饭,有些个不怎么吃饭的姑娘坐她身边,拍摄日常的摄像机扫过来时,这个姑娘就会开始埋头猛吃,吃得又香又可爱。

毕竟吃货人设还是很受欢迎的。

林闪闪好心地把自己的饭菜推给了她们。

有女孩子悄悄问她:"你怎么不吃饭只吃面包啊,要走小鸟胃的人设吗?"

"不是啊,我要留着肚子。"林闪闪快乐地摇着头,"今天顾南烛发工资,他答应我会给我买很多的奶油面包。"

"顾南烛是谁?男的女的?"

"我的朋友。"林闪闪想了想性别,肯定地道,"男朋友。"

语不惊人,死不休。

林闪闪这句错误的发言,又不小心为她拉了一波关注度,当然,这是后话。

二、

这天,林闪闪结束了训练拍摄,心心念念惦记着顾南烛发工资,给她买奶油面包的事。顾南烛那种人,不可能食言。

所以,林闪闪又无声无息地溜了出来,乘坐地铁去了顾南烛家。

坐在地铁上的时候,林闪闪快乐地玩着手机。说起来她能这么快地上手玩转手机,还是多亏了岳牙。

这个小孩是折磨人了点儿,第一个蹲点的晚上他拉着林闪闪玩了一宿的积木,第二个蹲点的晚上拉着她看了半宿的恐怖片,但他好歹在相处过程里,教会了她使用手机上的各个功能。

林闪闪握着手机,感觉自己拥有了全世界。

但很快,她就把她的全世界拱手送人了。

所有离谱的事情都发生在一个非人类物种身上的时候,看起来也许就没那么奇怪了,一如今日:地铁上正玩着手机的林闪闪,遇见了拉着二胡乞讨的老人家。

那个老人一副衣衫褴褛、食不果腹的样子,让林闪闪心生不忍,下车前,她二话不说就把自己的手机搁人家手里了。

"给你,老人家。这个上面可以买饭、买电影票看电影,还可以买衣服,就送给您了,赶紧去买点好吃的吧。"

伴随林闪闪下车远去的善良背影,老大爷在后头喊:"小姑娘,那你倒是告诉我密码啊。"

"对哦。"林闪闪想起来,于是喊了遍密码。

但车门已经关上了,老大爷只听见一半。

林闪闪又"聪明"地想了想,大爷好像没听完整,那就发动她的幸运能力好了——凭借她祝福的运气,老大爷肯定能摁对密码解锁的。

无形无状的幸运气流,向着地铁里的老大爷汇集而去。

这次的反噬来得特别快。

林闪闪到家后不久,顾南烛的实验室就炸了。

"我刚是叫你帮我去拿冷光棒,不是让你去拿稀有气体管……说起来,我不是让你没事别来我这里吗?"

乌漆墨黑的家里,顾南烛和林闪闪坐在一片废墟里,炸坏的电路还在"刺啦刺啦"闪着火花。

"你说过你发工资的那天,会给我买寻糕记家的奶油面包……"林闪闪残念未消。

面包面包!

顾南烛冷目:"你就知道吃吗?"

黑暗里，顾南烛伸出散发出一点清冷的荧光的食指。他说的话还挺冷静的，就是他的面色有点气得乌青。

再然后吧……

林闪闪看见他手里提着的行李箱，就知道自己该卷铺盖滚蛋了。

"我、我……我可以解释。"林闪闪摆着手，"我在地铁上把手机送给了一位可怜的乞讨的老人家。"

"果然是又做了好事……"顾南烛觉得头痛欲裂。

"我很讨厌多管闲事的人，林闪闪。"

顾南烛的神色在烛光后透着冷冽，他正色道："我的父母离开的那一天，也是说出事了，他们要出去一趟。他们摸着我的脑袋说，快的话他们能赶回来给我过下周的生日。他们说是人鱼族的事情，必须要回海里一趟。很可笑……其实我们和人鱼族早已断联几百年，人鱼族一直把我们遗弃在陆地，从来没有过问过。

"这就像是一个组织，在陌生的荒漠里留下了一个孤零零的守望者，然后告诉他：'组织交给你一个神圣的任务——留下驻守此地，你将获得无匹的荣誉，未来组织会给你很大的好处的'，然而随着时间过去，年复一年，岁月变迁。只有他一个人形单影只地、固执地守在原地，而组织早已把他忘记了……

"在我的心里，我们一家不欠人鱼族什么，亦不必再为它守望什么了，可是，我的父母却因为一次突兀的召回欣喜若狂，他们感激涕零地说着'他们终于需要我们了'后双双丢下我去了海里，并且，再也没有回来。"

林闪闪的心头"咯噔"了一下，猛地想起来什么。

"你说，你爸妈当时离家是……回海里了？"

"是。"顾南烛摇摇头，神色有点自嘲，"我一直在想，所有的'多管闲事'都是有理由的。或许我父母的理由就是，在他们的内心深处一直想要回海里，因为那是个能让鱼类流连忘返的地方……甚至足以让他们，忘记自己还有个儿子在陆地，等他们回家。"

烛光鱼的能力就是在黑暗里能自我发光照明。此时此刻，顾南烛手指上燃起丝丝荧光,宛如温暖的、发光的蜡烛,可他的神色却是那么漠然冷峻,像是个被全世界丢弃的小孩。

"你爸妈离家多久了?"林闪闪小心翼翼地问。

"十年一个月零七天。"顾南烛恢复了面无表情的样子,他起身拍了拍衣服上的皱褶,"话题结束,收拾你的行李吧。"

林闪闪沉默了几秒,没说话。

倒不是因为顾南烛的话题忽然转换,而是她忽然想起来一件陈年旧事。

十年前,那场人鱼族和魔鬼鱼九死一生的恶劣战争里,的的确确有两位人鱼族的同僚,来帮助他们一起抵御魔鬼鱼的侵袭。

大长老说他们是从很远的地方赶过来的友人。

想来,那就是顾南烛的父母了。

而后没多久,顾南烛就恭恭敬敬地拎着大箱子,把林闪闪送出了门。

"一则,未来的祭司大人,我务必要再提醒你一句,想要在人间安稳点活下去,没有人鱼之泪,少当热心肠;二则,你要在演艺界抛头露面,但我并不想未来和你一起躺在手术台上被做成切片。"

"顾南烛,你就不能对你的未来祭司稍微宽容一点,原谅我吗?"林闪闪两眼汪汪,巴巴地拉着顾南烛的袖子,还想再争取一下顾南烛的谅解。

顾南烛把她推进电梯,礼貌地反问道:"你看我想吗?"

林闪闪被顾南烛像送瘟神一样扫地出门了,她只能拎着箱子辗转去贝拉的公寓。

顾南烛怕她赖在自家不走,甚至还开车把她送了过去。

到了小区门口,顾南烛走之前仍是嘱咐道:"你以后少做好事,这里是人类世界,不比海里。"

林闪闪点点头,眼瞅着他车里:"好吧……那顾南烛你保重。毁了你的房子是我不对,今天是你的生日,我在车里给你留了礼物。"

是她最心爱的俄罗斯大列巴,超级夯实的大面包。

顾南烛微微一顿，点点头，态度总算缓和了点："如果有一些事情你实在搞不定，那种万不得已、性命攸关的，再找我。"

夜里小区门口的人很少，月光很静，有点像海里月光洒落的时候了。

"生日快乐呀，顾南烛，你得一个人过了。"林闪闪突然又喊道，"等我的事情办完了，你跟不跟我回海里啊？"

"不回。"顾南烛放慢脚步，神色黯淡，却没回头，"他们不要我，我也不要他们了。"

林闪闪张了张嘴，欲言又止。

她该怎么开口告诉他，他的父母不是不要他，而是死在了战争里呢？

目送顾南烛的车离去，林闪闪挠挠头，转身走进了楼道。

但她摸遍了全身也没摸到门禁卡，没了手机，她只好摁门铃呼叫岳牙，无果。她只能蹲在楼下等，希望能蹲到一个半夜三更回楼里的人。

她蹲了大概一个小时左右，还真就蹲到了。

一男一女，从地下停车场的通道出来。林闪闪本来蹲在一侧的花坛里睡着了，见状转醒，高兴得正要站起来，就听见那女人说："你一会儿先找个地方躲起来，记得拍清晰点儿。"

"放心放心，明天的头条肯定是你。"

女人和那个手上拿着机器的男人就在那儿站定了，也没上楼，反而商量着拍照的事。过了一会儿，漂亮女人开始打电话。

男人蹲过来挤到林闪闪身边时，明显也有几分诧异，见林闪闪脸上黑乎乎一片，小声问："同行？"

林闪闪没说话，用手默默地摸着地面的花坛砖，心道：既然拿着相机搞偷拍，那这家伙就是贝拉说的狗仔了吧？专门窥伺拍照搞钱的那一类。

不是好人。

贝拉和她说过，他们住的这片小区也算是名流住宅区，住了很多有名气的人。贝拉还嘱咐林闪闪遇见狗仔的话，放警惕点，那群人专扒人隐私。"

那人又夸道:"你隐藏得可以啊兄弟,你的家伙呢?"

林闪闪没答话,心里又想,算了,关她什么事?顾南烛说了,不要随便做好事,管他哪个倒霉鬼被偷拍呢?于是林闪闪又悄悄放下了手里的板砖。

可她哪里知道,下来的人竟是时年。

时年披了条很大的披巾下来,步履很大,手机也没带。

"江小姐,是我没有说清楚吗?"他站在那个女人面前,双手环胸,"我们似乎早就分手了。如果是因为我现在太红而你想要挽回点什么,很抱歉,我已经不喜欢你这款的了。"

"时年,你怎么能这么看我?"

那个女人欲泣:"我又不是你们圈的,我会在乎你是不是个明星吗?十多年了,你不记得高中的我们一起追梦,约好一起上大学,去国外前端大学学医的约定吗?你食言了。"

"是我食言,"时年无所谓地笑笑,"可先断联的是你呀,江小姐,您这是贵人多忘事?"

敢情,林闪闪这是撞上了大明星久远的初恋女友了呀。

林闪闪隐约地听到了他们对话的内容,分了分神。

她仍然记得,星空下那个少年坐在礁石上,抱膝仰着头,目光里住满星光:"我这些年,一直想去国外学医……等她好了,我再给她买大房子,房子外种很多花。"

十年前,时年还没现在这么暴躁呢。虽然那时他的脾气还是臭,但满眼的认真和虔诚。

对啊,她依稀记得他的梦想是去国外学医,所以这家伙为什么做了明星?

林闪闪挠挠头,没怎么听明白,那头两人已经变成拉扯了。

"我不相信!"那女人突然凑上去抱时年,嘴也跟着凑了上去,"你还是爱我的对不对?你根本没有忘记我,你还一直还戴着我送你的尾戒!"

而林闪闪身边的狗仔兄弟此刻正在疯狂按快门。

"江凌，你脑子有病吧？"时年已经飞快推开了那个女人，擦着被染了口红的嘴角愤然道。

"你了解我多少，就站在这儿说我忘不了你？

"几百年前的事了，我能记得你长什么样子就不错了。我现在喜欢什么样的，你不知道？

"胸大腿长，你是吗？！"

女人呆滞了。

与此同时，林闪闪果断地举起板砖拍向了那个疯狂按快门的狗仔。

"砰！"

"谁？"声响惊动了时年。

林闪闪一手拿着相机，一手拖着晕厥的狗仔从树后慢吞吞地钻了出来，看着时年："这个人在拍你。"

时年看见她，眉毛一挑。

林闪闪觉得他不信，又指着江凌："没骗你，是那女人和他约好的。"

江凌果不其然花容失色。

时年默了几秒，最终放开了她，对林闪闪沉声道："过来。"

林闪闪抱着相机过去。

时年："江小姐，这就是你说的不想红？"

女人浑身在抖："我、我只是……"

"只是虚荣心作怪想要走到大众视线里？还是想要重拾旧情？我听人说，你现在在涉猎电商直播，还挺需要流量的。"

时年一针见血的话语，怼得江凌哑口无言。

时年当着江凌的面查看了那几张照片，然后将内存卡取了出来，并将相机砸烂，嘴上的讥诮遮掩不住："不好意思，你不是我的菜。"

时年不客气地笑了笑，说话像刀子似的，一点情面都不留。

然后，他将林闪闪拎到面前，弯下腰，嘴角上扬，双眸一弯好似星光坠落："而且你们这拍照技术，连我这个'私生饭'都不如。"

林闪闪无语,还兴人身攻击的吗?

那女人怔怔地盯了林闪闪几秒,总觉得有点眼熟,然而一时想不起来。直到时年瞪一眼她后,她才仓皇离开。

时年顺便也瞪了林闪闪一眼,这才放开她双肩,转身进了楼道:"这些天我总觉得有人在跟踪我,果然还是你,你什么时候才能消停?"

啊?也不到跟踪的地步吧……就是在公寓这边蹲守而已……

林闪闪赶紧低头,拉着行李箱跟了进去。

直至二人离去,小区阴影里,才缓缓又走出一个黑影。高挑的剪影,左手抱着右臂,指缝里鳍形若隐若现。

她皱眉低喃:"真麻烦……"

自己碰上化形期了不说,如今林闪闪竟也出现在时年周围了。

三、

电梯里。林闪闪拎着硕大的行李箱,在背后直勾勾地盯着时年身体中段,正想着人鱼之泪。

时年突然转身,被吓一跳。

林闪闪的目光飞速躲开。

时年无语。

看她那眼神,说她不是对自己居心叵测,时年都有点不信。

"你盯着我干吗?"时年质问。

"没、没干吗。"林闪闪本能地咽了下口水,找借口掩饰她对时年身体里人鱼之泪的渴望,脑子微微一转便赞叹道,"就是觉得……好腰!"

时年脑门一阵突突的。

这是刚送走瘟神,他又亲手把更觊觎他的人给接上楼了啊!

"你想试试?"

突然,他上前几步,忽而气势逼人、含笑地将林闪闪逼退在电梯墙壁上。

时年似乎极为擅长动用他那张脸来让人恍神,尤其是他笑起来的时候，会将五官里那点清高骄傲的神色，给抹杀得片甲不留，颇具少年气，同时又混合着成熟男人的味道。

在动物的世界里，富有侵占性的动物会将自己的领地都染上自己的气息，以宣誓所有权和主权。

试什么？他的腰？林闪闪脑子宕机几秒，只觉得自己好像被大鲨鱼盯上的鱼米，头一次还没反应过来，就到了鲨鱼的嘴下。

"我、我……"

她混沌了片刻——她夸他好腰，他怎么就觉得自己要吃他的腰片呢？

"怎么，这次敢明目张胆在我眼皮子底下晃悠了？"时年盯着林闪闪的行李箱，嘲笑道。

"我、我不小心把房东家炸了，被赶了出来，现在没地儿去了。"

林闪闪老实回答，但她的茫然和脸上蹿高的温度成功地让时年把握住了节奏。魅力是他惯用的伎俩，除了迷得一众粉丝神魂颠倒外，偶尔还能从黑粉、"私生饭"这里套到点证据。

林闪闪云里雾里，时年早已不慌不忙地打开手机录音，声音温柔："哦？真的只是这样吗？什么加入贝拉麾下，什么进演艺界……林闪闪你就是醉翁之意不在酒，冲着我来的吧，你老实说，是不是？"

林闪闪老实巴交地点着头，随后又疯狂摇头："不、不是！"

"你再好好想一下，如果你诚实点，说不定会发现意外的惊喜哦。比如你回答'是'的话，我也可能会告诉你：其实我从第一眼就对你一见钟情，好像在哪儿见过你呢？"

时年继续用他那能醉死人的声音，在林闪闪的耳边循循善诱。

心脏无端加速跳动，谁知道是心虚还是心慌？林闪闪蓦然睁大眼：他是不是想起什么了？她猛地推开他："不存在的！不是，不是！不熟！我们怎么可能见过啊，哈哈哈哈……"

"哼，你可别被我抓住现行。"

时年没成功，也不屑去找她的罪证，被她推开后，他那如沐春风般的神情一秒都不带打招呼地化作冷笑，重新转身拿后脑勺对着她，恢复了高冷："今晚的事，不许说出去。"

林闪闪又是一愣,才反应过来他说的是方才楼下的事。她点着头:"说出去干吗,要想说出去我就不砸那人了。"

　　时年又没说话了。

　　林闪闪心里终于轻舒一口气。这人好奇怪啊,变脸也好快,要不是他还顶着一张轮廓熟悉的脸,还叫时年,她都以为自己认错人。

　　不一会儿,时年像是后脑勺长了眼睛似的:"你又看什么?"

　　"没、没什么!觉得你的尾戒很漂亮。"林闪闪讪讪地,赶紧收回自己盯着他漂亮的五指的眼神。时年修长的手指上,那枚尾戒是个鱼尾形状的。当年她就觉得漂亮,还拿在手里把玩过。

　　时年手指动了动,淡淡道:"是吗,曾经也有人这么夸过。"

　　根本不是什么对前女友旧情未了。

　　只有他自己知道,他的手上还留着这枚尾戒,只是曾经有个女人找他要着玩,戴在她自己的手指上,赞叹着说这枚戒指很漂亮……

　　这枚尾戒,或许是唯一曾沾染过她气味的东西了。

　　当晚林闪闪未能采取任何行动。也不知怎的,时年的一个眼神就能让她战战兢兢。

　　现在,一大把年纪的林闪闪当然知道人类的生命线和她的是相逆的,时年认出自己的可能性很小。

　　可这该怎么办呢?林闪闪拍着心口想。

　　时年如今这脾气、这地位、这气场,她好像完全拿捏不住啊?

　　但也算有一些好的事情发生,比如节目的全员主题曲已经录制结束,接下来将进入淘汰赛制,所有练习生都不需要再全封闭式训练了,林闪闪得以光明正大地出现在时年所在的公寓。

　　自从林闪闪正式搬入贝拉的公寓以来,林闪闪的室友们都乐了:"闪闪要长期住这里?闪闪你还可以偷偷溜出来?"

　　大家仿佛直接略过了她在比赛期间溜出来这件事有多诡异,都不等林闪闪措辞借口,他们就为另外一件事开心了起来。

　　"真好,那今天我有点事,岳牙就交给你带啦!感谢感谢,你可别忘了练舞啊!"

刚开始的时候，还只有路笙这样。

到后来，冯青瑜和水木，也开始放手，时不时偷懒，把小恶魔岳牙托付给林闪闪："那家伙比哈士奇还难带，会拆家，还好你住过来了，闪闪最好了！"

林闪闪算是看出来了，人人都对这个小鬼避之不及。但作为加入团体的后辈，她拒绝无能，公寓里日常就只剩下她和岳牙大眼瞪小眼——

岳牙："你瞅啥？"

林闪闪："瞅你挺不招人待见的。"

"你胡说！"小恶魔跳起来，在公寓微信群里直接发了怒火冲天的问句："你们谁敢不待见我？"

贝拉："你们谁欺负牙牙了？"

水木："不敢不敢！"

路笙："不敢+1。"

冯青瑜："牙牙最可爱了！"

时年："呵。"

林闪闪："……"

人类可真虚伪啊，只有时年照旧帅气而保持那臭脾气的真实。

在公寓里住久了，林闪闪知道了一件事：岳牙不怕天不怕地，但是怕时年。因为她发现，自己搬进公寓的那一晚，岳牙就很不高兴。

他当然不高兴。

那天看见林闪闪搬来又有人可以让自己欺负了，岳牙兴奋得半夜三更都不睡觉而是在林闪闪床上蹦跶，结果被时年嫌吵，半夜冲了进来，提起他就揍了一顿。

身为团宠小恶魔，岳牙还真走到哪儿都在恃"宠"凌弱，只有遇见时年时会挨揍。这一过程被起夜的林闪闪全程目睹，时年则只是白她一眼："看什么看，没见过熊孩子挨打？"

林闪闪顶着两个黑黑的熊猫眼圈，双手合在心口："还真没见过，时年你不会是在为我出头吧……"

时年周身一麻,瞬间撒开手。

林闪闪红着脸,兀自感叹:"时年你果然是外冷内热……"

时年受不了地捂住耳朵跑出房间:"闭嘴!林闪闪,你可不可以不要这么自作多情!"

贝拉管岳牙管得死死的,平日里岳牙不上课的时候,都必须待在公寓里。

于是,林闪闪要负责看岳牙做作业、给他做饭、陪他玩、哄他睡觉……岳牙对于不能出去乱跑这件事怨气颇深,将这些气恼全数用在了折磨林闪闪身上。

这也让林闪闪少了很多精力和心神,去研究怎么对时年下手。

今天——

"林闪闪,给你面包,帮我写作业!"

明天——

"林闪闪,我要和小雅视频,快来帮我举镜子,我整理下发型!"

再不就是——

"林闪闪,听说你唱歌挺好听的,"岳牙抱着林闪闪的腿枕了上去,"我要睡午觉了,给我来段摇篮曲。"

……

无聊至极的岳牙终于有了消遣对象。

而他消遣的对象还很皮实,更是和自己一样被时年"恶劣"对待的存在。岳牙觉得自己找到了盟友,十分欣慰。

是以,一日岳牙像个小皇帝似的,在他日常拍摄的 vlog 里面,一挑林闪闪的下巴道:"林闪闪,你很合我意。"

这条 vlog 让网友们乐开了花,直呼"我的牙牙未来是霸总没错了!"

当然,也还有一些别的讨论随之滋生了:

"今天也是来窥屏牙牙 vlog 的一天,什么时候才能蹲到我的老公时年!"

牙牙和时年不共戴天,日常回复:时年已死,有事烧纸。

"公寓又有新成员了？看来牙牙很喜欢这次的小姐姐呢！"

岳牙翻着评论的时候努着嘴："林闪闪你可要感谢我，你看你现在的人气，可真是水涨船高。"

"当然当然，感谢牙牙！"

厨房里捞着意大利面的林闪闪声音含笑，脸色已经黑成锅底，一排门牙龇出苦涩的笑意，人气越高，她被切片的危险就越大啊，她只想安静地当条不惹眼的咸鱼……

岳牙的 vlog 在网络上一直很火，他发布的都是一些自己的日常。而他们住的这个公寓在网络上也挺火的。

因为几个明星偶尔会入镜，于是这里也成了粉丝们经常来踩点的地方。

公寓里几人的形象被网友总结为："团宠岳牙""组霸时年""保姆团水路青""大内总管贝拉"……甚至有人为此画了一套漫画。

"这个，其实很多人都误以为这是贝拉的明星运营思路，其实不是。"水木偶尔会带林闪闪逛商场，帮她培训时尚穿搭思维，也会跟她说家常，"贝拉别的不说，她更希望岳牙在这个年纪，过个正常的童年，上学考试，每个学期拿一百分。"

"怪不得现在岳牙每天都要上课做题呢。"林闪闪感慨，"但是岳牙以后长大，也很适合演艺界。"

"是啊，但那是以后的事情了。要是岳牙真有这个心思的话，贝拉一定是他最适合的经纪人。"

林闪闪能想象贝拉挥舞着炸鸡腿，满嘴油光笃定自信地指点江山的样子。

水木失笑，一颦一笑之间气质冷艳。

水木在大众眼里也是个气质极其独特的女人，身材好腿也长，她长着一张清冷的厌世脸，眉目间总是透着股苍白。但为人很不错，每次出门，她都能把林闪闪改造得漂漂亮亮的。

"闪闪，其实你的底子很不错，多和我训练矫正一下仪态和一些小习惯，未来你也可能是女神。你有想好，你现在想展现在大众面前的人设是什么样子了吗？"

"没想好,和你一样,漂漂亮亮就好了吧?"

林闪闪似懂非懂地说,只对着水木频频称赞,觉得水木有自己从前十分之一的风情。

"单单漂亮还不行,'人设'还是要有的。你也可以将'人设'理解为一种,从业态度。"

林闪闪的人设应该是什么呢?

她问贝拉,贝拉堆起满脸的肉一笑:"你甭想了,人设这东西不是凭自己造,时间久了,自见分晓。"

"那时年是什么人设啊?"林闪闪好奇问道。

"时年?那家伙的人设你不是早就见过吗?御姐癖,海上自杀狂。"贝拉翻翻白眼,朝她"嘘"了一嘴,"他爱跳海外界都知道,但他喜欢御姐的这个,保密。"

贝拉还因为时年动不动爱跳海这件事,被时年的粉丝们大骂过"吸血鬼",粉丝们都猜测说是贝拉对他太严苛,给他的压力太大,时年才抑郁跳海,时不时"轻生"。

贝拉撇着嘴:"也不知道是哪个吸血鬼,次次给他收拾被狗仔拍的烂摊子。"

跳海?

林闪闪表情变得有那么几分微妙。

为什么在她的记忆里,时年是十分惧水的呢?

怎么如今成了狂热的跳海艺术家。

四、

说回来,时年平日里最让贝拉操心的,就是他今天又向这个前辈"讨教演技",明天又和哪个艺人姐姐在"学习"。

最关键的是,时年经常和姐姐辈的艺人接触,他的粉丝还怪放心的。每次跳脚的,只有贝拉。

比如这天晚上。

时年出通告住在了一家酒店,贝拉因为有别的事所以就没有随行。但当日,当她从小旗嘴里得知时年傍晚又把小旗支走的时候,

第五章·不善伪装的人鱼

贝拉一拍桌子，怒了："那家伙，肯定又要和哪个年上小姐姐约会！"

糊涂！

一个不盯紧，保不准就又被人钻了空子。

也不知道哪里来的毛病，那么多年轻的后辈小姐姐不喜欢，非去喜欢比自己大的老姐姐们。老姐姐们混迹演艺界多年，哪个不是狐狸？逮着点机会就一定会兴风作浪，比喜欢年轻的小姑娘让人心烦多了。

贝拉在电话里数落着小旗，小旗除了哭唧唧地道歉也别无他法，她人已经被时年支配去了百里开外。

贝拉一抚额头，拉了个公寓的聊天小群，把时年排除在外，当即在群里发布悬赏令："时年地址，你们谁离得近的，去把他今晚上的约会破坏掉，把他捞回公寓，下周的时装周，我就带谁去。"

国际时装周，确实诱人。

但这摆明了是一道和贝拉作对，还是和时年作对的送命选择题。而这公寓里，不惮时年的无外乎也就两个人，一个时年的理想型水木，一个同样浑不吝的小恶魔岳牙。

但水木向来冷然，靠一张出圈的厌世脸混迹的时装周多不胜数，这次条件对她并不构成吸引力："我有邀请函。"

京剧大师冯青瑜："年纪大了，就不去时装周凑热闹了。"

训练狂人路笙："我有排练。"

和时年有仇的小恶魔岳牙："我我我，我可以在他们约会的时候，闯进去喊时年爸爸！"

贝拉："……得，闪闪，把岳牙锁好，你今天没训练和拍摄吧，要不，你揭个榜？"

林闪闪看到这个消息的时候，她正结束了训练回到公寓。

她刚开了门缝，便看见微信里和她留言说今天要给她补课训练的路笙边在家等她边和岳牙玩耍。

哦，没完没了的私教训练……林闪闪抓了抓头发，为躲避路笙在值班日给她安排的魔鬼训练，又悄然带上了门："行！我揭榜。"

林闪闪虽然向来勇猛,但找人方面,完成得着实不怎么样。

"时年,你还在酒店吗?"

"在。"

"时年,你还在酒店吗?"

"在。"

"时年,你还在……"

"在在在!你再不过来,我就要睡了。到底有什么事,非要见了面说?"

"总之很重要,见了面才说得清楚,你再等等哈!"

接近凌晨,时年挂断了林闪闪当晚的第十七个来电,躺在泳池旁的躺椅上吹着夜风,算是没了脾气。

好样的林闪闪,从他和人约会的时候就一直电话骚扰,说找他有急事,十万火急的事,让他千万要一个人待着,害他匆匆与人结束了约会。这都急到半夜了,人还没影儿。

她是迷路了吗?

林闪闪可不是迷路了!

这陆地的路可真不像是水里啊,每年春归溯回的时候,都有固定的线路。

林闪闪是个不太喜欢变动,也不太喜欢动脑子的家伙。顾南烛家、公寓、公司大楼,这三个之外的地方,对她来说找起来都不太轻松。

这厢。

时年虚叹一口气,发现自己对林闪闪的耐心也是挺足的。

夜里,月光在泳池里层层叠叠地晃荡出涟漪,沿着水纹安静地推开,泳池边基本已经没了住客。时年的脸盯着泛蓝的池水,渐渐出了神。

半个小时前。

池水里,身材令人血脉偾张的美女扶着泳池边冲时年轻翘着红唇,好奇道:"时年不喜欢水吗?"

"喜欢啊。"他蹲在池水边时,看不出一点真诚。

"那你怎么不下来？"

"怕水。"他答。

"怕什么呀，水里又没有妖怪。那怕我吗？"湿漉漉的性感女人就着月色风情万种地凑近他，眨巴着眼笑嘻嘻地说，"我是从水里来的哦。"

"哦？"从水里来的吗？他微微怔住，有一瞬间的茫然显现在他脸上，"那你有尾巴吗？"

"有哇。"风马牛不相及的问题，却逗得女人咯咯直笑。轻熟的女人很少像少女一样故作姿态扭扭捏捏，她下一秒捕捉到了他的嘴唇试图碰上来，"九条呢……"

时年躲过，迅速推开。

扑通！女人落进水里。

"不会吧，你至于吗？"满脸是水的女人钻出水面抹了一把脸，"传言你不拍吻戏，还真连接吻都不行吗？咱靠灵魂恋爱啊？"

"倒不是这个，"时年单手托腮，"主要你有九条尾巴，那就是狐狸。狐狸是地上跑的，我喜欢水里游的。"

时年喜怒无常的性格圈里人有目共睹，但他给人的感觉就是缺了兴致后，连解释都懒得敷衍。

女人从水里爬起来，冷脸道："什么又喜欢水又怕水的，什么地上跑水里游的……时年，你在玩我呢？"

时年无辜脸："真话。"

他怕水，因为溺过水。

他喜欢水，因为水里有他喜欢的东西。

女人："你就是在玩我！"

时年："那怎么着吧，是不是玩不起啊，姐姐。"

女人拂着浴袍气恼而去。

他说的是真话。

时年沉默着，他是真的喜欢水里游的，但遇不上了。

那水里游的女人给了他一个吻，说是要给他消除记忆。但他的记忆仿佛是出了问题，又或者那只是她的恶作剧……

那一段奇幻般的荒岛秘密，那一个带着海风咸湿的吻，如今十年了，还让时年历历在目。

那年他游轮遇险，也不知船上的人有多少获救了，多少人丧生，独独留他在海里被浮木半搭着沉浮，漂流了几天。他以为自己会死，只是早晚的问题。但他在海洋里遇见了像是从死亡深渊里游弋而来，逆流发光的海妖……

一个长着绯红鱼尾巴的，女人。

那女人吻了他。

从此以后，奇了怪了，他觉得谁的吻与那个吻都不一样。

游泳池的水依旧晃晃荡荡，在子夜的风里，泛开圈圈微小的涟漪。

出神的时年觉得自己有点魔怔了，回忆总是不经意地浮现，像是潮水悄无声息漫过海岸，涨涨落落。

他眸色微茫，湛黑的瞳仁深处，再次地，仿佛看见蓝色的水底深处，一道模糊倩影犹如梦里女妖，正摆着柔软的鱼尾朝自己温柔无声地滑来……

"哗啦啦！"

当时年意识到那不是错觉的时候，水里那缕黑影已经破水而出，将他脖子一掐，猛然拽入水底！

毫无预警，电光石火之间，时年被水底不明的东西攻击了，他于瞬息间溺于深水池。他挣扎着，可他的四肢好像被人禁锢了，失去了知觉。

一时间，水面激烈地溅起水花，就算能发出呼救声，也只是短促破碎的呛叫。

"救——"

他大口灌了几口水，"命"字喊不出口，一瞬的恐惧和绝望再度袭来，涌进心底。

林闪闪迷路到月亮高高挂起、时年的约会结束，酒店亮起了深夜才会被点亮的照路灯……她总算是寻到了时年的下榻地儿，找到了他说的那个泳池。

她到达泳池时，才发现不得了——

朦胧的月光下，酒店的游泳池照明全靠泳池边的路灯，时年在水里沉沉浮浮地挣扎着，在泳池的中央，有个正常人可能会看不真切，可林闪闪却能看见的一条涌动的模糊黑影。

黑色的尾巴时不时绽出水面染上淋漓的月色，水里细小的电光唯美而透明，却也危险。

魔鬼鱼！

时年被抛出水面，一截苍白手腕垂直往上，尖利的五指正正对着时年，下一秒，便是要刺入时年的腹中将他开膛破肚。

是她大意了，魔鬼鱼也在盯着人鱼之泪。

"时年！"

林闪闪没有一刻犹豫，猛地扎进水里。

在那一瞬间，林闪闪释放了自己的天赋。林闪闪的周身有无数看不见的气运汹涌而来，她成了那些物质的中心。

整个水体里都弥漫着细小的电流，那是魔鬼鱼与生俱来的天赋，攻击力强而无解。

林闪闪被水中的一阵电流击中，产生了瞬间的僵硬与停滞。

但她依然奋力游去。

就在顾南烛嘱咐自己少用天赋，保命要紧的几天后，林闪闪毫不犹豫地绽开鱼尾，开启了自己天赋值域到最大："住手！别碰他——"

在某个瞬间，林闪闪愤怒的吼叫似乎带了威严，鱼尾加速摆动，那些水体里乱窜的电流也被燃烧殆尽。

从武力值上来讲，魔鬼鱼是无敌的。可林闪闪开启气运天赋后，这场比拼，以林闪闪的胜利告终。

这不，那条魔鬼鱼忽然抽搐了一下。

林闪闪冲过去的时候，一尾掀翻了魔鬼鱼的肚子，魔鬼鱼如遭重击，蜷缩下去，鱼尾忽然在水里悄然褪形，化作双腿。

"哦？"

林闪闪发现了机会:"化形期?"

对一条人鱼而言,化形期是它们一生中最不稳定且最危险的时期,眼下这条魔鬼鱼,则很明显是不受控制地化形了双腿。否则,哪条人鱼会在水里战斗的时候,放弃自己的尾巴形态呢?

林闪闪瞅准了机会,拿出了她最为凶悍的战斗技巧,腾、挪、顶、撞,鱼尾如刀锋横扫。魔鬼鱼一时败退,便当机立断,用力跃出了水。

林闪闪飞快跟上,却只看见漫天散落的水花珠点里,一拢黑色背影光着脚上了岸,踉跄着疾行而去。

林闪闪没有去追,她重新扎进水里,在深蓝的池水里,摆尾朝着池底缓缓下沉的时年而去。

"时年!时年!"

失去意识的时年在缓缓下沉的时候,模糊间似乎听到林闪闪在喊自己的名字,那叫声清脆高亢而尖锐,隐约带了几分凛冽的霸气。

"不是怕水的吗,怎么还成天往水边蹿啊?"

是林闪闪吗?那声音里好像有对自己的所有物不听指挥而感到的……愤怒?

可自己什么时候是她的所有物了?

时年闭上眼,水里月色乱颤,光暗相投。

绯红的鱼尾在气泡里隐没,一闪而逝。

时年并不是被肺里呛出的一口水咳醒的,而是被人咬醒的。

片刻钟后,他躺在岸上,半昏半醒之间迷蒙睁眼,瞳孔正中央放大的,全是林闪闪那张充满研究与专注,正在对着自己嘴唇上下求索的脸。

等等,正常情况下人溺水了,救上岸不是该往嘴里渡气吗?!

这个家伙是在,在吸?

神经病啊!哪个救人的不是朝溺水者嘴里吹气?反而在一个劲地吸啊!

如果不是唇上传来柔软的触感,好似梦境里遥远而带着熟悉水汽的吻,让他的双眸深处出现了几丝迷茫,此刻的林闪闪一定坐实了"私生饭"最无耻的趁火打劫行径,第一时间被时年扇飞了。

可那瞬间,鬼使神差地,时年就那么睁着眼,呆愣在那里,任由某个闭着眼的家伙,专心地用唇在他唇上碾磨。

记忆有了短暂的混乱与重合——

十年前的某天。

"快走吧,我就不送了,那艘游轮五分钟后应该会驶过,我去引它过来。"

"欸,等等……"

少年望着海里那抹摆着鱼尾的身影,欲言又止。

"怎么,舍不得我啊?"

海里的女人艳丽地一笑:"那为防止你以后对我的美貌念念不忘,不如我亲亲你,消除你的记忆?"

风浪艳阳,礁石上少年蹲下身专注地对着海里:"你又在瞎胡吹了,什么人鱼的吻可以消除人类的记忆,这都不过是你胡扯的罢了。我才懒得信你。"

泛着光点的礁石和海水之间,有条泡沫般的分界线。

两个人侧脸都映衬着阳光。

"不信?"女人伸手一勾,忽而把他的脖子拉低,从水里探出半个身子来,夹杂着水汽的唇瓣就这样不由分说袭上他,声音里是得逞的笑意。

"那试试不就知道了——"

……

现在出现在他的眼下唇上的气味和触感,让他产生了几分似曾相识的感觉。

时年刚醒来,就经历了惊疑到混乱的眼神转换。

而林闪闪的动机就再简单不过了——

时年溺水了,她把时年从水底像捞根漂亮的海带一样地打捞了起来,然后将他的身体在池边放平,再手忙脚乱地用手肘顶了几下他的肺，让他吐出了淤积的水，他却没有立即醒来。

林闪闪趴在他身上听，发现他还有心跳，便知道他死不了，于是她放下心来。

她盯着自己的鱼尾巴，犹豫了几秒。鱼尾巴还在微微颤抖着，刚在水里被电了，上了岸也没办法立即恢复人形。

她本该在这时候赶紧钻进水里溜走的，可此时她的脑瓜子里陡然鬼使神差地想到：时年没醒……是个大好的机会啊！

尽管时年不需要人工呼吸，林闪闪还是无声地盯住了他漂亮的唇形，沉默几秒后，她义无反顾地扑了上去。

她小心翼翼地撬开时年的齿关，闭上眼，努力地释放自己的气息，想要引导人鱼之泪从时年肚子里朝自己过来。可人鱼之泪似乎是受到了什么禁制，她只能模糊地感应到，它还在时年肚子那块儿转悠。

于是，林闪闪开始小心翼翼地吸啊吸。

这不，就把时年弄醒了。

等林闪闪发现自己马尾被人一拽时，她猛地睁眼，对上的正是时年的那双冷眸。

她三魂七魄瞬间吓飞。

时年只是紧盯着她的脸打量她，目光幽深。

林闪闪神情变幻莫测地看着时年那被自己蹂躏过的嘴唇，又僵硬地打量了一下二人的姿势。

好像，自己，正将他压在泳池边……

完蛋，她说不清了。

时年睫毛上挂着细小的水珠，熠熠的月色在他瞳仁中扫荡开去，化成了一抹浓雾，浓雾在看见她那条绯红的鱼尾之时乍开天光，忽而一颤。

"林，闪，闪。"

时年沙哑着声音开口。

"我……对不起，对不起，不是这个……我这个……我、你听我解释——"

　　魂飞天外的林闪闪赶忙爬了起来，摆着双手，但她其实一句话也没说清，几秒后，她便下了结论：解释不清的。

　　于是，林闪闪僵硬地笑了笑："哦，你不会听我的解释的对吧……打扰了。"

　　她跳起来，扔下他，连滚带爬地跃入水中，消失在圈圈涟漪里。

　　逃了。

第六章
食物链顶端的男人

一、

"所谓'运气',在我看来,只是一种能够影响事件发生的概率的东西。所谓'因果',只是被绿幕布遮住了蛇身,只让人看见头和尾巴的一种表象。"

顾南烛绝对是个介于人鱼族与人类之间的异类。

人鱼族一定曾经文明辉煌,但这一飞船的人鱼遗落在地球后,却变得蒙昧不堪,除了顾南烛。

顾南烛行走在人类科技文明的世界里,有着人鱼族最本源的高等文明之心。

他喜欢研究的,是博物馆里那些神秘老旧的不明物件,他经常摆弄的,是他家里的那些瓶瓶罐罐,以及实验器材。

说他是人鱼吧,他和人鱼族相去甚远;说他是人类吧,他又略显孤僻,与"社交"这词格格不入。

作为一个斯斯文文的眼镜男,他平时倒是遇见了不少前来搭讪的异性,比如今晚。

回家的路上，顾南烛接到了一位女同事的电话，她的声音娇滴滴的："顾哥哥，我今天没有开车过来上班，你能不能送一下我呀？"

"你打个车？"顾南烛建议道。

"加班到太晚啦，打不到出租车。"对方的话语里带着撒娇的口吻，"顾哥哥你就帮一下我嘛，人家真的打不到车了。"

"那你等我一下。"顾南烛思考了片刻，最终松口了。

对方的声音里是止不住的欢欣雀跃。

"真的吗！太好了，谢谢哥哥。哥哥最好了！那我等你。"

"不客气。"

顾南烛挂了电话，然后在网上给她约了一辆货拉拉。

过了几秒，他又觉得这样有些不妥，他停下脚步，又多约了四辆。

在他的观念里，人类有时候只需要转换一下思维模式。

作为一条行走在人类世界里孤僻人鱼，顾南烛又毫不留情地将一个想要靠近他的人类拒之千里。

人鱼祖上的告诫就是这样：不要和人类走得太近，否则会被抓去切片研究的。

顾南烛不是林闪闪，无法靠着那身运气天不怕地不怕，就算是人鱼之泪丢了，林闪闪也能迅速地在茫茫人海里锁定宿主。

他这么多年的谨小慎微，可以说是在牢牢地守着在人类世界里的生存法则，直到……遇见那个女人。

今天下班回家的路上，顾南烛仍旧端着一杯咖啡沉思。

"顾南烛，顾南烛，求助啊！"

林闪闪的来电突兀地响起。

真是不敢想象，这就是顾南烛嘱咐过"不到万不得已，性命攸关，千万不要联系我"的人鱼做出来的事。

才过了短短几天啊？

"你说。"顾南烛点了接听，耐着好脾气。

此时，不敢回公寓的林闪闪，正坐在电影院门口的长凳上吹着冷风，惴惴不安地对着手指："人鱼之泪在他肚子里拿不出来，还有，我的尾巴也被他看见了……"

"什么？"顾南烛手中的咖啡杯一歪，他拔高音量，怀疑自己耳朵听错了。

林闪闪泪眼汪汪地抱着手机说："顾南烛，救我。"

"我不想和你沾上一毛钱关系，被人抓去做切片。"电话这头的顾南烛吸了一口气，他对这个行事作风恍若灾难的人鱼族预备祭司产生了深重的怀疑，"准祭司大人，你是怎么同时做到这两点的呢？"

"就，唉，一言难尽呀。"林闪闪撑着额头，深深地叹气，"事情是这样的……"

"长话短说。"见识过林闪闪是怎么花了一晚上的时间和自己叙述她丢珠子的经过，顾南烛坚定地打断她。

"呃，"林闪闪扁嘴，"那还有啥好说的，还是救我，救救我！"

这种送塔的队友，还有必要救吗？

按照他们海洋生物的规矩，一条同类犯蠢游进鲨鱼嘴里的时候，别的鱼群是不需要对它产生怜悯之心的，所幸顾南烛在人间生活多年，已经稍微进化出了那么一丝丝人性。

"人鱼之泪拿不出来的意思是？"

"它好像没有固定的形状了，只是在他肚子的那一块徘徊，我按着他使劲吸，人鱼之泪就是不出来！"

"所以你是咬着那个大明星的嘴巴，就上口了？"顾南烛先是瞪眼，然后才沉吟着点点头，"不愧是你。"

林闪闪知道这听起来怪蠢的："机会难得嘛。"

什么机会，他看林闪闪就是色心蔽日，胆大包天。

"应该是珠子在人类消化系统里消解了。"顾南烛翻着白眼之余不忘分析，但人鱼之泪不是普通的珠子，应该是凝而不散，依然盘旋在那个人类身体里，并未排出。

"这样吧，我研究下分离装置，等机会合适，就带他过来做分离——当然，如果那时候你还有命的话。"

顾南烛一句话，再度让林闪闪的头发变成潦草凌乱的鸟窝。

"那鱼尾巴呢？我的鱼尾巴暴露了这件事怎么解决？"

就凭这个，她断定自己不一定有命能活到把时年坑蒙拐骗进顾南烛家的那日。

"再亲一次他。"

"对啊，人鱼之吻！"

林闪闪一拍大腿，她怎么把这个忘了！

传说中，人鱼不仅歌声如海妖一般神奇，人鱼的吻也能让人丧失某段特定的记忆……

而这些传说，都是真的。

再一次发动人鱼之吻的力量，他不就什么都忘干净了吗！

顾南烛听着手机那头林闪闪欢天喜地的雀跃声，兀自摇头。

他发现人鱼族还真是个随着生长降龄，也会降智的物种。还好他比林闪闪年轻，还有时间保持理智。

"看来逆生长这个问题，也需要解决下了……"顾南烛暗中决定。

他可不想自己大半辈子所有的实验，伴随着自己的降龄降智，而付之东流。

好在，他这些年的研究里，似乎已经快接触到人鱼基因生长的奥秘了。

思考着，顾南烛经过一片公园的浅草地，他的裤腿忽然被拽住了，脚下不由得一顿。

夜色已是极度深沉。

借着不甚明亮的路灯和寥寥月光，顾南烛侧头，看清了那是一截雪白的手腕，在昏暗的夜里，手腕上的肌肤细腻如玉。

是个女人。

手腕的主人从路边的浅草滩里抬头，低声求助："帮帮我。"

顾南烛眉梢微微耸动。

这是他今天第二次，听到有人向他求助。

真奇怪，他看起来像是什么慈善济世的大好人吗？明明他走在人类社会里的时候，满脸都写着"生人勿扰"。

顾南烛皱了皱眉。

如果没有那一声分明低哑性感，却无助到不行的声音，顾南烛也许会像对待一般的乞丐一样，留下点钱然后抬脚离开。

如果对方没有用那双分明冷酷冷淡，却纯净无邪的眼睛和他对视，顾南烛发誓，那天他绝不会像捡起条流浪小狗一样，将那个女人带回家。

种种冲突而奇异的感觉呈现在眼前这个脏兮兮的、衣衫破烂的女人身上，顾南烛得承认，那一刻他好奇了。

好奇是每一个科研天才，最为致命的通病。

而他在很久之后，曾后悔过他在那个瞬间做出的决定。

因为，从他朝她伸手的那一刻——宿命就找到那个莫斯乌比环上最后黏合聚拢的节点了。

顾南烛在路上捡了个乞丐。

其实这并不是他最初的计划。

他朝她伸手的时候，原本没打算带人回家。可就在他给她在便利店买了面包，留了些钱，从长椅离开后，那个女人也站了起来，跟在他身后。

那女人年纪不算稚嫩，眼神却像个小女孩——莫不是失忆了？顾南烛如此揣度。

她的身材高挑，眉宇间带着点韧劲。身上笼着一个破破烂烂的长浴袍，也不知道她是打哪儿冒出来的，走路磕磕绊绊的，姿势很怪。

顾南烛让她不要跟着自己，她却不开口，就站在原地。

问她打哪儿来？是不是和家人走丢？她也不答话。

等他走，她又亦步亦趋地跟上。

就这样，顾南烛从不紧不慢到小跑起来，从低声好言劝告到换了神情警告，可那女人愣是一句话都不说，韧性十足地跟了一路，跟到了他家小区门前。

——她这是看他心好给她吃的，赖上他了。

顾南烛让她走,她不走,他自己上电梯回了家,将女人拒之门外。

暮春的风依然带着几分凛冽。半夜,他没睡安稳,又下了楼。

那个女人果然双手抱着膝盖就蹲在楼道的电梯口前,她没说话,只拿那双黑白分明、带着点性感冷淡的眼睛盯着他,看起来可怜巴巴的。

顾南烛生平头第一次拿一个人没辙,他一声叹气,便把她拎进电梯了。

顾南烛把女人推进浴室叫她洗澡,给了一身他自己平日穿的干净的衬衫和裤子,结果她连浴室里洗漱的东西都不会用。

顾南烛觉得他是不是除了林闪闪,又遇见个智力受损的了,他只好耐心地给她挤了牙膏,帮她涂了洗面奶,给她开了花洒,在她头上搭了条干净毛巾,这才退出去。

洗干净后,女人从浴室钻出来,穿着他的大码衬衫,脸蛋白净,搭配着她清冷的五官,光着的两条腿,竟也雪白修长。

她的身上一时有种难言的女人味,眼神却还是那样的不谙世故。

顾南烛愣了几秒。

他知道人类的文字有个形容词叫"勾人"。

他微微抿了略略干燥的嘴唇。

可那女人看起来懵懵懂懂的,还跟着他一起进了房间,跟着他爬上床……

顾南烛倒吸一口凉气,把她拉起来,带去之前林闪闪住过的房间。

"在这儿睡。"

他给那个哑巴女人铺好床,盖好毛毯,把林闪闪咬了一半就扔开的、早就发馊的面包从桌上扔进了垃圾篓。

"就收留一晚,明天就别跟着我了。"

他最后给她按灭了墙上的灯,合上房间的门。

虽然他为人有点疏冷孤僻,但动作和声音都挺温柔的。

昏暗的房间里,一直不开腔的哑巴姑娘,于黑暗里睁开了明亮的眼睛。

她下了床,去垃圾篓里重新拾起那个面包放在鼻子边嗅了嗅,她的目光有些奇异地望向门外——为什么会有那条锦鲤的气味?

这个男人和那条锦鲤什么关系?

魔鬼鱼回到床上,重新沉默地打量了自己的双腿好久,然后她握了握拳,拳头上细小的电流滋滋的,不多时又消失,无法聚拢。

麻烦的化形期,她只能想办法先度过这段时间了。

好在,魔鬼鱼一向是最为擅长伪装的人鱼。

她皱皱眉,复又展颜,不可知地勾了嘴角:看来这个男人,和那个锦鲤有着千丝万缕的关系……

这里,似乎是她度过化形期的不错选择。

二、

古兵法有云:避其锋芒,才能后发制敌。

次日,当林闪闪在楼梯上看见时年那对自己冒着精光、如狼似虎的双瞳时,她就知道自己现在冲上去亲他一下,无异于送死——

试想下,一个拿着自己幽门螺旋杆菌超标当借口,坚持不拍吻戏的怪脾气男明星,当他在晕倒之际被自己眼里某个可恶的"私生饭"趁机亲吻……他的心情该如何?

想要杀个人大概也不为过吧。

而且,他还看见了她的鱼尾巴!

人类对这种异形生物的恐惧,一般都会滋生成杀心。

林闪闪觉得自己聪明的地方就在于,自己还是能审时度势,懂得暂避风头的。她从当晚就开始躲避时年,完美避开了目前自己可能身首异处的情形。

亲人这事,怎么也不能在一头"狮子"要"吃人"的时候干啊!

然而,时年从昨晚就开始在到处找她。

从酒店追到公寓,他今早又杀来公司,把公司里里外外翻了个底朝天,逢人就问:"看见林闪闪了吗?"

短短时间,公司里不管之前知道林闪闪的还是不知道林闪闪的,全都知道她了。

"林闪闪!"

于是,练习生的日子奔忙,时间似流水往前淌。而有些日子的正常画面里,就变成时年在后面怒吼,林闪闪在前面奔逃的景象。

林闪闪在躲,在公司里四处逃窜。

时年堵到了贝拉的办公室,林闪闪从他胳肢窝下穿过蹿走了。

时年摸去了路笙和林闪闪练舞的练习室,林闪闪舞蹈也不练了,脖子上搭着汗巾就夺门而出。

时年堵在了林闪闪房间的门口,林闪闪从岳牙的房间里探出来,偷偷摸摸地开门溜走。

终于,一天下班后,林闪闪被时年堵在了地下停车场。

时年黝黑的目光就像一池湖水,幽深得要将她吸进去。

林闪闪被他盯得发怵,干笑了两声,又稍微拉开了点距离,开始实施自己脚底抹油的计划:先走为上!

"喂,你还敢跑?"时年一把拉住她的手腕,没好气地说,"行了行了,你也别想跑,否则我不介意今晚吃烤鱼。"

林闪闪内心叫苦不迭,他果然是要选个没人的又黑漆漆的地儿,对她生杀活剐了吗!

就在林闪闪胡思乱想时,时年突然把她按在了立柱上。

"啊啊啊,对不起嘛,那天的事,你就不能当人工呼吸吗?!"危急关头,林闪闪胡乱地大喊,吓得双眼一闭,屏住呼吸。

她条件反射地以为他一掌就要落下——

半晌,没等来拳头巴掌,她忍不住悄悄睁开一只眼,只见时年那张俊脸慢慢朝她凑近,四目相对,直至看不清神情。

顿了几秒,时年欲言又止,看着是有点像,但不可能的啊……

林闪闪迷惑地看着他,商量道:"要不我们先撒开手,有话好好说?"

但时年最后还是牢牢把她按住,一动不动,并用某种霸道又命令的口气朝她说:

"林闪闪,我们再亲一下。"

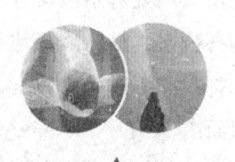

第七章
时年，十年

一、

可能林闪闪一开始就误解了。

她误解了时年自泳池边的那一吻之后，一直对她穷追不舍，誓要抓到的原因。

她以为她只是破了时年不与人接吻的禁忌，又担心他想起来点什么。

可时年只是本能地在林闪闪的吻上感到了熟悉的感觉。自那之后，他惊疑不定，决定最后再和林闪闪亲一次，看看是不是自己的错觉。

如果一个人如此深刻的感觉在记忆里都可以出错，那十年前的那场海浪后发生的事，他真的可以当作是梦一场了。

而世界奇奇怪怪，可可爱爱的林闪闪居然天真地以为，有人会为了一个强吻而将她大卸八块。

再或者，其实她是对自己十年前做过的恶事而心虚——一旦认出来自己就是从前欺负过他的那条人鱼，睚眦必报的时年会怎样？

"林闪闪,我们再亲一下。"

这句话怎么听,都和她预想的走向不一样。

听到这句话的林闪闪呈现僵化状态,她睁着一双大眼睛滴溜溜地瞪着时年,说道:"再、再亲一下?"

晦暗的地下停车场里,时年的侧脸显得尤为立体:"嗯。"

"为什么?"林闪闪被他炯炯的目光盯得越发惴惴不安。

"让你亲你就亲,哪来的那么多为什么。"时年说着,便用手掌往她耳边一撑,将之逼到角落,这个霸道的画面极其狗血又令人心潮澎湃。

林闪闪心如擂鼓,并且依然没能明白过来眼前的状况,只结结巴巴地说了句:"等、等一下——"

"不等,免得你又溜了。"

她的后脑勺突然一紧,时年并未给她等一下的机会,当即摁住她的脑袋,将唇盖上了她的唇。

"唔……"

一声嘤咛,林闪闪脑子登时宕机,她柔软炙热的唇瓣像是有人往里撒了一把带石灰的海水,然后她整个人从脸到脖子根,都烧成一片沸水。

她推了推时年,却被对方紧紧摁住,坚定的力道仿佛誓要把这件事做完。

林闪闪鼻子急促地呼吸,而时年浓厚的睫影投在她的鼻翼上,继而她闭上了眼睛,一秒两秒三秒,两人之间,只剩静谧的感受与距离。

她的唇很柔软,像是海浪激起的泡沫,而她的呼吸里,带着海水般的微咸与香气……

唇上的触感与时年记忆中的再度吻合,他放开林闪闪的时候,眼神透亮、漆黑,微微错愕——既有不解的疑惑,又有源自内心直觉里的拷问:

"是你,就是你吧。林闪闪,十年前!"

那条绯红的尾巴,还有唇上的触感,不会有错。

而时年那不可思议却又带着坚定与疑惑求证的目光，使得林闪闪心中掀起了惊涛骇浪，她心想：他认出我来了？

果然她还是失算了。

当年分别那会儿，她的化形期刚结束，能力不太稳定，临行时，给他的那个吻的失忆效果，居然是无效的。

时年记得，记得他曾在海岛上发生过的事，记得一切，也记得把他往死里欺负、抓起来当奴隶的她。

林闪闪沉默了几秒，直勾勾地盯着他，她那个上百年没怎么转动的鱼脑子就在这一瞬息里进行了超乎想象的运转，并在一个极短的时间内，给了他清脆的一巴掌，坚定回应道："不是，没有，你认错人了！"

林闪闪一把推开他，没命地跑了。

而这句没头没脑的回应却让背后的时年按着嘴角，挑着眉毛，满眼的戏谑与无语，他心想：林闪闪这个回答也太不专业了吧。

哪有人被没头没脑问了一句"是不是你""十年"之类的问题，就这么斩钉截铁地回答说"不是"的？

"呵。"

事情当然不会就此结束，林闪闪逃开后的几天，一日时年忽然带着小旗，拎着自己的大箱小箱搬来了公寓。

林闪闪傻了眼，看着时年冲她邪魅一笑，开始搬进搬出。但是小恶魔岳牙比她更先叉着腰发出了质问："时年，你干吗？"

"你管我干吗。"

说着时年就一把将箱子朝前一推，保龄球般正中岳牙，而后带着八岁的小孩直直飞滑开去。

看着林闪闪想上前又不敢上前阻拦的模样，时年也不多说，双手插在裤兜里，从她身边擦身而过，嘴里还哼着一段熟悉的旋律，信步由缰地上楼了。

"是你，是你，一定是你……是你是你，真的是你……"

是她，是她，就是她。所以呢？不带这么暗示的啊大哥！

这姿态,浑似在提着刀霍霍磨着,一边哼着小曲儿对她表达着"你的好日子来了"。

林闪闪双手捂住了她那将要爆炸的心口。

她觉得自己还不如勇敢地问个明白。

"你要、你要住这里?"林闪闪猛地上前几步,双手一拦,"你为什么要搬来这里?"

"为什么……"

涉及为什么要住这里,那还是件不愉快的事情。

可时年见林闪闪的这个反应,像是格外不欢迎他似的,他额角突突地跳了两跳,紧接着,他的眉毛也跟被冒犯似的挑出一个危险的弧度:"怎么,我不能住这里?"

"你不是一直在躲我吗?怎么还……"林闪闪下意识地脱口而出。

"谁说的?我干吗要躲你啊?"时年的嘴角一掀,他想起林闪闪上次,那伴随着落荒而逃的响亮一巴掌。

他脚步往前几步,把林闪闪轻而易举逼退到门板上,低头时伴随着危险的笑意:"我们闪闪这么可爱。"

林闪闪一怔。

搬家完毕,小旗清空了车子的后备厢,准备开车撤的时候,她非常不解地问时年:"哥,你不是说心情不好,不想在家住才搬来公寓的嘛,怎么你现在看起来挺开心的样子?"

时年捋了捋额发,玩味道:"因为突然有了乐子,找到可以好好玩玩的人了。"

不认识的人,会觉得时年浑身都散发着魅力。

熟识的人,就都知道时年在硌硬人这方面,一向做得独一无二。关于怎么把人逼疯,他自有一套自己的节奏。于是乎——

"时年大课堂"开课啦,今年的最佳男演员得主时年将为您亲身演绎,告诉您真正的大恶魔,是如何让对方无限"裂开"的!

场景一：林闪闪早晨在二楼的洗手间刷牙，时年拉开淋浴间的门，光着上身就走了出来，他用湿毛巾擦着头发，挤了个位置和她并排着刷牙："让让，我赶时间不好意思，一起吧。"

林闪闪满嘴泡沫地盯着镜子里的家伙："我们什么时候……关系这么好的？"

时年朝她发送了一个 wink（眨眼）："有眼缘嘛，看你眼熟。"

林闪闪吓得喷了一口泡沫，带着牙杯蹿出，去了楼下的卫生间。

岳牙正拿着小牙刷在楼下洗漱呢，对她十分不满："林闪闪，楼上没有卫生间？"

林闪闪告别了大恶魔，还得朝着小恶魔佯装无恙地作揖道："行行好，楼上的被时年霸占啦，我哪敢和他抢啊！"

岳牙十分鄙视："你真是个废物。"

场景二：林闪闪出门，下雨了，她都准备好了伞要去公司，时年拿着车钥匙从后面关门出来，一把掀了她的雨伞，把她捞进自己外套下面，将她夹在胳肢窝里带进车里："走啊，顺路，带你去。"

林闪闪心脏狂跳："话说，那个，我们的关系，没好到这种程度吧……"

"瞧你说的，亲也亲了，巴掌也捆了，都这程度了还说啥呢。"

等到了公司门口，林闪闪被人艳羡嫉妒地问："欸，你怎么是和时年一起来啊？时年竟然邀请你坐他的车？"

时年撑着伞下车，目光无波地从他们面前经过，丝毫不作解释。

林闪闪则尴尬得脚底板抓地，自娱自乐自演地哈哈大笑："邀请？怎么可能，一看就是我蹭车的啊，这不是顺路吗……"

"嗯？我的车，可不是谁都能随便蹭的。"

时年含笑走过，只留给众人谜一样的潇洒背影。

众人如狼似虎的目光瞬间瞪向林闪闪："闪闪，你俩有事！"

林闪闪无语。

场景三：贝拉召集大家在公寓里开会，岳牙嫌吵也不做作业了，闹着要喝奶茶，命令林闪闪去给大家买奶茶奶昔喝。

林闪闪买来后，人手一杯，冯青瑜细心地想起，说了句"时年还没到"，林闪闪只好咬着杯子又出去了。

刚出了门，她就碰上了时年。

时年问："你干吗去？"

林闪闪："给你买奶茶。"

时年捉住她的手，截过她的奶茶，顺势喝了口就拿着进去了："不用了，这个就行。"

林闪闪一怔。

时年端着奶茶进门，冯青瑜惊讶："欸，你手上有啊？闪闪刚出门去给你买了。"

时年面不改色："嗯呢。"

林闪闪进来，两手空空，冯青瑜问："闪闪，你的奶茶呢？"

林闪闪："路上洒了。"

时年似笑非笑地又把杯子递给她："哦，那要不然喝我的吧。"

林闪闪一脸黑。

场景四：说到这个就更过分了！

林闪闪被路笙逼着没事就在练习室练舞蹈、压腿、仰卧起坐瘦腰，被折磨得不成人样，还要一边被路笙挑毛病，说她舞台表现力不行。林闪闪每次回公寓，都腰酸腿疼，腿肚子打哆嗦。

这天，林闪闪还碰上公寓的电梯坏了在维修。

林闪闪望着长长的楼梯在内心挣扎时，遇上买完菜回家的时年，他取了墨镜，摘下口罩，把一张帅脸伸到她面前，笑得像进村的狐狸："要我背你上去吗？"

"不要不要！"林闪闪连连摇手。

"那行，"时年朝她恶意满满地张开双臂，"那抱吧。"

……

骚扰！以上种种，绝对算得上是骚扰了！

"我受不了了！"

深夜林闪闪对着手机大声跟顾南烛诉苦："有没有什么办法能治治这个骚扰狂？他就是想骚扰我！再这样我就要暴露本性了。"

"你的本性是什么？"

"揍人啊！要是十年前的我，早揍得他满地找牙了！"

"哦……难怪，所以你现在被针对是有原因的。"

"啊啊啊，那我要怎么办啊！"

"学我，关机。"

凌晨两点，被林闪闪一通电话从睡梦中惊醒的顾南烛，果断挂了电话打开了勿扰模式，重新翻身回了被子。

但隔日顾南烛还是被林闪闪叫了出来，见上了一面。

并非他在意林闪闪的死活，而是那天，林闪闪忽然说，要告诉顾南烛关于他父母的事，只要他出来她就跟他说。

顾南烛果然赴约。

"你真的知道我父母的事？"

林闪闪点点头："其实你上次说你的父母十年前去海里的时候，我就知道了。"

顾南烛皱了皱眉："你知道他们的下落？"

林闪闪摇摇头，只是如实道来："十年前，魔鬼鱼发动了一次很大规模的进犯，誓要夺取人鱼之泪，获取人鱼族霸主地位。

"人鱼族和魔鬼鱼为了人鱼之泪，厮杀得很厉害。那次战争被魔鬼鱼称为'圣战'，可实际上那一点都不神圣，因为双方都死了不少鱼，流了不少血……

"你父母当年就是收到消息，才回到海里帮助我们人鱼族战斗的。我见过他们，我们都上了前线，但我不知道，他们在陆上还有个孩子。

"那次前线的鱼全都阵亡了，我如果不是遇上了化形的关键时期被祭司撤到了后方，大概也不在了吧。

"顾南烛，我想你的父母没有抛弃你，他们只是没能回来。"

顾南烛听完，沉默了一会儿，便起身离去了。

林闪闪跟了上去："顾南烛，你看起来好像很伤心。"

废话。

他得知了父母的死讯，从此"失踪"的最后一丝念想也被斩断了。在这世界上，他就真的是孤零零的一个人了。

即使他曾经有哪怕一次想过这种可能，但从别人嘴里证实，谁都会伤心的吧？除了林闪闪这种不谙人情的家伙。

林闪闪绕到顾南烛面前，发现顾南烛在哭。成色极好的珍珠从他的脸颊滑下，落在了他的脚边。

"顾南烛……"

顾南烛停住脚步，闭上眼，低声道："谢谢你告诉我这些。"他的喉咙里有些难以压抑的情绪。

"不客气。"林闪闪摇摇头，她不懂得安慰为何物，又问，"顾南烛，你真的不帮我想想办法吗？时年这种，要怎么对付啊……"

她现在和贝拉说时年在骚扰她，就连贝拉都觉得，她是在异想天开。

"你动动脑子不行吗？"

顾南烛摇摇头，双目是疲惫而放空的，哪里还有心情去管林闪闪的破事。

想来，这才是林闪闪找他的正题吧。

告知父母的事，不过是引他出来的饵，他都不知道该气还是该笑。但他又好像充分了解了这个预备祭祀的脑子缺根筋这件事了……

所以这时候，她就连拍拍自己肩膀，安慰一下都做不到。

这时候的林闪闪是讨人嫌的，继续跟着他，拽他卫衣帽子，不依不饶："怎么动脑子啊……"

"你晃晃你的脑袋。"顾南烛终于停住了脚步，转身。

林闪闪依言晃了晃自己的脑袋："然后呢？"

"有没有听见你脑子里的水声？"

林闪闪一愣。

顾南烛打掉她的手，重新快步走了。

走了好远，情绪低落的顾南烛也还是给林闪闪留了话："手机、摄像机、留证据，然后找个能说理的地方，让人评评理。"

林闪闪并没有觉得告知顾南烛这样的事情，需要有特别大的心理负担。

人鱼是很少会被亲情方面的问题影响到自身的一种生物，比如林闪闪，她打小就裹在一团鱼卵里出生，压根儿就没见过自己父母，但她照样过着鱼的一生。

大多数人鱼也是如此，繁殖体系里不存在太多"爱情""亲情""友情"的概念，"群体""族群"的概念往往高过这些。

事实上也正如顾南烛推测的，她这天突然想告诉顾南烛，纯粹只是因为顾南烛懒得理她，而她很迫切地需要顾南烛聪明的脑袋瓜，来救自己于水火之中。

这个事，任谁看了不得说一句："啊，人鱼之间这脆弱寡淡的友情。"

但顾南烛不一样，他和父母从一开始就生活在人类社会里，他身上流淌的血液里有温度，他对父母也是有感情的。

他沉默地离去，用自己怀揣了十年的怨恨和冷漠的心，去慢慢消解着那句"他们只是没能回来"。

二、

今天归家的顾南烛情绪意外地低落。

他回到家，换好了鱼缸的水和鱼饵，放下了给之前收留的那个叫殷影的女人买的那杯热咖啡，就去了厨房准备饭菜，一句话都不说。

要是按照往日，他回到了家，是会对着殷影说几句自己白天的见闻的，说说他们的博物馆里又来了什么新的物件的……尽管殷影从不说话。

这段时间殷影的确极少开口说话，因为她的声带在转化，她懒得开腔。

殷影没见过顾南烛这么失魂落魄的样子，仿佛他整个人的魂魄

- 120 -

都被抽走了。于是,她拉拉顾南烛的袖子,突然指着头顶储物柜说:"我想喝那个。"

她的声音很有磁性,音色慵懒而带着点磨砂味儿,意外地很好听。

第一次听她说话,顾南烛微微惊讶,说了声:"好。"

他转过身,将手臂越过她的头顶,把那罐蜂蜜柚子拿下来递给了她。

拿的时候,顾南烛的身形有几分笼住她,殷影僵了僵,过了几秒,才用她那双黑白分明的眼睛,调整出纯真又感激的神情。

她又望着锅里,顾南烛给他自己准备的荷包蛋:"给我也煎一个吧。"

这种下意识的命令的语气,让她觉得不妥,她抬眼望了望顾南烛,又加了句:"……哥哥。"

"哥哥"这个生涩的词一出口,她嗓子眼像是吃了苍蝇,脸也蓦地红了。

结果,顾南烛笑了。

顾南烛这个几乎不怎么笑的人,笑起来时,眼睛在那双金丝边的镜框后微弯,晕染出几分温柔。

顾南烛觉得好笑。他从没听过这么硬邦邦的"哥哥",好像从牙缝里挤出来似的,生涩而艰难。

不一会儿,餐桌上,一向对外物漠不关心的顾南烛,还真多端来了一份荷包蛋。

"来吃吧。"顾南烛冲她敲敲桌沿。

于是,殷影挪过去无声无息地坐下。

"所以你其实是会说话的,对吗?"顾南烛一边喝着咖啡,一边问。

作为一个失忆了的,不记得自己家在哪儿,也不怎么开口说话的小哑巴,殷影居住的这段时间,让他仿佛已经习惯了身边多了一个安静的存在。

像是养了一只小猫或者小狗一样的……存在。

本来宁静如常的生活,却在某天里,起了微微涟漪。

殷影看着顾南烛喝,把顾南烛那杯也端过来喝了一口。顾南烛又不经意地挑了挑眉。

"嗯。"

殷影喝了一口,低着头点点,又垂着眸吹了吹,这才把有些烫的咖啡重新放回了顾南烛的面前,再抬眸,她漆黑的瞳仁里没有杂质:"会说话,喜欢听你说话……但是今天你不说话了。"

顾南烛不语。

殷影见状,又期期艾艾抬眸道:"你不开心吗,哥哥?"

"咳咳,"顾南烛噎到了,手忙脚乱把一块面包片叉进她的餐盘里,"以后要什么就直接说,不要喊哥哥……"

他有点顶、顶不住。

"哦。"

呼,真的很别扭啊……明明是条擅长伪装的魔鬼鱼,怎么会因为对方简简单单的一个腼腆的咳嗽,就脸红了呢?

殷影低头抠了抠自己手心。

对面男人递来一张湿纸巾:"我叫顾南烛。"

这头,林闪闪还在经历着时年的"恶性撩拨",时年分明是想逼她做点什么,或者说出点别的什么来的。但他也不急着开腔询问,只一副不急不缓的样子,如猫逗弄老鼠一般,折磨着林闪闪。

而林闪闪,已经趋近于爆发的边缘:"时年,我正式通知你,我忍不了你了。你再这样,我就要揭发你!"

林闪闪一边警告,一边摘下贴在自己门上的最新海报,咚咚咚地敲响时年的房间门。

"我哪样?"

门开了,居家的时年穿着可爱的青蛙睡衣,一股子被吵醒了的起床气。

"就是、就是像这样,往我门口贴你性感露腹肌的海报!"林闪闪气得舌头打结。

"岳牙贴的吧?我的每期杂志一到,他就把它当辟邪的符一样往家里各处贴。"时年揉揉眼凑近了看，还赞许地点点头，"拍得真不错。"

"我不信！"林闪闪说，"肯定是你贴的。"

"我说不是我就不是我。"

时年不喜欢别人质疑他说话的真实性，尤其是对他成见颇深的林闪闪。他不耐烦地扫她一眼，困意未消："我费那功夫干吗？直接给你看不就得了，你要看吗？"

时年说着，就开始动真格地撩起自己的衣摆，往上提溜——

"啊啊啊——变态！"林闪闪把海报拍在他脸上，一溜烟跑了。

"瞧你那点出息。"

时年翻翻白眼，见怪不怪地拉上门把手，重新倒床上午休去了，他的嘴里还嘀咕着："就这么点出息，感觉又和那个家伙完全不像啊……"

何况，人怎么可能越变越年轻呢？

"董事长，我要揭发！我举报我们公司的时年，他总在对我进行暗戳戳地撩拨和骚扰。这是我收集的证据。"

饱受时年戏弄的林闪闪怒不可遏地敲开了辉皇娱乐董事长的办公室门。

当然，这也是在高智商鱼顾南烛的提点下，林闪闪开了窍，再次饱受一段时间的硌硬后，她收集了一手证据，才有的行动。

林闪闪把自己连日来暗暗收集到的证据都装在一个U盘里，拍在了董事长的桌子上。

贝拉不给自己做主，她就上访，直达最高层。

为了拍到清晰的画质，林闪闪近日可谓煞费苦心，到处偷偷安摄像头。

林闪闪其实很少能见到董事长，毕竟这是一位举足轻重的人物。林闪闪觉得贝拉不一定能治得了时年，但董事长这种地位的人物，一定可以！

因为这老板长得一脸正派，不像个坏人。

"还有这种事？"

看着桌上的U盘，阮总果然是一副闻言怒起，颇为不平的模样。

"是的，阮总，这些都是我留下的证据。虽然我只是个新人，没有时年出名。但请您一定要明察秋毫，秉公处理。"

阮总将之慎重接过，林闪闪甚至大言不惭地说："贝拉也说了，我以后一定是她手上最火的一个，也不比时年差的！"

那头，阮总果然不负林闪闪所望，看完U盘里的内容，眉头紧皱，当下就亲自让秘书联系时年："把他叫过来。"

林闪闪大喜过望：这是法官受理案件了呀。

证据在手，这下她觉得自己成竹在胸胜券在握了。

直到……被打扰了下午觉的时年，无精打采地推门走进办公室，神情惺忪地朝董事长喊了一声："什么事啊，爸。"

林闪闪瞬间石化。

什、什么，爸？

苍天啊，为什么这么大一公司，就没个人告诉她：堂堂辉皇娱乐的董事长、现在手握最多娱乐明星命脉的男人，竟是时年的爸爸？

她呆愣愣地站在原地，完全忘记了自己的事情，反而当场见证了时年和那位董事长并不和睦的父子关系，以及知道了时年当时突然搬来公寓，离家出走的真实原因。

还原事情发生的当天，基本是这个样子的——

时年搬来公寓的前一天。

时年回家，意外地发现了秦芒也在自己家，系着围裙正在厨房里忙东忙西，和自己的父亲其乐融融，俨然一副女主人的姿态。

秦芒以前没少来，时年并不意外。所以才有了之前在公司，秦芒一副相熟的姿态，和他谈天的情形。

时年的母亲已故去多年，父亲开启第二段爱情，本来身为成年人的时年该做到见怪不怪，心态平和。

但当他经过父亲卧室，看见秦芒的行李箱就那么堂而皇之地放在里面时，阮开天从厨房探出头来说："对了，时年，你秦芒阿姨

第七章·时年,十年

今天开始就搬来和我们一起住了,和你说一声。你以后在家里就注意点,不要洗完澡就光着膀子到处走。"

简简单单的告知。

时年脚步停在父亲的卧室门口,看着父亲床头上,挂着的那幅很大的、稍微有些褪色的结婚照片,突然无端怒火中烧。

照片上那个笑得十分幸福的女人,是这个房间、这个房子以前的女主人,他的母亲。

"你们不能换个房子一起住吗?不能婚后再考虑同居吗?"

当时年站在阮开天和秦芒面前,冷硬地问出这样的问题时,他并不曾思考过这样的问题是否合时宜。

阮开天和秦芒的脸色顿时变得尴尬而难看。

很难说时年对秦芒,怀着怎样一种态度。

同在一个公司,时年是贝拉的艺人。

秦芒以对手下的艺人严厉尖酸而出名,他不大喜欢秦芒,但两人并无过节。

偏偏秦芒在外的尖酸刻薄,却每次在他面前、在他家的时候,全部消解,转而对着自己父亲,换上言笑晏晏的温软笑意。

风韵犹存,能干又漂亮的女人,也许他们之间真的是爱情,也许秦芒就是图一地位,这个问题的答案他无从得知。他能理解自己中年的父亲,想要有一个温柔乡。

但有些事情无法忍受。

"时年,你怎么说话的。"最后阮开天面色难看地开口说道,他觉得他在耍小孩子脾气排挤秦芒。

"今天要么她走,要么我走。"时年言简意赅。

最后秦芒走没走他不知道,反正阮开天几秒没答话,坏脾气的时年就自己回房,拉个箱子走出了大门。

"原来秦芒在和老总谈恋爱,原来时年,竟然是老总的儿子!"

事毕,林闪闪回想着当时办公室里那精彩纷呈的一幕,在贝拉的办公室托着腮帮,长吁短叹。

"你不知道太子爷是时年在网上的称号之一吗？"

而贝拉边见怪不怪地握着大杯的可乐吸溜，边叹着林闪闪的愚蠢。

"这事你还找去人家老爸面前，和人撕破脸……啧啧，难道不该拿了U盘来找我？怎么的，觉得我护不了你？"

"你之前不是说我异想天开嘛……"林闪闪摇摇头，抱着贝拉的全家桶委委屈屈地发呆，仍在怀疑人生，"时年老爸怎么会是董事长呢……他们连姓氏都不一样。"

"随母姓啊。"

贝拉慢条斯理地剥着椒盐鸡排上面的壳儿："他妈妈一直身体不好，时年出生之后根据当地习俗随的母姓，应该是要讨个望母安康的意思。但他母亲还是在他十八岁的那年因病去世了，之后他就一直和父亲生活。"

是这样的吗？

林闪闪愣了愣，蓦地她又回想起时年从前提及的梦想——去国外学医。也想起她搬来公寓的那晚，遇见的那个和时年约好，去国外念医学的初恋。

所以那时候，时年是想学医，治好自己母亲的吧？

原本该怀揣着那样的梦想漂洋过海求学，母亲却先他一步去世，那次出海也变成了悲伤的散心与缅怀。

结果祸不单行，又遇见游轮失事，然后遇见了她……

林闪闪难得地坐了下来，盯着贝拉油光水滑的嘴说："贝拉，那时年是怎么变成明星的啊？是当时他爸爸的公司开得很好，所以给他也安排进来了吗？"

"这你就错了，"贝拉闻言笑开来，粗短的食指在嘴唇边比了比，"他之所以来当偶像，不是因为他爸当年将公司经营得好。恰恰相反，是他母亲去世后，他爹经营不善，快要破产的时候。

"准确来说，后来几乎算是，他挽救了他爹的整个公司。"

林闪闪终于觉得眼下的时年多了几分陌生感，又无端生出了几分熟悉：是这样……是这样才对。

还是那个时年,和记忆中的那个满眼成熟、倔强、孤寂的少年能重合到一起了。

他带着难言的悲伤和低落来到海上,紧接着又遇上她这样的"女强盗",他在那段日子里的悲惨和愤懑,可想而知。

林闪闪:"那——"

"嘘,不多说了。"贝拉做了噤声的姿势,这事知道的人少,好巧不巧她就是来得早的老员工之一,知道的内情不少,"时年并不喜欢'太子爷'这个称呼。也不情愿把真相居功至伟一样地拿给外界的新闻媒体们去说。"

"我还以为是阮总看中了他儿子的外貌、天赋、才华……"林闪闪压低了声音喃喃,她发觉原来自己也错看了时年。

"天赋他或许是有一些吧,但才华这种东西,就是血泪里翻滚出的珍珠,从无一蹴而就的。"

贝拉啧啧两声后,咬下了一只鸡翅的脆皮:"自己知道自己长得俊,愿意拿起它作为武器,一头扎进这个大染缸,成为一个无时无刻都散发魅力的文娱商品……其中的得失冷暖,唯有自己清楚。"

"嗯嗯。"林闪闪跟着点头。

贝拉:"不过单就以一人之力翻转了整个公司的颓势这点,就很时年了。他的性格差是差了点儿,但人,挺靠谱也挺有能耐的。"

林闪闪听出了贝拉口气里的骄傲。

"你也别记他的仇,"贝拉又叮嘱道,"我倒不是为他说话,他就是个死天蝎座。这回一闹,他觉得没意思就会消停了。"

林闪闪若有所思。

所以说……推算到十年前,时年过得还挺困难的吧?

母亲去世,梦想破灭。

出门散心,结果在海上遇见游轮失事,在岛上被世界遗弃了几个月,还遭受了来自林闪闪的时不时地"虐待"。

随后父亲公司面临倒闭,初恋大概因为他的家道中落,单方面与他断联了。

而他在那些个不停失去的时期里,依然选择了分忧和解救,放弃出国，一头扎进了演艺界做偶像。

贝拉说，这很"时年"。

林闪闪想了想后，在内心也暗自点了点头，这很"时年"。还是她认识的那个少年——一点点的韧劲、一点点的倔强、一点点的古怪、一点点的惊艳的时年。

很多时候，明明深知未来是不可预知的无望，还是不可泯灭他浅棕的瞳仁里某种坚定的辉光。

三、

林闪闪想，这件事情总要告一段落。

虽然董事长不可能主持公道，但经自己这么一闹，时年应该会有所收敛吧。

但她失算了。

她在离开贝拉办公室的时候，看见了单手插兜倚站在门外，明显在等待拦截她的家伙。

平日里时年喜欢穿黑色卫衣休闲装，今日他的发带是栗色的。他这个样子不说是站在这里"劫财杀人"，作为一幅画报都毫不违和。

林闪闪吓了一大跳。

"怎么，"时年转过身，收起手里把玩的手机，朝她抬起眸来，"是不是听完贝拉对本少爷的叙述，对我更有想要了解的欲望了呢，林闪闪？"

他那模样，并不是林闪闪所希望的，猫对老鼠丧失兴致的样子呢……

这尊大神，明明从办公室愤而离场了，怎么会又毫无痕迹地折回来了呢？还听墙脚。

林闪闪原本还动容着，这会儿她的心情复杂："你怎么又跑回来了？"

"发现自己刚才搞错了重点，净顾着和老爹吵架了，心里不爽，所以又回来了。"

时年回答得很直白，他的双目盯着林闪闪下垂和躲避中的头颅：

"我发现你倒是挺能耍赖的,挺能反抗的嘛。"

林闪闪假装听不懂的样子:"你说啥?"

"我说,真没意思。"时年微微一笑,那笑却并不善良。这股不善良传递到他手上,便是他拿着手机的角角一下下磕着林闪闪的肩将她逼退,"林闪闪,你就像个打架打不过我,跑去找老师的小学鸡。"

小学鸡,那是游戏里骂菜鸟的说法吧!

林闪闪欲哭无泪,心想那还能咋的?

对哦,她还能求饶,求他放过自己,不要再戏弄自己了。

林闪闪终于选择举起了白旗,彻底投降,满脸苦瓜地道:"求求你了,时年,别戏弄我了,你真的真的真的认错了人!"

林闪闪苦着一张脸,将"真的"几个字重重咬了几声。

林闪闪总算和时年聊到这事上了,他挑了挑眉,觉得这段时日的目标达成,于是心满意足地收回手机,弯着眼,颇为得意的模样。

如果是林闪闪忍无可忍选择了自己说出来,他有理由相信,林闪闪鬼扯的概率会少了那么几分。

"认错人?"他歪着脑袋,放低声音,幽深的目光怀着几分说不清道不明的意味,"一样的尾巴、一样的气息,怎么解释?"

"我尾巴的事,你没有告诉别人吧?"林闪闪捂脸,她终究还是要面对自己最不想面对的事。

"你不主动坦白的话,我正打算广而告之,但那是最后的手段。"时年算是牢牢掐住了某条锦鲤的命门,"我相信,你在求我保密的时候,会告诉我实情。"

啊啊啊,魔鬼,残忍!

比魔鬼鱼还残忍!

此番情景,让林闪闪一时之间,恶向胆边生。

"那就好,那就好……"

她拍着胸口佯装着后怕,眼神却暗暗盯上了时年的嘴唇:"我不是故意不告诉你的,只是我当时被吓着了哇,其实我是——"

林闪闪一个饿虎扑食,朝着时年的嘴唇扑了上去。

亲他！失忆之吻。

先前的避其锋芒，终于到了一发制敌的时刻。

此时就是最好的时机。

可惜林闪闪扑了一空。

时年仿佛早有预料地侧身躲开，林闪闪只扑到了一把空气。而高大帅气的大明星此刻却嫌弃地看着林闪闪："林闪闪，你还真是什么心思都写在脸上。想亲我？没门。"

他记得有个女人说过，人鱼的吻可以令人失忆。

他不清楚接吻是否真能令人失忆，因为他并未失忆过……

但他看林闪闪的架势，方才应该是想扑上来这么干的。

呵，简直是痴人说梦。

林闪闪哪里知道自己的想法就这么一览无遗？她哀叹一声，最后只得彻底认输，双手合十道："我错了大哥，求放过。"

不知什么时候时年从兜里掏出了一只黑色的口罩，往耳朵后一挂，一张脸上就只剩两泓清澈的月牙："好说，告诉大哥，你是不是就是十年前的那条人鱼？"

时年的防吻装置做得真到位。

"是的话……会怎样？"林闪闪小心翼翼地问，"虽然不知道时年你在说什么啦，但是如果是的话，时年你要和它故友重逢，好友相认吗？"

试探，在生死的边缘试探。

"好友相认？"

时年仿佛听见了什么好笑的事情，在基本认定林闪闪就是那条鱼的前提下，他不由得心火丛生，放声大笑，最后咬牙切齿道："首先我需要想一下，那种家伙能不能算是我的朋友；其次我还要想一下，对于这种曾经差点把我扒了一层皮的'朋友'，我是蒸煮红烧杀，还是炖煎油焖炸……"

果然是铁打的天蝎，深仇大恨牢记在心……轮到她遭殃了。

林闪闪不自觉地咽了一口唾沫。

她的内心瞬间放弃了承认的想法。

"所以,"时年盯着她上下滑动的脖颈之间,心火伴随浪潮更加澎湃,"告诉我,你是不是呢?林闪闪。"

从游轮上初见的那一刻起,林闪闪分明就是认识他的。他很确定,然而——

"不是!"

林闪闪的头摇得如拨浪鼓,当场矢口否认:"实不相瞒,十年前虐待过你的那女人吧……她是我妈妈!"

任谁都没有想到,原本欲要掉马,不情不愿来个十年故人相认的林闪闪,竟随口说出一个似假非假,但又看似极度保真的"真相"来。

毕竟,时年拿不准是不是她的原因,不就是因为她比十年前要年轻许多了嘛。

他只是凭借自己的记忆与直觉锁定了她,却无法肯定。

于是乎,关于时年搞她心态这事,终于是告一段落了。

林闪闪如此向时年坦白——她的"母亲"曾是人鱼族的祭司,救过一个模样长相颇为帅气,性格极为善良的人类。

林闪闪又坦白——十年后,她继承她母亲的位置,接过珠子,即将成为人鱼族的新祭司。

林闪闪还坦白——那颗珠子被邪恶的反动势力魔鬼鱼给半路劫走了,她这才在阴差阳错之下,上了陆地。

而如今看来,世界真的很小,缘分真的很奇妙,她居然碰上了她母亲曾经大为夸赞的,长相帅气、性格极为善良的大好青年,时年!

最后,林闪闪一股脑儿全招了——那颗人鱼族的至宝,人鱼之泪,现在就在时年的肚子里……

时年本来是不信的:"你妈妈那么年轻,能有你这么大的女儿?!"

林闪闪理直气壮地道:"她哪里年轻了,她难道告诉过你她有多大?我们人鱼族本来就不显老啊!"

那天的时年恍然大悟。

那天的时年也怅然若失。

那天时年盯了她好久好久,他找不到她的说法有任何逻辑上的漏洞,他思绪万千,最终只是说了一句脏话,就大踏步地走了。

十年间某种缥缈念想仿佛终于抓住了,却化为了泡沫。

十年前某种放不下的情愫和期待,也成了雾。

而林闪闪在后头可怜兮兮的"能不能继续帮我保密"地祈求,时年置若罔闻。

林闪闪逃过一劫,并觉得自己的计划顺利进入到了下一个阶段:如何在吻不到时年的状况下,拿回人鱼之泪呢?

不能像魔鬼鱼那样,开膛破肚地取出来,她要对时年温柔点。她想到了另外一条妙计:时年既然住到公寓里来了,少不得会有和自己同桌吃饭的时候。

有没有什么东西,是吃了能让人腹泻几天几夜,连胆汁都拉出来的那种?

林闪闪最近总在网上搜些奇奇怪怪的内容。然而还没等她研究出个所以然来,她就触发了搬进公寓以来,第一次触犯众怒,引发人际问题的危机。

也是这一次,让林闪闪第一次真正认识到,艺人这个词,所承载的实际意义。

练习生竞技的节目赛程进行到了三分之一,在网络上的话题已经风生水起,备受关注。而此前身在焦点中心的林闪闪,却因为自己的不以为意,持续垫底 D 班。

网上关于林闪闪的讨论越来越多,甚至因她的关注度和实力不匹配引来了"德不配位"的评价。

路笙把网上的评论放在林闪闪面前,问她做何感想。

"我说过吧,你如果这次继续待在垫底班,你就结束了。你怎么想?"

林闪闪埋着脑袋喝碗里的汤,瓮声瓮气地回避:"不敢想不敢想……"

岳牙是见惯了林闪闪这缩头缩脑的样子的,把自己碗里不喜欢的鸡蛋黄挑出来,放到林闪闪碗里,唯恐不乱地说:"路笙路笙,我要打报告!林闪闪她昨晚没有练歌,也没有练舞。"

林闪闪好想把这个小孩丢出去。

她没练歌练舞,那不是在看着他做功课搞复习吗!

林闪闪竟然懈怠至此。

于是,路笙也拎着行李箱搬进了公寓。

"距离公演还有四天,从今天起,除了吃饭睡觉,你的一切时间都由我训练支配,OK?"

林闪闪只能乖乖点头,她仿佛看见路笙像只大老虎似的嗷呜嗷呜地朝她张开了大爪子。

可惜,路笙早就不是那个林闪闪前几次见面,明丽亮堂,还朝林闪闪发送wink的姑娘了,她因为林闪闪的进度和成绩而肝火旺:

"不行,再来。"

"再来一遍。"

"错了,重新来!"

……

可林闪闪依旧是那个就算躺在太阳下被晒成鱼干,也绝不在海里游泳健身的懒惰人鱼。因为她对什么都不曾真正上心,所以她做什么,都是赶鸭子上架——

于是矛盾,就在舞台公演的前一天爆发了。

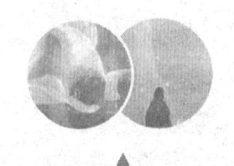

第八章
瓢泼的雨和孤倨的山洪

一、

那天下午路笙要参加一个拍摄,于是她给林闪闪留了自己的慢速教学视频,让林闪闪务必在家勤练不要偷懒。因为林闪闪像鱼一样,记性非常不好,好些动作做了,又无数次忘掉。

林闪闪信誓旦旦地点头答应后,路笙才出了门。

下午五点,路笙赶完了拍摄,顾不上吃饭就往公寓赶。打开门,她看见的却是林闪闪和岳牙正窝在沙发里看着动画,还好不快活地吃着火锅。

一瞬间,路笙的火气直冲天灵盖。

而林闪闪看见路笙的那一刻,惊吓之余还回头看了一眼墙上的时间,她嘴里的火锅粉就此哽在了喉咙里⋯⋯

路笙怎么比她说的时间回来得早?

这一幕大大刺激了路笙的神经,她直接朝着林闪闪怒吼。

"这就是你说的练习!林闪闪你糊弄谁呢你?你是在给我练习是吗?你明天上场了又傻站在舞台中央跟不上拍子的话,是在丢我的脸是吗?让你练舞,是为了给我交差是吗?!"

"你来这儿都这么久了,为什么一点自觉性都没有呢?正经事不干,一天到晚就和时年搞出些花边新闻,你还没正式出道呢,我真搞不懂你的脑子里在想些什么!"

"你看看你自己,要上台的前一天还吃火锅,不要嗓子了是吗?牙牙才八岁胡乱闹,你也就跟着胡乱搞?你能吗?你配坐下来优哉游哉吗?我真是白教了你这么多天!我为什么要操那个心……呵呵,你其实从来不配!你根本不配那个舞台!"

这一句一句话几乎是路笙吼出来的,她声音尖锐,带着彻头彻尾的指责和失望。

岳牙被吓蒙了,无声无息地从沙发上溜了下去,偷偷跑进自己房间躲起来,给贝拉发语音:"贝拉,贝拉,路笙姐姐发火了,在骂林闪闪。"

而路笙话音落下的同时,林闪闪也怒了。

其实,林闪闪的脾气一向很冲,如今收敛许多,只是因为她的年岁在变小,而且她在努力适应人类群体的生活。

但她绝对受不了这种莫名其妙的责问,十年前就是如此,谁骂她,谁就要挨揍。

是以,条件反射之下,林闪闪一下子怒火冲头,猛地站起来狠推了路笙一把,也大声吼道:"不配就不配!这是我的比赛,你管我!"

林闪闪的力气很大,也没个轻重,路笙当时就重心不稳被她推倒了。

路笙的腰撞在茶几尖角上,整个人滑倒在地,发出了痛苦的哼声,随后,泪大片大片从她的眼睛里涌出来,她连声呜咽。

"路笙,路笙!"

一直在门缝后偷看的岳牙跑了出来,慌张的奶音充满无措:"呜呜呜,林闪闪,你坏,不准你打路笙……"

而林闪闪脑子里一空,看见茶几角落上的血,忽然慌了。

再看路笙,她挪开捂着后腰的手,手心一片血迹。

"你、你没事吧?"

林闪闪赶紧去拉路笙,想把路笙扶起来,但路笙用力甩开了她的手,平时活力满满的眼睛里,只剩下漠然。

"滚开。"

贝拉和冯青瑜、水木等人看见岳牙在群里发的带着哭声的语音后,都迅速从公司赶了过来。

在岳牙抽抽噎噎的啼哭下,贝拉大致知道了事情经过。

而林闪闪则看见,贝拉的脸色在岳牙的讲述过程里越变越黑,包括冯青瑜和水木的脸色,也不好。

林闪闪知道自己闯大祸了。

"腰受伤了,别坐地上,先拉去医院看看。"贝拉不容置喙地道,这时候扶起路笙的她灵活得不像个一百五十多斤的胖子。

林闪闪上前,想对贝拉说点什么,贝拉却只是看了她一眼,生生把林闪闪的话堵在了嗓子眼。

那一眼并不严厉,却充斥着林闪闪没见过的冷淡。

"你能走多远是看你自己的,这点没错。而我也说过,没有人与生俱来的天赋可以不加磨砺,就能成为一颗上好的珍珠。"

林闪闪不知道该说什么,但她听得出来,贝拉的意思虽然中立,但语气却很冷漠。

贝拉扶着路笙先走了,岳牙也担心地黏着路笙跟了上去,水木和冯青瑜紧随其后,他们走之前看林闪闪的眼神,却也是带着几分不认同的。

"闪闪,"身高接近一米八的水木在走之前缓慢地开口,语调说不上热络,"人不能仗着自己年轻、天赋好、够吸睛,就这么怠惰的啊……你可以觉得这只是一个比赛而已,但就这一个比赛,你作为一个艺人应该全力对待的啊。能获得这个比赛入场券的你,并不意味着你多优秀,和路笙比起来,你也只是运气比她好很多而已。"

林闪闪没说话,但多少觉得有些委屈,她的声音很小,眼睛看向别处:"这比赛又不是我想参加……"

"记得我们聊过,关于你要做艺人,想确定人设的事吗?所谓人设,我告诉过你,那其实是一种从业态度。"

水木没再说话,走了。

"路笙为了赶早回来给你练习,拍摄完了一口水都没喝。"冯青瑜是最后一个走的,"闪闪,在其位,谋其政。"

她意味深长地拍了拍林闪闪的肩,也走了。

林闪闪呆呆地愣在原地。

从岳牙的反应上来看,这个公寓里头一遭出现这么尖锐的矛盾,而林闪闪,则成了那个集火点。

她突然觉得心头很不是滋味,这种不是滋味的感受,在海里的时候,从未有过。

路笙被带去了医院,林闪闪被遗落下来,好像谁也没空管她了。

她徘徊在医院病房门口好远的地方,一直没敢进去,最后她只好坐在医院门口的长椅上,愣愣发呆。

恰好时年这时候结束通告,赶来了医院。

林闪闪坐在长椅上,看见时年朝护士打听病房位置。

时年去了趟病房,再度出来去洗手间时,衣角突然被人拽住——

他一回头,是林闪闪。

时年脾气毕竟是差的,看见林闪闪,想起她那一身能把自己也推倒在地的蛮力,他顿时有几分恼火。

"林闪闪,你就这德行?"

林闪闪愣了愣,垂下脑袋狡辩:"我不是故意的……"

"不是故意的就能动手推人了?你知道腰对一个唱跳艺人来说多重要。"时年口气严厉,比贝拉他们要凶上好几分,"她逼着你练,是好了她吗?"

"那就好了我吗?"

林闪闪也被他激怒了,反嘴回道:"那个舞台是她想要的又不是我想要的,我本来就没想赢。为什么她要把自己的遗憾强加在我身上!"

"那你就……"

时年长长地呼了一口气,像是终于敛下了自己的脾气,严肃道:"那你当初就不要答应她,接受她的培训。

"既然你答应了,你就应该尽全力去做好吧?"

时年不客气地把林闪闪的肩抵到墙面上,神情毫无玩笑的意思:"你不知道这个节目对路笙而言,意义有多么重大。

"她十四岁开始当练习生,一个人在异国他乡生活了好几年,她一直是练习室里最晚离开的那一个。归国后,她也几乎用上了所有可以拿来训练的时间。她有些贪吃,但她从没有因为贪吃,而让自己多长一两肉。

"她会拿多于别人数倍的时间在镜子前练习表情管理,为了让身体形成肌肉记忆,把膝盖骨练到损伤,需要戴护膝。因为这个圈子就是这样,很残酷,优胜劣汰,几年就迭代一波。

"她一直在等待一个机会,也一直在为那个机会准备着。

"是,是她自己犯错,错失了这个机会……她的执念很多,也寄托在了你身上很多。但就是因为知道,这样的机会多么来之不易和珍贵,她才不希望你浪费。

"我以为,她是真心把你看成我们团队里的一员,才会这么做。

"否则,她只会是从你签进来就对你爱搭不理,或者嫉妒心使然,给你使点什么绊子。更何况,那时候你已经答应她了。"

林闪闪被他说得无地自容,血液汇聚于顶,也烧到了耳后:"可是大家都觉得是我的错,都没人理我。"

"并不是。你以后会知道,贝拉手底下的团体和艺人,什么都可以容忍,就是不能容忍窝里斗。因为你连伙伴都没有的话,不可能站得稳!

"而我至今都不知道,你一头撞进演艺界,到底是冲着什么而来。"

时年说话像是机关枪似的,毫不留情的口气,摆明了对她的不认可。

林闪闪本来就是他认知外的意外,他看不见她的目标,也看不见她的勤勉、规划、信念。

"问问你自己，你是为了什么而来的？林闪闪。"

林闪闪直直地盯着他，回答："你。"

时间像是在两人之间静止了。

时年愣了下，他看向林闪闪的眼睛，看见了她眼底，无比诚实而坚定的光。

这是林闪闪和他目光接触最不避讳的一次。

也是她说话最真诚的一次。

坚定得让时年忽然有几分心悸——仿佛这条人鱼，跨越万里的大海，却从头到尾都只是为他而来，那种这个世界五光十色、人山人海，而我只是为你而来的恍惚……

时年嘴皮子动了动，忽然失语。

好几秒后，他才回过神来，神色淡淡地道："如果是因为我肚子里的珠子，那你可以走了，等哪天我弄出来了再还你，你实在不必如此大费周章。我需要你想想，当你来贝拉的手下当艺人的时候，你要为此付出什么。"

林闪闪不说话了，因为她无话可说。

时年也是生气的，但他生气的点却在于她加入这个团体，是否带着真心诚意。

至今为止，她从没考虑过，成为一个艺人后，她需要付出些什么样的代价，她以为自己能安安稳稳地当个混子，置身事外。

但是在时年连珠炮似的谴责批判里，她好像……明白了点什么。

是担当？还是责任？是伙伴？还是某种人际关系里的，相互扶持和理解？

"说啊。"时年逼她。

"我、我没想过。之前，我是为了你……肚子里的珠子。"林闪闪嗫嚅，"我本来就是——"

"行了，不用说了。"时年摇了摇头，觉得她不会懂自己意思的，便转身走了，"你早点回去休息吧，明天还要录制。"

他的袖口却再次被小心翼翼地扯住了。

"可不可以教教我，明天舞台上的舞。"时年回眸，林闪闪仰着头问他，声音很小，眼睛一眨一眨的。

时年先是没说话，盯着她打了会儿，才说："为什么要我教？"

"贝拉说过，你是全能的。"

"找别人。"时年想也不想地说。

"他们现在应该都很讨厌我。"

林闪闪仍旧拽着他的袖子，只是脑袋再次低下去，声音也低下去："所以……能不能教教我。"

时年从她握住自己袖口的手指上看出了某种执拗，他问："我就不讨厌你吗？"

林闪闪愣了愣，讷讷松开手指头："应该也是讨厌的吧……"

林闪闪没了办法，脑袋也彻底耷拉下去，只能慢慢转身离开。

她的手腕却突然一紧。

她诧异地抬眸。时年没说话，握着她的手腕，撇撇嘴，一声不响地拉着她，往外走去。

深夜，时年带着林闪闪，直接去了公司的练习室。

"啪！"

雪白的灯光打开，时年站在全墙面的落地镜前，拿着林闪闪的手机翻看了几遍路笙录的舞蹈，便默默将动作速记在了脑子里。

"练到几点？"他将手机交还林闪闪。

"会为止。"林闪闪笃定地说。

时年眼底划过一丝欣慰的笑意，点点头，这才脱下了自己的外套扔到一旁，腰身微拧，手指一勾，那个专业的舞者的范儿，突然就到他的身上来了，他抬抬下巴："来。"

那天晚上，时年不厌其烦地一遍遍教林闪闪跳舞，教了整整一晚上。

这回，林闪闪没喊累也没喊困，一遍遍地跟着。

雪白的灯光照在空旷的练习室，一高一矮两个影子在镜子里来来回回，不知疲倦。一盏孤灯，亮在高高大大的建筑里，渐渐远了，像夜晚不眠的孤星。

大楼外天际渐渐泛出鱼肚白,林闪闪终于拿下了这个舞。

"五六七八——"

当林闪闪完整地结束了最后一个八拍,她和时年一起往地上倒下,对望几秒,不约而同地笑了。

"恭喜恭喜,七秒记忆的选手终于破局证道。"时年突然隔着她汗湿的额间发敲了下她的额头,"不简单啊,林闪闪同学。"

时年的眼睛是浅棕色的,微微弯一弯,很容易就把人给吸进去了。

"同喜同喜……"

林闪闪心里一悸,慌慌张张捂住眼睛:"是老师教得好!"

一晚上汗水就没停,此刻两人互相拍着马屁,一种相同的感觉充盈在两人身上——成就感!

林闪闪得承认时年是个很好的老师。他一直在教她怎么样打点,怎么样释放柔软和力度,什么时候笑更好一点,怎么和镜头配合产生美感,什么时候和观众产生互动之类的,虽然她的基础不好,但经过一晚锤炼,已然大有进益。

而且林闪闪惊讶地发现:时年这人怎么回事?他跳起女团的舞来,竟然比女生跳得还好看?!

他的每个动作都带着男生帅气的力量感,但又有着十足的活力。

他的每个动作都是落落大方,自信又魅力无边。

时年真的是个怪物!

"记得,吃透每个动作,找到属于你自己的感觉,然后将它变成你自己的东西。"站起来的时候,时年如是说,他把鸭舌帽从头上取下,往后一捋自己的额发,随后将帽子按到她头上了,"你再来一遍。"

这张脸放大了,真俊。

林闪闪少不得又愣了愣,看呆了。

才一晚上,她发现自己居然也不知不觉地着了时年的道,成了他的颜粉?

而所谓颜粉的表现，无外乎看着对方的脸，就忍不住走神，且产生想要动手动脚去碰一下、捏一下的想法。

林闪闪摁住了自己的念头，努力地理解着时年的话，她对着镜子里他肯定的眼神，再来了一遍。

结束后，她看见时年鼓起了掌。

"耶耶耶！"她自己也鼓起掌，随后蹦跳着和时年兴奋地击掌，"时年，我会了我会了！"

时年："可以，有点那个意思了。"

林闪闪就是在这样得意忘形的时候，鬼使神差突然动的手。

兴奋的她忽然就捧着时年的脸来回揉搓了两下，夸道："哎哟哟，时年老师可真是太厉害啦！"

一个无心的小动作却让时年如同被细小的闪电击中了，他脑子里又诡异地跳闪出某个几乎重合的画面和声音——

空灵的旋律回荡在礁石上，潮水绵绵地打在泥沙地的青苔上，夜色是幕布的深蓝，月光下的女人一曲歌毕，少年抬起手鼓掌："不错，终于没唱错歌词了。"

"哈哈哈，我会了我会了！"那女人骄傲地自己给自己拍起手来，反手又捧起少年的脸，"哎哟哟，时年老师可真是太厉害啦——"

……

记忆几乎与眼前的场景奇异嵌合。

再一次——

时年一滞："林闪闪。"

忽而他捉住了林闪闪的手腕，他的目光里有狐疑和惊疑不定地炙热。

林闪闪灿烂的笑意在他看来都有了几分道不明说不清的意味，那种奇异的熟悉感再次滋生。

林闪闪吓一跳，两人四目相对时，看见时年琉璃剔透的眸子里浮现出的华光，忽而笑意僵硬在脸上。

与此同时，林闪闪的脑海里警铃大作。

糟糕！做鱼做久了，有些小动作还是成习惯了，比如调戏帅哥，比如语态。

完蛋，她会不会被认出来？林闪闪几乎是瞬间回神，回神后的第一秒，便是爬起来仓皇而逃。

时年跟着站起，满目的诧异："你跑什么？！"

没有回答，林闪闪一阵风似的消失在公司走道拐角，时年一时没能跟上去，只有手里有她刚刚跑掉时头发拂过的余温。

"为什么……"

时年盯着自己的手心，低声喃喃地同时，他的脑子里浮现出了星星点点的困惑。

为什么林闪闪这个家伙，一再触发他似曾相识的感受？

难道……母女间的行为和话语，也如此相像的吗？

林闪闪你跑什么啊？

废话！当然要跑，当年自己差点把时年整个半死，不跑难道等着他盯着自己的脸，回忆起来吗！

这是林闪闪狂奔出去时，内心真实的呐喊。

才一个小动作而已，希望刚刚没露馅。

林闪闪确信，时年是那种记性很好的人。他看了一遍路笙的教学视频，就能把舞蹈完整地跳下来，那么他就不可能会忘记十年前，某个嚣张跋扈的女人，曾经对他的各种"蹂躏"和"欺负"。

一脚踢翻他让他下跪，绝不是欺负他的事情中的唯一一件。

十年前的画面一旦一股脑儿地涌入林闪闪的脑袋里，林闪闪就会不由自主想要按头，头疼地回想起一件又一件。

唉，她从前，怎么就那么像个魔鬼呢！

二、

"大点劲儿，中午没吃饭吗？按得不好晚上也没你吃的了！"

"嗨呀，这个手法好，这个手法好，保持住，给我再多按会儿！"

"风呢？给我扇风啊，别停。"

做牛做马做奴隶，揉肩揉腿按脚板……林闪闪绝对知道，那个不肯卑躬屈膝的小奴隶满脸写着"备受羞辱"四个大字,可她偏要折腾他。

看着他紧抿着嘴,一声不吭隐忍求生的样子,她就觉得受用得很。

还有一次,她印象颇深。

月亮高高挂起,方圆十几里的小岛上灌树葱盛,篝火静谧,适合刺猹……啊呸,适合夜巡。

林闪闪在海里无聊,夜里心血来潮,游去了那片小海岛上。

她本来只想去瞅一眼那个被囚在小岛上的家伙晚上在做什么,却意外看见那家伙蹲在一丛篝火旁,双瞳在火堆后面熠熠生辉。

而他面前,架着一个简易的树杈烤架,和一条被串起来烧烤的鱼……

在人鱼族,有条严厉的禁制抑或说诅咒亘古流传:绝对绝对不得食用鱼类!

无他,鱼和他们同源。

在耳濡目染下,林闪闪同万千人鱼族的人鱼一样,早已将鱼类视作了同源不同亲的胞亲。

时年那会儿在林闪闪眼里,还是个没有摆脱嫌疑的魔鬼鱼,如此行径在林闪闪眼里落下,只沦为了残忍和丧心病狂。

水浪突然冲天而起!

在多日不知肉味的时年,即将要把那条不大的烤鱼送进嘴里的时刻,他忽然被一股湿淋淋的大力掀翻在地,脸颊上传来一阵火辣辣的疼。

而那条烤鱼,也彻底报废在了夜间低温的泥沙地上。

打翻他的是条巨大的鱼尾。

尾巴后是林闪闪阴沉冷酷的脸:"魔鬼鱼难道就可以不遵守禁制残害性命了吗?你是不是想死?!"

时年又被林闪闪毫不留情狠狠地甩了一尾。

月下潮水上涨,他承受了林闪闪突如其来的怒火,他的身体跟着蜷曲在地上的泥沙里,他的肺部很痛,说不出话。

而林闪闪依旧冷酷:"如果再让我看见你吃鱼,我会亲手把你拖入海底深处的淤泥里,把你埋起来,直接溺毙。"

林闪闪那时候又怎么能体会,身为一个人类却被误当作魔鬼鱼派来的奸细,从而被囚禁在小岛上自生自灭,做着奴隶的时年的感受……

不知过了多少天,吃了多少天酸涩的野生灌木果和野草茎、耗费了多少工夫,时年才千辛万苦地从海里弄到了一小条淡水鱼,以裹饥腹的呢?

可却被她一下踹翻了。

林闪闪心想:我以前应该对他温柔点的……

林闪闪摇摇头,回头望了望时年所在的那栋建筑,轻叹了一口气,朝着交通枢纽站小跑而去,奔赴比赛录制现场。

从前贝拉每次都会来看她的现场,这次贝拉却没来。贝拉没来,好像也就没人对她抱有什么期望了。

加之大家的心思都挂在了受伤的路笙的身上,林闪闪难免失落。

当她站上公演的舞台,面对着台下一群群喊着自己名字的观众,看着他们眼底的光时,她忽然明白了,原来她自己也是有所期待的,且有所依赖的……

她也希望自己被人包围、被人爱、被人期待、被人信任。

"林闪闪,路笙是寄托了很多的执念在你身上的,但那个舞台,是你自己的。"

时年的话,在她的耳边回响着。

林闪闪闭眼,深呼吸,睁眼,舞台灯亮。

当第一个音乐鼓点响起,林闪闪迈出第一步。一二三四……律动和旋转的脚步下,她唱着,跳着,把自己的全部表现力交给摄像机。

机械摇臂的舞台和乱糟糟的人影,不再那么无聊,而那些亮闪闪的舞台灯照射的地方……

某个瞬间,她在舞台上找到了时年要她寻找的感觉。

她原来是爱着舞台灯光的,就像爱海上的太阳那样。

沐浴其下的时候，能忘掉很多很多烦恼。

而喜欢，原本就是爱的起点啊。

公寓里的人知道那场比赛的排名结果时已经是一周后的事了。林闪闪第一次靠自己的努力，创造了对她来说较好的成绩。

"厉害啊，林闪闪从 D 班跳到 B 班了。"

水木是中场休息，拿着手机刷热点的时候刷到的排名。她匆忙地喝完水，便放下了杯子，跑去了时年的补妆休息室。

水木和时年都是杂志拍摄的常客，偶尔也会接到搭档拍摄，今天他们就正好一起，于是她第一时间去和时年分享了这个消息。

"不愧是路笙的梦中偶像，教起人也很有一套嘛……她都进实时搜索排行了。"

水木随意靠在时年的化妆台边，浅浅弯着嘴角，意有所指。

她是知道时年那晚拉着林闪闪去泡了一晚上练习室的事情的。

时年抬起头来，水木瞥了眼他退出前的手机，正是热搜的页面。"林闪闪垫底逆袭"几个字异常醒目。

"这不是废话吗，也不看看是谁出马了，顺手而已。"

他分明是在意的，还要佯装意料之中，时年略略拨了拨额发，摆出一副臭屁而嫌弃的脸。

"林闪闪还是太笨了，是我带过的后辈里，最笨的一个。就这成绩……B 班？"他摆出一副嫌弃的样子龇了龇牙，皱皱眉，"也就，马马虎虎吧。"

"哦，那人家这马马虎虎一下，就蹿到热搜上了。"水木扑哧一声笑开，也懒得戳破他，"不过，她能继续参加比赛就好。"

说到底，大家还是为林闪闪高兴的。

水木扬起清淡的眉尾，又点开手机上的那段舞台视频，凝眉细细端详："林闪闪这次，还挺让人惊讶的，你看她这……"

她一直有追这个节目，知道林闪闪的水准。她动作不太跟得上，唱歌会记错词儿，空有一副还不错的嗓子。

算是高开低走，颇受争议。

而这次舞台上的林闪闪，虽人不在中心位，但她这次的状态与之前的，截然不同。

怎么形容呢？水木是个模特儿，她能想到的一种感觉就是，林闪闪这次在舞台上，整个人身上，好像具备"范儿"了。

"我不看，这种节目也就一群新手村栏目。"

时年没有和水木一起看视频，而是关了手机，自顾自地看起了桌面的拍摄计划。

时年自傲是有资本的。

当初他拒绝这档栏目邀请也是有原因的，他更乐意去参加一些真正有水准的专业节目，林闪闪参加的这档节目，在他眼里，选手也就是唱跳的入门级水准。

水木撇嘴："可是有闪闪欸，你真没看过？"

"真没看过。"时年摇摇头，"有那工夫，我还不如去参加有国际舞者、国乐大师的交流节目。"

水木知道他的审美标准过高，扑哧一笑："说起来，林闪闪好像是个很容易收获关注的人啊……"

"那还不是她没头没脑。"

两人正说着话时，时年的手机突然显示来电，水木瞥一眼，笑开了："说曹操曹操到，看，肯定是给你报喜来了。"

时年接起电话，清了清嗓子，字正腔圆，故作冷漠地道："喂？"

"时年时年，我不用淘汰了！"那头林闪闪的声音带着雀跃，还小心翼翼地问他，"那个，你看新闻了吗？"

"哦？"时年的嘴角明明有了一抹笑，但他的声音却依旧冷漠，"看来你还不算无药可救。"

林闪闪在那边憨笑，她能从时年的语气中听出夸奖，很奇怪，突然之间她觉得时年的声音尤为好听，从他嘴里说出来这句话，说明她真的备受肯定。

"是呀，我知道错了。我向你道歉，我以前，的确是为了你肚子里的人鱼——"

"林闪闪，你在啃指甲吗？"

时年的眼神轻瞥向他旁边的水木，打断了林闪闪的话头。

电话这头，林闪闪拿出了牙齿间的大拇指，愣了一下，然后点头："嗯……"

时年深吸一口气，那种奇怪的感觉又来了……

为什么听着林闪闪在电话那头笑，他就油然而生一种奇怪的熟悉感，并能根据窸窣的声音，想象出林闪闪正在那头啃着指甲，有些害臊的模样？

而那种熟悉感是关于谁，不言而喻。时年觉得自己的记忆可能风干变形了。

从前他遇见的那个女人，也爱啃指甲。

"怎么？"林闪闪问。

"咳咳，没什么。"时年一时回神，敛眉收回思绪，"找我干吗？"

"也没啥……"

林闪闪想了想，有些羞赧。她就是知道了自己进了B班，想要第一时间告诉时年而已："就是贝拉说让我发条动态写个心情，我想圈你表示感谢！"

"圈我干吗。教会了就跑……"没想到时年没好气地回答，转瞬就怼她，"想蹭我热度吗？"

"呃……"林闪闪脑子轴，之前确实没想到这一层，"哦，那我不谢谢你了。那没什么事啦，你忙吧，我挂啦。"

她反应过来，她较之时年，还是有很大的差距。如果发一条动态专程感谢，还真是有蹭热度之嫌。林闪闪悻悻然后知后觉，她的心头不知何故涌上丝丝缕缕小失落。

"不用谢我，临阵磨枪，不快也光。"林闪闪拿下手机，指尖就要按下挂断，却听见时年的声音又道，"我只是临阵帮你整了整枪口，真要感谢的话，你感谢下一直帮你造枪的路笙吧。"

"嗯嗯！"

听见时年的嘱咐，林闪闪很快就点了点头，莫名地又高兴了起来。

三、

节目录制的休息空当里,大家都在闭目小憩,唯有林闪闪低着头,认认真真地一个字一个字地编辑着感谢的内容。

编辑之前,她还请教了一番贝拉。最后发出来是这样的:

一张练习室的图,非常高糊——是一手叉腰,一手指着镜头的路笙。

汗津津的脸,超凶的表情。

不难看出,应该是正在经历魔鬼训练的林闪闪挨路笙骂的情形,角度上绝对是慌张的偷拍。

上方配有文字:

"@一只路笙出圈来,感谢亲爱的路笙连月来没日没夜的舞台教学。我从同手同脚的萌新,到今天展现出令人难忘的舞台,是巨人在带我前行。"

这条微博一发出,在医院打点滴,百无聊赖地往嘴里塞着辣条、刷着小说的路笙的微博叮咚一声。

她点开来看,片刻后仿佛垂死病中惊坐起,惊声尖叫:"林闪闪,你死定了!竟然偷拍我?还发我这么丑的图!"

林闪闪的动态和热搜重合了,直接导致更多的人开始搜索路笙。

一时之间,"路笙退赛原因""路笙才是真正王者""路笙实力""带飞林闪闪需要怎样的业务能力"等相关讨论也火热了起来。

路笙微博上的消息提示音还在不时传来,她看着右下角不断刷新的新增粉丝数,忽然愣了愣。

一时之间她觉得好像天方夜谭。

她怔了好一会儿,突然哭了。

好像她多日的付出和委屈,在这一刻都得到了极大的回报。

时年挂了电话,却见水木正颇有兴味地盯着他。

"……干吗?"

"有点奇怪啊,"水木手背垫着下巴,歪头研究他,"不是一直喊着'私生饭''私生饭',闹着贝拉让人卷铺盖滚蛋的吗?"

那刚刚林闪闪微博真要圈了时年，肯定很快会被时年强大的粉丝群体定性为"吸血鬼"，和他炒CP（情侣）蹭热度，被骂得找不到东西南北。说不定她内心再脆弱点，哭着退圈都有可能。

时年阻止她蹭自己热度的行为，就显得尤为机智了。

"笑话……谁不知道天蝎座出了名的心胸宽广？"时年被水木盯得心里发慌。

"哈，那是我孤陋寡闻。"水木无话可说，只能朝他竖大拇指，"不过，时年你是不是突然换口味，开始喜欢萝莉了啊！"

才刚吐出一口气的时年迅速应激："怎么可能！御姐！一辈子御姐！"

某人死猪不怕开水烫地朝水木露出招牌的帅气笑脸，他用那真诚的目光传达着："毕竟水木你这款才是我的理想型。"

行，战火东引。

水木才不吃这套，她只是举起拳头微微冷笑："你怕不是喜欢受虐。"

时年弯着眼睛，食指轻敲着椅子背，仔细思考了会儿："好像是有点。"

水木闻言挑眉，倒还真生出了些八卦之心："听贝拉说，你的初恋，也是个爱欺负你的女人？"

"贝拉这家伙嘴这么大的吗。"时年不置可否，目光微微出神，"也不全是欺负我啊……"

每个人的眼中，看见的色彩都不尽相同。

——也不全是欺负啊。

时年喃喃着这一句，一段同样的时光，却恍然爆发出不一样的色彩。

初见那个女人的时候，她一头绯红的长发如海藻飘舞，她是在水底深处将他拉起的人，让他从深海之中，重新获得生机。

那是个极其嚣张的女人没错。

他被甩到岸上后，不多久那女人便扬言要时年跪下，她像个神经质的女王。

跪了吗？他跪了，但她还把他扔到了荒岛上。

但可怕的是那群人身鱼尾的家伙很快便说他是奸细，要杀他。人在陌生而诡谲的境地里极易遭遇绝望，时年面对的是一群未知的、极有可能吃人的人鱼，那时候……凶悍在他眼前又算得了什么呢？

还是那个女人摆摆手，摇着头开口："杀他干吗？长得怪好看的。先铐着吧。"

那时候，唯有那个女人盯着他的眼睛。

他坚信她比当时在场的所有人鱼都心慈手软，对他法外开恩了。

在那片孤岛的日子，的确并非什么美好至极的回忆，时年要同一个奇异但破落的族群周旋交手。

那群从前只会出现在他菜盘子里的生物统治了他，甚至表现出兽人时代的属性来——

"说，你是不是魔鬼鱼派来的奸细！"他被几个小喽啰私下围困拷问。

"不是。"

他一向觉得海底的生物都是柔软的，但那些海里生长的海藻藤蔓抽打在他的身上时，他却感到火辣辣地疼。

"预备祭司说你是，你就肯定是！"

"我不是！"时年愤怒得破口大骂。

时年和他们最无法沟通的地方就在于，即使你骂脏话，他们也并不一定能懂。

这个族群像是介于现代与古代之间，他们会说的词语少得可怜。那些人鱼别的不懂，却拥有着谄媚的本能，逮着他一次就动手欺压一次，似乎都想要在那个女人面前，展现出自己的狗腿和干事得力。

"啪！"又是一鞭子。

"好好想想再回答，说，你承不承认你就是魔鬼鱼派来的奸细？"

那些人鱼无穷无尽地重复着这个问题……

是要屈打成招？

当时年意识到这点后,他想得最多的不是如何沟通,而是如何咬着牙在这种时候闭口不言,避免自己再惹怒他们。然后,寻找任何可以逃走的契机。

那些生长在海里的荆条如果会开花,花被打落在地的时候,一定能看见花瓣上沾染的细细的血迹,散落一地。

他痛极了,只能狠狠地吐出一口唾沫,压着牙齿,骂道——

"蛮荒之地!"

那个女人只是偶尔会来这里。其余的时间,他都是被关押在这座孤礁岛上,时不时被那些人鱼欺凌。

据说,她正在化形期,她的双腿和鱼尾正在频繁地发生不可控地变换,她大概也只有双腿化形的时候,才会到岸上来逗弄逗弄他,像对待一个玩物。

对……逗弄。

那天,她拖着嫩生生的双腿走上岸,她似乎还不太会走路,姿势歪七扭八的,撑着一根海里鲸鱼肋骨当作拐杖,但她又觉得那样不帅气,于是把那根鲸鱼骨扛在了肩上,像是古惑仔扛着棒球棍那样,看起来分外的傻。

她正巧遇见他被人绑在一棵树干上打。

他和她冷冷对视了几秒,只见她突然冷下脸来,手中奋力一抛。

那根死去的鲸鱼骨在半空里划出破风声,像是突然活了过来。

几个恃强凌弱的家伙被那根骨头连番打倒在地。女人用海藻扎着的高马尾被她甩到背后,走过来,神情冷漠地问道:"干吗呢?"

那几个家伙哆哆嗦嗦地说:"姐,姐,这家伙就是不承认自己是魔鬼鱼派来的内奸……"

"我不是!"时年近乎愤怒地吼出来,"你们是习惯了草菅人命、装作耳聋了吗!说了多少次,为什么就是听不见?"

林闪闪同样也漠然地望向他,那双洁白的脚丫一拐一拐地进入到他的视线里:"你说你不是,那你有什么证据?"

时年抬起头,那双冒火的眼睛里仍然是倔强冷硬的:"麻烦你搞搞清楚，给人强加身份定罪，才需要证据！我是个人类，我需要怎么证明自己不是魔鬼鱼？"

"好像有点道理。"

那个女人摸着下巴想了想，好像这时候才想起这个理来。

但她随即又叉着腰："你是不是人类还两说，现在你是在我的地盘上，我说要证据，那就得要证据。"

时年放弃了与她交流。

可下巴上突然一凉，那女人又抬起了他的脸，凑近了过来，她的只眼睛弯弯的："说嘛说嘛。你有证据证明你是人类，我就放了你啊。"

笑意拥有绝对的诱惑力，又勾起人不妨一试的念头。

于是，时年深深吸气，望向那两个施虐者，恶狠狠地道："敢赌吗？你顺着这个季节的洋流方向去找，一定能找到那条失事船只的残骸。"

"好啊，赌啊！当我们是被吓大的吗，臭小子！"那俩人鱼挥舞着海藤蔓。

"找到了，你们把头拧下来给我！"时年冷冷盯着那两人。

他十年前就是个记仇的天蝎座。

那两个雄性的人鱼迟疑了几秒，被他的气势吓退了。

"去，按他说的找。"

那女人擦去了他脸颊上的血迹，又捏了他的脸一把，可脸上神情依旧淡淡的，挥手就让刚刚那俩人鱼去找了，她那带着淡淡绯色的眼瞳，却仍然直直地注视着他："没找到怎么办？"

时年闭上眼："那就是我命该绝，活该死在这里。"

但很可惜，他低估了人鱼们的智商和狠辣程度。

那俩家伙一定是找到了那条船只的残骸，否则他们怎么会在某个风和日丽的傍晚，急匆匆地跑来，要把他扔到海里？

"把他扔下去！快点，趁着老大不在。"

"对，就说是他自己不小心，失足掉下去淹死的，谁都不知道！"

"要不然老大说话算话，我们就真的惨了。我可不想被拧下鱼头！"

时年当时就很后悔：是他思虑不周了。

——那个年纪的他，怎么能不懂事地记仇呢？他本就独身一人被困孤岛，被杀人灭口算什么。

时年手脚上还拖着"叮铃哐当"的铁链，他哪里是那几个雄性人鱼的对手？

没挣扎几下，他便被他们抬起抛入了水，被沉重的锁链快速拖入海底。

死亡的体验一次接着一次，这大概就是为什么十年后的时年，那么惧水了。

窒息感扑面而来，沉重的力量将人向下拉扯。绝望总一次次地找上他，母亲的病逝也是，游轮失事的时候也是。在那一刻，时年其实是想要放弃的……

可深蓝的海水里，一抹模糊的身影自上而下地破开层层水泡，从摇摆的海藻里穿梭而来，拉住他的手臂。

她抱住他，又突然亲吻了他，给他渡了一口稀薄的空气。最后她的鱼尾摆动，带着他朝着海面的一线天光而去。

临近水面的时候，海水被夕阳照得透明，无边的橙红艳丽泼洒在海里，映入他的眼中。她的长发飘散在海面上，犹如天边薄暮的轻纱。

"抱歉，来晚了。"那女人说。

重生的那刻，他看清了她被夕阳照射得越发艳丽的绯色双瞳，以及在海里宛如染上了颜料的红鱼尾。

"我刚去确认了你说的……在很远的地方，确实有很新的船只残骸。"

回到岸上，那女人把几个始作俑者用鱼尾掀翻在地，随即那两个家伙就被她捏住了脖子。

那是他第一次看见她发怒："你们是活得不耐烦了吗？这家伙当我奴隶还没当够，你们竟敢背着我弄死他？"

这样的话被表情严肃至极的她说得冠冕堂皇。

时年和那两条人鱼都愣住了。

"给我听着，"她冰冷的眼神睥睨着那俩人鱼，犹如注视蝼蚁草芥，"他是我的。"

"就算是个奴隶，那也只能是我的奴隶！要杀要剐，我说了算，懂吗？"

她的一字一句，重重地敲击在时年心上。

虽然备受震撼，但在那之后的相当长一段日子里，时年依然是闷闷不乐且心惊胆战的。

那个女人确定了他是人类，也放下了对他的戒心。同时，她甚至尝试着去哄她那个没精打采、情绪不佳的奴隶。

"喂，你过来。"

某天，那女人依旧拖着一条明丽的红鱼尾坐在礁石上看日落，头也不回地喊他过去，命令他一起坐下。

"你最近都没怎么笑，也没怎么哭。看着好无趣啊，我命令你说出原因，并且尽快回到伺候我、讨好我的状态。"

"一，我到这个岛上之后就没笑过，更不会哭，我无趣与否都不是给你看的；二，我就算被强迫成了你奴隶，我也绝不会讨好你的。"

时年皱着眉，目光执拗地并不给她一个眼神，而是直直地望向很远很远的海平面。一轮巨大的夕阳正在缓缓往海平面下坠，他在想世界上，该不会所有和他相关的人都以为他死了，最终将他遗忘了吧。

可他为什么还是想活着。

"那你想怎么样啊？"那女人问。

"我只是在想，你什么时候才把那两个人鱼的头交给我。"

"你还记着呢？"女人诧异地斜睨他。

"那两个家伙昨天仍然在商量着怎么灭我的口，我并不想知道，我还可能会有什么样的死法。"时年冷笑,"毕竟他们总觉得我会报仇。"

所以现在是,你们双方都觉得对方非死不可。

"那你会吗?"女人问他。

"当然!"

女人顿了一下,然后叹气,朝他招手:"你过来,我告诉你个秘密。"

他皱皱眉:"什么秘密?"

或许是"秘密"这两个字太惹人好奇,他还是凑了过去。

"灭你的口不是只有杀了你这一种办法,他们或许,只是在纠结谁来灭而已……"

"嗯?"

"其实亲你就可以了。"女人道,她的目光落在他的嘴唇上,很是漫不经心,"秘密就是,人鱼的吻,是可以抹除亲吻对象的记忆的。"

啥,那俩公鱼,原来是在商量谁来亲他?

时年脸色青红交白,少不得想起水底的那个吻,那个比深海的海藻还要缥缈柔软的吻。

他不由得不自在起来,别过头去:"你就胡吹吧,明明他们就是要把我扔进海里,你来救我的时候,我们——那我怎么没失忆!"

"那是一项技能啊,需要发动特殊腺体的。要是吻一次失忆一次,那人鱼族早乱了。"

女人白他一眼:"何况我只是给你渡点氧,为什么要让你失忆?就当是盖章呗,这样你就会时刻记得你是我的专属了。"

最后那两条人鱼谁也没有来灭他。

但时年却被那个女人,扰乱了心绪。

第九章
让我抱抱你

一、

人和人的相处吧,有时候就像古代的长矛遭遇了盾牌,他们攻防走了好几轮,渐渐变成了不那么锋利的磨损对抗。

林闪闪觉得自己和时年的关系,最近缓和了好多。

尽管外人问起时,时年的回答依然是否定的:"怎么可能?什么叫我的口味变了?林闪闪当然还是我的眼中钉、肉中刺!"

但林闪闪就不屑拐弯抹角,她眼睛弯弯,鼻子一皱,见到时年的时候就会嘴角往上弯起。

"早哇!"

"回来啦?"

"行程这么忙啊?"

害羞在一点点积攒,好感也渐渐难以隐藏。

伸手不打笑脸人,所以当着林闪闪的面,时年说不出什么"眼中钉、肉中刺"之类的话来了,偶尔还有那么一两秒的不自然。

林闪闪老是让他恍神,他仿佛透过她看见了另外一个影子,越看越觉得有丝丝的神似。那眉目不像，可那头发，如此独特的颜色，经常让他陷入迷茫……

于是终有一日，时年将心脏扑通扑通跳的林闪闪逼至墙角——

"林闪闪，你头发的颜色是在哪里染的？"

这种问题，就挺突然的。

"遗传？"

时年一脸不信。

而自从路笙搬进公寓后，她每天都吃着林闪闪做的各种烤面包、煎片面包、炒面包和面包沙拉，她觉得自己快吐了。路笙也闹不明白，时年怎么还能盯着厨房里林闪闪的背影，看那么久。

路笙抓住机会，把时年也推进厨房，央求他亲自露两手，因为她拒绝再吃林闪闪的面包全席。

"哥，哥，我求你了，你最好了哥！去做顿饭吧，我快要被林闪闪的面包全席给整吐了，再这样下去，我还是搬走吧！我不辅导她了，让林闪闪在舞台上自生自灭吧。"

岳牙无所谓啊，他一小孩子，碎嘴零食多的是，何必死守林闪闪的面包全席？

可路笙却不一样，除了在医院的那几天贝拉同意她胡吃海喝，一出院贝拉立马就给她下了零食禁令。

而且炸过厨房后的路笙产生了心理阴影，发了誓再不进厨房。

在这间神奇的公寓里，贝拉曾明确规定因为有小孩子，平时不允许他们点外卖，只能自己做饭。贝拉说外卖里有地沟油，小孩吃了不好。平日里呢，水木吃素，林闪闪喜食面包，岳牙还小不进厨房，贝拉来的时候就有肉，但除了肉还是肉……

现在这里厨艺稍好且正常的，基本就剩下时年和冯青瑜了。

"你要搬走？"时年问。

还要让林闪闪自生自灭？

时年闻言，忽然不知何故竟点头应允，还道："你别搬，我一个人在这里，对着一个臭小鬼和臭小鬼的奴仆得多无聊啊。"

他告诉自己他是因为可惜路笙教了这么久却因为几个面包片功亏一篑,这才出手为她改善伙食的。

绝不是为了林闪闪。

时年真走进了厨房,接过了林闪闪做饭的活儿,挽起袖口熟练地从冰箱里翻出食材,准备给路笙做顿正常的饭菜。

林闪闪正围着围裙切面包切到一半,围裙就被人从腰后解开,她人也被翻了面儿。

围裙带子被时年从她脖子上取了下来,转而移到他自己的脖子上。时年顺过她手里的菜刀,道:"我来。"

"哦哦……"

林闪闪见状愣了两秒,很快把切菜板也让出来给他,双手薅起那堆面包片退出了流理台,不知何去何从。

"这么喜欢吃面包?"时年看了眼她手上的面包,略有嫌弃。

她面包上不知道是涂抹了番茄酱还是什么,她就那样宛如至宝地捧在手上,黏糊糊的一团。

"嗯。"林闪闪点着头,盯着手里的面包,脸上是尤为真诚满足的笑意,"面包是世界上最好吃的东西!"

常年吃着浮游微生物和海藻的人鱼,喜欢吃甜美奶香的面包渣。

"怎么就成最好吃的了?"时年忍不住翻白眼,"你这样也太好养了。"

林闪闪不以为意地挠挠头,塞了一块面包进嘴里。

"咳咳——唔……好辣、好辣!"

咀嚼了没两下,林闪闪就险些喷出一口面包渣来。

谁在面包上涂了辣椒油?!

林闪闪是最受不得辣味儿的,慌不择路的她正寻找着垃圾桶要把这片面包给吐掉,结果厨房空空如也。

"哈哈哈哈!"

伴随着厨房外面突然爆发的笑声,恶作剧成功,抱着垃圾桶和手机现场录屏,笑得满地打滚的岳牙,那叫一个高兴。

"林闪闪，你真的好傻哦，哈哈哈！我悄悄涂的辣椒酱，怎么样，好吃吗？"

"让你昨晚逼我做功课，让你压榨小孩子的睡眠时间！"

林闪闪被辣得说不出话来，咬着面包含混不清地叫着。她的两只手又捧着面包，都空不出手来扇扇风，只得跳着脚求助时年："好辣，好辣！快帮我接一下——"

林闪闪跳着脚，时年盯着那面包上脏兮兮的果酱和红油，嫌弃得不愿意用手："脏死了……"

林闪闪只好往外跑。

原本时年只需要顺手抄个盘子过来，让她把面包片吐在盘子里就行。林闪闪又怎么会料到，顶着一脸嫌弃说着脏死了的时年，突然拉住她，在她转身之际俯身……直接用嘴叼走了她的面包片呢？

那张俊脸在她眼前放大后又远离，那根根分明的睫毛好像还刷过了她的脸，林闪闪产生了瞬间的恍惚，突然觉得自己的呼吸都停滞了几秒。

而后她开始大口喘气，心如擂鼓。

对着呆若木鸡的林闪闪，时年倒是特别淡定，还瞟了一眼岳牙和她，评价了一声："幼稚，今晚我值班，你就别睡了，不做完八套试卷不准睡。"

林闪闪常常疑惑——像岳牙这么小的孩子，为什么会同他们这群非亲非故的大人住在一起，她好像没见过岳牙回过他自己的家。

贝拉让他们看小孩严格一些，平日里岳牙能出门的机会极其有限。似乎这孩子长得太小太水灵，怕他像上次一样，和稍微不靠谱的时年出个门，就被拐跑。

"放这么小的孩子在这里，他的父母怎么这么放心？"

林闪闪问路笙，路笙摇头。

问时年，时年眼神轻飘飘落在岳牙头顶，咬着菠萝面包戏谑："不知道。谁知道他是贝拉从哪儿拐来的，可能是哪家的夫妻把小孩子卖了吧。"

时年的话没说完就传来岳牙的一阵尖叫："才不是呢，你知道什么？你才被卖了，你才被卖了！"

岳牙被时年一句话惹急了，时年习以为常，眼皮都懒得掀："那你倒说说看，你爸妈怎么从来都不来接你回家，也从来都不来看你呢？连贝拉都说，你是她刮彩票中大奖中来的呢。"

"他们只是忙，出差了，得忙完了才能回来！"岳牙大声地说。

"看吧，大人都是这么骗小孩的。"时年耸耸肩，"一般他们回不来，才会告诉你，他们去了很远很远的地方。"

话没说完，一根被咬了半截的香蕉就被扔向了时年，岳牙像头小狮子一样地冲了过来，对着时年拳打脚踢："你乱讲，你乱讲！"说着说着他的眼睛就红了起来，他那黑葡萄般的眼睛里迅速注满了泪水，"爸爸妈妈会来接我的，臭时年，你才没有妈妈！"

也不知道这句话点燃了什么。

大的这个也开始躁动起来，反手一个史莱姆扔了回去，一大一小隔着沙发，突然开始拳脚相向，时年瞪目："你再说一遍？"

林闪闪和路笙看得一呆。

公寓里的一大一小恶魔瞬间降智到三岁，口不择言，互相叫骂起来，眼看还要打架。

最后是以路笙拼命扯住时年，林闪闪拼命抱住岳牙，然后路笙拉着时年离开公寓，催着说"哥你不是还有饭局"才结束。

公寓里，林闪闪气喘吁吁地坐在地上，岳牙也两腮气鼓鼓地坐在地上，被林闪闪哄了半天，也不见好。

"林闪闪，你拦着我，以后你就是我的敌人，我再也不和你玩了。"

"别啊！"

林闪闪叫屈，她还不是怕引起"血光之灾"。

"你这么可爱我就要和你玩，说吧，你想怎么玩呢？"

"我心情不好我想出去。"岳牙转了转眼珠说，"林闪闪，我们出去玩吧。"

"不行。"林闪闪当即摇头,"贝拉说了,没有大人的话,你不能到处乱跑。"

这门可是双面密码的门,全屋子的人除了岳牙,都知道出去的密码。

"你不是大人吗?"岳牙道。

"我才二十啊!"林闪闪一本正经道,按照人鱼族的算法来看,"我已经是个孩子了!"

"……林闪闪,你是真的傻。"岳牙哼了一声,"我不管,我就要出去!"

"你出去干啥?"林闪闪问。

"我要去看小星星!"

"现在是白天,哪儿来的小星星啊……"林闪闪为难。

岳牙原地开始蹬脚。

"我不管嘛,我要看小星星,我就要看小星星!"他说着说着,眼泪就扑簌簌地落了下来。

"好好好!"林闪闪怕他闹,手忙脚乱给他抹泪,"看星星,咱们看小星星!"

"真的?"岳牙骨碌碌的眼睛转瞬就停止了哭泣。

"真的!这个我会。"

岳牙这才破涕为笑。

林闪闪则东看西看,在地垫上找到了一个小足球:"那你忍着点啊……"

岳牙一脸蒙。

她跑过去,捡起球,对着墙壁就是一扔。足球飞出了一个漂亮的弧线后遇墙弹射回来——"砰"地正正砸到小孩脑袋瓜上,小孩应声倒地。

林闪闪兴奋地跑过去,蹲下来问:"怎么样怎么样,看见星星了吗?"

岳牙"哇"的一声哭了出来,特别委屈地说:"给我手机!我要去网上说你的坏话,说你天天欺负我!"

岳牙脸上的眼泪都还没干，说出的话倒是威力巨大。

"小祖宗，"林闪闪没辙了，就问他，"你要怎么样，才不生我的气啊？"

小家伙下巴搁在膝盖上想了很久，最后才把鼻涕一收，一脸冷静地对她说："你带我偷溜出去玩，我就大人不计小人过，不和你计较了。"

林闪闪沉吟不语。

岳牙不哭了，目光里积蓄眼泪四十五度望着窗外，一脸的委屈巴巴："别的小孩子每天放学回家后看动画，我却在学唱歌、练钢琴。

"别的小孩有爸爸妈妈陪着玩耍，我却只能自己堆积木、玩奥特曼。

"别的小孩周末了能外出去游乐园玩旋转木马、海盗船，吃棉花糖，我却只能一个人待在房子里看动画片。

"呜呜呜，我就是想出去玩嘛……"

林闪闪被一小孩说得泪水涟涟，地面的珍珠乱蹦。有一颗蹦到岳牙脚丫子边，岳牙捡起来，好奇地问："这是啥？"

林闪闪一把夺过，塞进裤兜里。

"没啥没啥，走，我带你出去玩。"

林闪闪抹一把眼泪，随即就一拍大腿，带着岳牙越狱了："说好了哦，我带你去游乐场玩一玩，你和我拉钩，不可以到处乱跑。"

岳牙点着头："放心，放心，我又不是七岁小孩子了。"

对，你八岁……

二、

那天很不凑巧，林闪闪经历了她真正感到慌乱的一天。

她看这小孩连周末都要被关在公寓里，觉得他怪可怜的，又被那双可怜兮兮的小眼一瞪，就双腿发软妥协，带着里三层外三层裹得严实的小孩去了游乐园。

因为带岳牙出门，圆了他心愿，做了好事，随之而来的反噬让她猝不及防——岳牙被她搞丢了。

她吩咐他乖乖站在原地不要走动,她去买票,等她买完票回来,岳牙就不见了。

她打岳牙电话没人接。

林闪闪大声呼喊,在人群里东找西翻,找了一圈也没找着岳牙。

骄阳烈烈,游乐园里人来人往,林闪闪站在原地握着手机手足无措,她第二次感受到自己闯祸了的焦灼和不安。

另一边,贝拉和时年正在和合作伙伴吃饭,对方还挺重要的,以至于他们都把手机设置成了静音。当时年无意间瞥见了桌边亮着屏的手机时,林闪闪的未接来电数已经大于"5"了。

"不好意思,失陪一下。"

时年还是微微皱眉,退出了包间,回拨过去:"林闪闪,你要是又像上次一样没什么事一个劲——"

"时年,贝拉有没有和你在一起啊,"林闪闪的声音带着小心翼翼地询问和惊慌,"牙牙,我把牙牙弄丢了……"

林闪闪的声音很焦急。

本以为时年第一时间是指责自己"你怎么有胆子把岳牙带出去的?你不知道贝拉在这块管得多死吗……",或者如常地挥挥手说"这种小事你也找我?那家伙溜出去又不是一次两次,熟着呢,你慢慢找吧。"

可时年听出了她声音里的无措。

他沉凝片刻,然后问林闪闪:"你在哪儿?"

时年返回包间时,贝拉正和人推杯换盏正聊得热络,她那本就眯缝的眼睛一笑,则更加看不见眼睛。

时年先是扯过贝拉小声说有事,让她和人改约。

"改什么改啊,看看场合啊,大哥。"

贝拉脸颊醺红,笑意如三月春风,一推搡,低声警告他天大的事没有这顿饭大,跟他强调着这桌子对面坐的是哪个大人物,不同意下席。时年说了几句拉不过,只得皱眉低声道:"牙牙和林闪闪跑出去，跑丢了。"

时年看见贝拉的脸，在提到牙牙弄丢的瞬间，冷却了下来。

林闪闪远远不如时年那样知道事情的严峻性，就像她没料到贝拉闻讯赶来后，脾气那么大一样——

她生平第一次，承接了万年笑面女郎贝拉的斥责与怒火。

"搞丢了？什么叫搞丢了？那么大一孩子！

"谁允许你把他带出来的？！

"林闪闪，我告诉过你们什么？看好他看好他，不要让他跑出来！

"你可倒好，骗我说他在家写作业！你知道光是在公寓安那个两面锁、给他置办远程看护监控屏、给他搞手机和手环定位，花了我多大的功夫吗？"

摇晃着她的贝拉的五官因为愤怒纠结地扭在一起，脸色涨得微红，气息喘急，像是要把她生吞入腹。

林闪闪没见过贝拉这个模样。

就算她把路笙推倒在地，导致腰部受伤的那次，贝拉也没这样。

林闪闪本身就很慌，现在因为贝拉过激的反应，更是当场吓愣了："我、我……我只是想带他出来玩玩，他说他也想和外面小朋友一样……"

"他说,他说什么你就信？他是小孩还是你是小孩？他想个屁！

"你进来之后只会犯错，事事不思进取。叫你录歌你不录，让你好好比赛你不好好比。怎么，现在给人添堵成了你的专长？"

贝拉看见她这副不咸不淡、呆愣愣的模样就来气，一把将她推开。

林闪闪一屁股坐在地上，她听见贝拉说："林闪闪，我有时候真的怀疑，签下你是不是我犯的一个错误？！"

这句话挺重的，林闪闪当场就愣在了原地，看着贝拉说不出话来。

有时候千言万语的责备，不及别人一句否定的话。

"贝拉。"贝拉的暴躁被时年沉声喝止,"你过分了。"

在他们之中,岳牙于贝拉而言很特殊的这件事时年是知道的。一贯冷静强大的贝拉,也有失态之时。

他沉声道:"一码归一码,别的事你留在别的情况里说。单这事,她不过是想让岳牙有个快乐的童年。"

"你嫌她带孩子带得不好,大可以后不让她带孩子,你自己来带,毕竟这不是谁的义务,不是吗?"

论嘴上功夫,贝拉和时年半斤八两。

时年也不惮她,但他的话让她稍微冷静了下来。

然后,时年又安慰道:"臭小孩从前不也总想着偷偷溜,最后不都回来了吗?"

"那是他没成功过!"贝拉又急道,"哪次不是溜一半被逮回来了?"

"所以这次也一样,我们会逮到他的。"时年适时地按住她宽厚的肩膀,"你现在就好好想想,身为岳牙小姨的你要好好想想!岳牙,最可能会去哪里?"

什么?小姨?

这时候坐在地上的林闪闪瞪了瞪眼,她才有点明白过来——贝拉竟是岳牙的小姨!

难怪她这么着急……

贝拉与林闪闪对望一眼,林闪闪眼神躲闪着低下了头:"对、对不……"

要林闪闪在漫长的人鱼岁月里说出这三个字还挺难得,但她明白人类里的血缘纽带对人类具备很重要的意义。

"算了,别说这些没用的了,找。"

最后,贝拉深吸口气,没再指责林闪闪,她只是一秒没耽搁,很快离开了。

她认真思虑了时年的话,沉沉地道:"他也许……是去找他爸妈了。"

三、

林闪闪还是有点被吓坏了。

她远远没有时年明白,贝拉是那种,头一眼给人心宽体胖好说话的印象,可当她不愿意对着你笑的时候,你会感受到自己与她之间有一股说不清的距离感。

而上次路笙的事,只让她窥见了贝拉冷厉的冰山一角而已。

林闪闪蹲在地上,只觉得贝拉又一次,不愿意搭理她了。

这个人类世界里,她遇见的第一个对她友好的人,一个签下她后带着她、护着她的领路人。

如果贝拉也不喜欢自己,那还真……挺孤独的。

地面上突然出现了一道瘦高的影子,那影子的手就落在林闪闪头顶上的几厘米处。林闪闪抬起头来,满头是汗,她眼底的惶惑不安一览无余。

时年的手朝着林闪闪伸了过来:"起来。"

他的目光中带着不容置喙的力量。林闪闪把手放到时年手心的时候,她的情绪随着变红的眼眶积发了,声音哽咽:"我、我不是故意的……"

"别哭了林闪闪。"

时年突然握住了她细细颤动的指尖,并不宽厚的大手,却悄然稳住了她那颗狂跳的心,时年将她拉了起来。他的声音在那一刻落入林闪闪耳朵里,温和而有力。

"小孩本来就难搞,你再哭,我真不知道该怎么办了。"

时年拉着林闪闪回了车上。

之后,便是三人寻找岳牙的一整天。

"去哪儿?"时年掌握了方向盘。

贝拉坐在副驾驶座,神情晦暗不明地说:"他可能回家了,先去岳牙家找找。"

接着贝拉便报了个地址。时年的眉头一挑,从岳牙进公寓到现在的这两年间,他几乎没听贝拉提起过岳牙的父母,也没见岳牙回过家,在这方面,她只字未提。

时年仍微微一抬眼皮,见后座上林闪闪缩成一团,一言不发。

"林闪闪,安全带。"

时年回头,见她脚尖也在不停地颤抖,且她咬指甲的模样叫他一怔。印象中,爱咬指甲的人,大多是咬自己的拇指和食指。

而林闪闪咬的却是无名指。

又是该死的似曾相识……

他眼神一暗,林闪闪已经"哦"了一声,很快扣好了安全带,继续陷入被批评后的鸵鸟状。

从前或许没有,可她现在,可能真的对贝拉起了敬畏之心。

令人出乎意料的是,抵达贝拉说的地方后,他发现这里早已变成了一片正在改建为菜市场的建筑工地。

"岳牙的家?"

时年降下车窗看,几缕烟尘飘了进来。

他皱眉环顾,和林闪闪一样,脸上尽是疑惑的神情。

红色的施工带后面挖掘机和工人们零零散散,吃惊的是时年和林闪闪,贝拉却面色无澜。她快速下车,询问了建筑工人有没有孩子闯进来,得到的是否定的答案后,她的面色又重新焦虑起来,快步回了车里。

"去这里。"

贝拉又给了一个地址。

见贝拉焦急且不欲多说,时年也没再问,他掉转了车头又上了路。三人很快又到了市里的另外一处地方,一栋高大的办公楼建筑。

贝拉带着两人踏进这栋楼的时候,他们引来了不少人的围观,主要是时年的那张脸太有辨识度了。短短五分钟后,他便引起了楼道的拥堵。

"时年,是时年!"

"我的妈呀,是真人!他怎么会出现在这里!"

贝拉不胜其扰,可还是不得不带上他,因为贝拉不是预约的访客。

"你要找谁?直接打电话,让他下来接我们不行吗?"时年问。

贝拉沉默了几秒:"他应该不会见我。"

是以,时年再次动用了他那张走在人群里,就会自然形成堵塞的脸。

他在大厦的前台敲着桌面,用标准的二十五度浅弧笑告知着前台:"麻烦联络下你们 66 楼 3507 的业主,就说我有事,想和他们老总谈一谈。"

一个做跨国漆业的老板从听到消息,到一路下楼来,都没整明白一个大红的明星为什么会突然造访自己公司,他们之间又有什么业务可谈。

等老板亲自下来将三人带了上去后,时年却拍了拍人家肩膀,说:"谢谢老板,有机会,可以把你们的产品送我两桶到我家里,合适的话帮您宣传一下,另外,我这次来其实是找您公司一位姓岳的员工,岳乾,老板辛苦帮忙引见下。"

老板当场心里就凌乱了:你就找个人,用得着这么兴师动众?

但他当然还是要笑脸相迎的。

时年又道:"感谢老板,我们想单独和这位员工聊聊。"

老板再次凌乱,他心想:自己原来只是工具人。

当一个长相周正、西装革履的男子推门进了会议室时,林闪闪和时年瞬间反应过来了:岳乾,就是岳牙的父亲。

岳乾外观俊朗,五官周正,岳牙和他有八分相似。

只是,他一进门便冷冷地发难。

"贝拉,你可真行,这次带着自家艺人来破门堵我?你以为混演艺界就可以一手遮天,你有完没完了?"

贝拉从进大门起面色就没好过,眼底似乎也有淤积的神色隐隐未发。眼下,她懒得跟他废话,只冷淡问:"岳牙呢?他有没有来过你这里?"

那男人听见岳牙的名字时动了动眉头,但他的神情却不是动容,而是化作了更深的不耐烦:"不在,没来过。"说完他便转身就开门离去。

"牙牙走丢了。"贝拉按住门把手,声音克制,"刚去你们老房子找过了,没找到。我只能想到这俩地方了。他肯定来过,你是不是跟他说了些什么?"

"贝拉!"

男人转身高声地打断了贝拉,话里的漠然叫时年和林闪闪震惊:"我不是说过,那个女人、那个家和那个孩子,现在和我一毛钱关系都没有吗?都离婚几年了,我也有新的生活了。你以后能不能少来我们公司,别拿这些破事烦我?"

"岳乾,你这个王八犊子!"贝拉怒了,一巴掌把他拍到了墙上,"岳牙是你的亲生儿子!"

"亲生儿子又怎么样?离婚的时候儿子就不归我了不是吗?我和他妈离婚了,他妈去世了,这些事情你打算还要瞒他多久!"

男人深深地吸气:"我有新的家庭、新的对象和新的生活。我不想再一而再、再而三地被突然闯来公司的'儿子'打扰了!你懂吗?"

"所以,你都告诉他了?"贝拉怔怔地,她忽然后退两步,整个人都愣住了。

"岳乾,你——"

在这场事件被贝拉升级成一场更大的事故之前,时年和林闪闪将两人拉开,用尽全力把贝拉拉离了那栋大楼。

坐在车里的贝拉的情绪显然正在逐渐崩塌。

信息量过大,时年和林闪闪无疑也是震惊的,但他们说到底,仍旧只能算是两个局外人。

时年劝解了几句无用,贝拉又把矛头指向了林闪闪:"你为什么不看好他!他才八岁!这两个地方都不在……万一他是被坏人掳走了怎么办!"

愤怒褪去之后,现在贝拉的心里只剩担心。

谁能知道,一个被自己亲生父亲告知了父母离婚、母亲去世的小孩会去哪里?

时年知道林闪闪又成了贝拉的靶子。一个人在情绪崩溃的时候,总是会随意地给自己找个发泄对象,饶是贝拉,也有这通病。

时年叫贝拉"住口",让她在车里冷静下。

时年又兀自拉着林闪闪下了车,叫她也冷静点。

林闪闪有点崩溃地用双手盖住脸,贝拉责骂她,她并不在意,她担心的是岳牙,万一岳牙真的被人掳走……

那就真的是她的罪过了。

林闪闪从没想过自己的能力会因为反噬,变成害人的东西。

自从珠子离开了她,反噬就变得她越来越难以解决。

从前波及的只有自己,现在却会连带着波及旁人了。

所以她现在很纠结:能动用能力找岳牙吗?

万一反噬再一次地,波及了岳牙,她又该怎么办?

"林闪闪,抬起头来。"

时年的声音从头顶传来。林闪闪脑子里很乱,但在她混乱的时候,时年的声音进到她耳朵里会变得很有力量。

"林闪闪。"

时年把她的下巴抬起来与她对视,他那双浅琥珀色的瞳仁忽然叫她安心。

"别着急,好好回忆下,再回忆下细节,他走丢前,他出门的时候,你有没有给他戴定位手环?"

林闪闪汗涔涔地抹一把额前的头发,呼吸不匀地把手环塞他手里,她的手指还带着细小的颤抖,但声音冷静下来了:"牙牙不见后我联系你们,然后打开了手环的定位追踪,却在公园里的一个充气人偶的手臂上找到了这个定位手环。

"你让我再去找游乐场的监控系统查,但没拍到岳牙,出门前,我给他穿的衣服应该很显眼才是。"

那他就是故意避开她,一门心思地想跑到他们找不到的地方。

林闪闪自己都没意识到自己声音在不安地哽咽,她又继续抹眼睛,生怕眼泪掉下来:"岳牙才八岁,一个落单的小孩,如果他真的如贝拉所言被人拐走……"

"不要总用那概率很小的事情吓唬自己。"

时年看了眼她惨白的脸色,忍不住道:"不是跟你说过吗?那家伙经常'越狱'出来乱跑,熟着呢。"

"不,是我带他出来的,他本来出不来的。"林闪闪摇着头,抓着他的袖子,"你不懂,是我应允了他的祈求,是我出手帮他的,所以概率很大!"

"什么概率很大?说清楚。"时年按住她。

"就是……"林闪闪急躁地挠了挠头,一时不知道该怎么表达,"贝拉装了监控,我用人鱼的能力,帮他躲过了贝拉的日常侦查。"

时年挑眉:"人鱼的能力?"

"我说不清楚。可是时年,你相信我吗?"林闪闪没头没脑地问,"我是锦鲤,我可以给他人和自己带来好运。

"但我每次用了运气帮助别人,随之而来的,就会是件很倒霉的事情。今天我帮牙牙达成出来的愿望了,但没想到发生的倒霉的事情,就是弄丢了岳牙……"

林闪闪一直认认真真地注视着时年的表情变化:"你信吗?"

时年终于皱皱眉,略微弯腰,他那双琥珀色的淡棕眼睛在阳光下闪着光:"如何证明?"

"我无法证明。"林闪闪摇摇头,"不过顾南烛的房子就是这样炸的,因为我给了乞丐一部手机。

"还有那次我们在医院见面,我是因为做了好事而从楼梯上摔下来住的院。不知道你记不记得我被人窗口抛外卖还差点被花盆砸的那次,也是因为我做了好事……"

"虽然我不能直接证明,但你不觉得发生在我身上倒霉的事情,有点多吗?"林闪闪总结式地问。

时年白她一眼:"那还不是因为你奇葩!"

林闪闪竟无言以对。

"咳咳。"她又咳嗽了两声,"我是认真的,我并不是一个倒霉的人，只是因为我每次动用运气后，我就会走霉运。"

"所以呢，你是想告诉我，人不能靠运气活着，要靠实力？但这和我怎么找到牙牙有关系？"时年直截了当地抛出疑问，"再说，我活这么大，靠的也从来都不是运气，是这逆天的颜值，知道吗？"

直到时年从林闪闪期期艾艾的欲言又止中得知，自己可以帮忙找到岳牙。

"不早说？怎么帮。"时年双手一摊，"我需要做什么？"

"这可是你说的。"林闪闪很快就肯定地点了点头，随后她咬咬嘴唇，"什么都不用做，你过来……让我抱抱你。"

那一刻，那个头发在阳光照耀下反射出隐隐绯红的姑娘，抬起了她那双黑白分明的眼睛，认认真真地望向了他的眸子，并朝他说了那么一句话。

——你过来，让我亲亲你。

时年恍惚梦回，那一刻仿佛有海浪在他的脑海深处悄然惊起，海鸥的翅膀拍打着岸边犬牙般的礁石。

时年没动，而林闪闪则秉承着山不过来我就过去，敌不动我动的战略，上前一步，抱住时年——

"找到岳牙。"林闪闪在心中默念。

与此同时，林闪闪周身的气运流转，无形的气流以她为中心席卷而来，形成了一个旋涡。而无形的黑洞，则自林闪闪体内渐次扩大，成为旋涡的风眼。

那些负面的气运形成的黑洞很快被一股力量牵引着，离开了林闪闪的身体，无声无息地，顺着二人的拥抱汇入了时年的体内那处发光的地方。

时年保持着那个姿势僵在原地。

车内的贝拉一把鼻涕一把泪地指着车外那对搂搂抱抱的男女哭了起来："什么意思！你们什么意思啊？"

这种时候居然在她面前搂搂抱抱！

她愤怒了！狗男女！

没几秒,林闪闪就跑远了。

时年看着她的背影,看到她仿佛凭着直觉,找到了楼下的环卫阿姨。随之,林闪闪又与环卫阿姨说了几句什么,又跑了回来。

然后,林闪闪拉着时年钻进了车里。

运气的到来让林闪闪如有神助,福至心灵,她将身体坐得直直地表示:"我刚去问了楼下的环卫阿姨有没有见过岳牙这么大的孩子,她说她见过,那孩子还问她,哪里可以买花。"

贝拉皱皱眉,奇怪道:"什么花?"

"岳牙没说叫什么花,阿姨说那孩子要买黄色和白色的……"

时年脑子还在被林闪闪抱完后嗡嗡地响,但仍旧翻出手机搜索了一下花:"黄色和白色的……"

林闪闪浏览一圈,最后笃定地点在一张图上:"这个。"

贝拉沉默了好半天没说话,半晌才道:"我想,我大概知道他在哪儿了。"

四、

在开车前去的路上,贝拉终于淡淡地开口,跟他们说了些事。

岳牙是她姐姐的孩子。

她姐姐结婚早,婚后她就放弃了工作,做了家庭主妇。丈夫岳乾是个程序员,挑起一家的经济压力。

一对年轻的夫妻,有限的收入。在妻子和丈夫并不稳固的婚姻里,因为多出了一个小孩,徒增了无数的压力和争吵。最终丈夫因为忍受不了这巨大的生活压力,在两年前选择了离婚,净身出户,逃离了这个家。

那是个徒有其表,实际却毫无担当的男人。但岳牙的妈妈很爱岳牙,她并未对岳牙说过爸妈离婚了,只说爸爸工作忙,不能回来看他。

但离婚不久后岳牙的妈妈意外去世了,去世前她哭着求贝拉:不要告诉岳牙,他的妈妈没了,至少等几年,等他再长大点、坚强点再告诉他。

第九章·让我抱抱你

于是，贝拉接过了这个孩子。

贝拉犹豫过一段时间，最后，她还是没有带孩子去找他爸。

孩子他爸则继续以"工作忙"的状态，存在于孩子的认知里。

而后，带着孩子的贝拉就连自己的终身大事，都没时间去张罗。

而工作生活难以兼顾的下场就是，艺人小孩一块儿带，导致岳牙早早就以国民小孩的面貌出现在公众视野。

妈妈死了，爸爸不要。一个年纪尚小的孩子，贝拉实在想不到更好的办法。

"从我把他从他家里接过来开始，我就一直告诉他，他的爸爸妈妈都很忙，没时间来看他……"说着说着贝拉伸手盖住了她湿润的眼睛，"到底，是我错了吗？"

她想如姐姐所言，向一个七八岁的孩子隐瞒这一切，等过几年再把这些残酷的现实告诉他。但这孩子，看似漫不经心，好吃好喝好玩地过着，其实心里时时想着溜走回家，去找爸妈。

"原来是这样，"林闪闪忽然之间懂了贝拉，"所以你才一直管那么严，禁止他偷偷溜出门？"

"他原来住的那边早就拆迁了，一旦他回去，他就会发现家没了。"

贝拉点点头，有点出神："我骗他说，你爸妈工作忙，没时间管你，所以才托管在我这里。你要自己吃好睡好学习好，等你考了好学校，你爸妈就会来看你了。"

时年和林闪闪都没再说话。

贝拉自言自语，说到最后只剩苦笑："可能这几年，孩子越长越大，也越来越无法相信，自己爸妈居然一次都不来看自己吧……"

市内最大的骨灰纪念堂。

一个没什么人光顾的地方，安静的骨灰陈列堂里，一个小小的身影在蒲团上跪坐着，垂着小脑袋半天也没说一句话。

他是说话说累了。

在到这里之后,他已经低着头喃喃地说了几个小时的话,他手里的菊花一点点地枯萎下去了,花朵上的露珠也渐渐蒸发,他确定那个叫"妈妈"的女人,是真的躺在一个小小的骨灰盒里了。

"牙牙。"

贝拉走进来时,就看到那一抹小小的身影安静地跪在那里,她的声音少有的哽咽:"牙牙,你怎么瞒着我一个人乱跑啊……"

"我想来看看妈妈。"岳牙回头说,神情平静乖巧,"和她说说话。"

林闪闪看见贝拉的眼泪在无声地流淌,贝拉走过去轻轻蹲在岳牙身边,颤抖地轻轻抚摸小男孩的脑袋说:"很难受的话,可以哭的。"

"哭过了。"岳牙的那张脸上平时总带着可爱和天真,此刻却透出一股子沉稳,"贝拉,我好想妈妈。"

"牙牙,对不起。"贝拉沉默了半晌,最终抱住他,声音低啜,"小姨、小姨……和你一起陪妈妈说说话,好吗?"

"嗯。"岳牙点点头。

大堂里再次安静了下来。

时年远远站在门廊外,没有过去,他的目光凝固在一大一小的两个背影上,很多东西不言而喻。

虽然没了妈妈,也没了爸爸。

但岳牙很幸运,因为他的小姨,会永远守护他的。

"建议你现在可以和我解释一下了,林闪闪,"终于找到了岳牙,时年这才完整地吐出一口气,回过头去对林闪闪说,"现在你可以解释一下,为什么抱我会和找到岳牙有关——"

可他发现身侧一空,压根儿没人听他说话。

林闪闪早就没影了。

那个周末,亦是让林闪闪记忆深刻的一个周末。

那个明明一副和自己不对付,却会为了自己出头的大明星时年,那个外表油腻狡诈，内心却又满腹温柔的经纪人贝拉，以及那个嚣张跋扈，内心却又强大清醒的小恶魔牙牙……林闪闪得以真正地进一步认识了这个团队，也感受到了一股来自人类世界的、令人鱼心驰神往的古怪羁绊以及各种情感。

但真正令她印象深刻的不是这些事……

那天，贝拉、岳牙和时年一道从殡仪馆里出来，返回车中的时候，才再次见到林闪闪。

"哟，牙牙找到啦？"林闪闪拍拍手，仿佛先前无事发生，二话不说就钻进了车里。

"林闪闪，你刚才干吗去了？"时年不满地问，他感觉林闪闪欠了自己一个答案。

"啊……就是发现了一些超级好看的东西，我就搬了点儿在车后备厢了，到家了分给你们一起玩！"

一听到玩的，牙牙就拍手叫好："好好好！"

结果当天林闪闪打开车后备厢的时候，差点没被时年当场打死。

因为林闪闪这家伙，看着人家纪念堂外面有很多好看的花圈，觉得怪漂亮，于是便当场扛了好几个塞到了后备厢，搬了一车带回来……

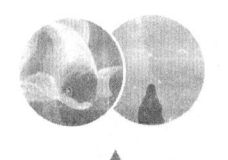

第十章
心动？那是禁忌

一、

时年终于找到机会，于某个傍晚把林闪闪堵在了她的房间门口。

"干吗？"

林闪闪被他再度壁咚，愣愣地看着他，她咬着的电动牙刷还在嘴里嗡嗡作响。

"找岳牙的那天，你的话还没说完。"时年紧紧盯着她，语气里充满了质疑，"为什么找岳牙之前，你要抱我？说清楚，否则一律按照调戏处理。"

"呃……"林闪闪本以为可以糊弄躲过去，时年会忘记那茬的，结果还是没能躲过去。

"按照调戏处理的话，会怎样啊？"

她小心翼翼地问，盯了盯时年的肚皮，再度咽下一口口水。

"你是在觊觎我的腹肌吗？"时年见状睁大眼，再度开始怀疑，"林闪闪，你那天不会是借机吃我的豆腐吧？！"

"不不不……不是！你别误会。"

第十章·心动？那是禁忌

林闪闪举起双手求饶，陡然想起时年之前的那些恶意撩拨，不由得一阵头皮发麻，最终选择了不打自招："我其实、我其实有点离不开你！"

"嗯哼？"

这是什么危险的发言，时年后退了几步。

"我说过，我体质特殊，能给人带来好运。但副作用就是，使用过运气后，就会有倒霉的事，反噬到我头上。"

林闪闪握着牙刷，抬眼瞄着他，将满嘴的泡沫小心翼翼含在嘴里，担心喷到他的身上："然后你呢，其实体质也挺特殊的。因为人鱼之泪可以消解我的霉运，但是它现在在你的肚子里，和你血肉融为一体了……我每次支配运气后自身都会倒霉，但只要抱抱你，我就不会有事。"

"哦？所以说，你的意思是上次你是动用了运气，我们才找到了岳牙，而你抱了我就消解你的霉运？"时年闻言笑起来。

"对。"林闪闪连番点头，不愧是颜艺俱佳的偶像高才生，这总结就是精准。

时年难免得意起来："原来我这么重要啊。"

林闪闪点着头，红了红脸，凑上前去打商量："你看，时年，既然咱们把话都说开了，以后我做了好事要倒霉的时候，你就行行好，出现在我面前吧？"

时年则后退两步，盯着她啧啧摇头："我寻思你们人鱼，也不是白天睡觉啊。"

"嗯？"林闪闪不得其解，"啥意思？我们确实不白天睡觉哇。"

"那怎么白日做梦啊！"

时年哼了一声，便再次迈着他优越的大长腿，下楼了。

时年下楼后，岳牙的遥控飞机从二楼绕了几个圈，又从时年后脑勺飞回来了，机翼削到了时年的头发丝，时年差点提起岳牙，再来一顿好打。

岳牙却极其冷静地被他揪住领子："我的遥控飞机里有我今

天的 vlog，我要把你刚刚壁咚林闪闪的画面发到网上去，让你掉粉。"

时年一愣。

小小年纪，其心当诛。

时年松开岳牙的衣领子，转而微笑："我不打你了。"

"那我就不发了。"岳牙见好就收，抱着遥控飞机屁颠屁颠地跑开了，岳牙跑了几步又好奇地回头问，"时年时年，你是不是喜欢林闪闪那个傻子呀？"

时年一愣，他被问住了。

然后，他问岳牙："你一小屁孩，知道什么叫喜欢？"

"你最近都不和我玩了，也不打我，净追着林闪闪到处跑。"岳牙"哼"了一声后，就跑远了，"贝拉说了，男生喜欢谁，就喜欢欺负谁！

"你以前虽然都在打我，但我知道你喜欢我。哼！现在你不打我了，因为你喜欢林闪闪了！"

时年久久无语。

可恶啊，还真被这个小孩说中了。

他方才心心念念地在想林闪闪是不是也有些喜欢自己，结果，她竟然只是想用他辟邪！

林闪闪开始认真钻研起时年来。

若想要获得时年的配合与关键时刻的帮助，她就肯定要讨好人家啊？这个简单的道理林闪闪还是懂的。

因此，林闪闪无事献殷勤的日子，就此开始了。

那天时年第三十次收到了林闪闪嘘寒问暖的短信。

"炸鸡好吃吗？"

"林闪闪，我是杀青又不是杀鸡，你送来这么多炸鸡干吗？"

看着剧组长桌上堆满的炸鸡外卖盒的时年深感无语。

"我看了百度百科，上面说你喜爱的食物是炸鸡，你今天杀青，理所当然要吃上自己喜欢的食物呀！"

手机那头,林闪闪欢快地回着短信。

"那也不需要这么多啊!"

时年抓狂。

"不是说给明星探班送餐的话,必须要照顾全组吗?否则自己喜爱的爱豆明星,容易被欺负啊。你目前可是个宝贝啊,我可不能让你受欺负。"

林闪闪认真地打字回复。

时年无语。

他倒是想问问,放眼如今,整个演艺界里谁敢欺负他?

他再一次望向那长长一桌子的炸鸡和涌动在桌边的人群,忽然觉得没来由地好笑——

这个林闪闪,真是笨死了,这么多炸鸡,怕是花了她半个月的工资吧?

要知道,如今林闪闪还没有正式出道,也没什么实质收益。

别看她总上热搜,但如今靠的不过是公司每个月给她发的那点保底生活费,她距离真正赚钱,还远着呢。

时年又轻笑,无奈地揉揉额头,想起林闪闪头回搬来,请他们几个在外吃饭,和自己争着付款的那次。

明明自己穷得叮当响,她付款的姿势却强势又暴力。

"这么用力地讨好我啊?你是不是半个月的饭钱都没了?"

他在输入框打下这么几个字,刚想发送,就见林闪闪又一条新的信息跳了出来。

"柠果味,香草味,你更喜欢哪一种?"

"香草,怎么了?"时年问。

"好,收到。"

林闪闪草草地回了一句,就再没答话了。

不是吧?这是又准备给自己买奶茶了?这种讨好方式也太小儿科了吧!时年真想吐槽两句。

然而,他不自觉地一下午都在等,每隔几十分钟,他就问小旗有没有外卖奶茶送进来。

可他工作了一天,也没有奶茶送来。

时年收工后,回到酒店。

到了深夜,时年准备独自出门时,忽然收到了贝拉的短信。

"不要出门,我收到消息,狗仔已经在你住的酒店附近布点了,来者不善。"

时年有些不满。

所谓的来者不善,是指狗仔们可能不仅仅是要拍几张艺人的生图了,可能还会雇佣人专门来缠上艺人,制造点假料黑料。

比如有些网红,总是会专门自顾自晒一些和男明星的"同款",向一些媒体暗示自己和男明星之间有什么……

比这个更恶劣的也有,时年就懒得去想了。

"今天日子特殊欸,我出门小心点也不行?"

"不行,什么特殊日子你都给我消停点。记得上次一个前辈的事吗?被狗仔诬陷,虽然后续澄清了,但他到现在都还没翻过身来。"

贝拉说得严厉,并让他今晚就老老实实待在酒店,等她次日来接。

时年才走到大堂,闻言只好折回,整个人意兴阑珊。

看来共事这么多年,这同事之间的感情还真是淡薄如水啊,贝拉都不问问,今天是什么特殊日子。

就连小旗都忘了,这个点,她肯定已经在房间呼呼大睡了。

时年微微垂着头看着手表,在候梯口等电梯,他的心情有几分失落。

深夜十一点五十分,还有十分钟,就是凌晨,而他在自己生日的日子里,连想出门买个小蛋糕都做不到。

"时年,时年!"

忽然,时年的身后有一个人冒冒失失地赶过来,撞了他一下。

时年倏然回头,眼睛瞪得老大。

一路小跑赶来的林闪闪,气喘吁吁地抱着一个大纸盒,变魔术

第十章·心动？那是禁忌

式地出现在了他的面前。

"总算找到你啦，差点就错过了。"

林闪闪拉过他的手腕看了眼时间，拍拍胸口，顺过气来。

"叮！"

电梯到达。

"你怎么在这儿？"

时年惊愕地看着她，不消两秒忽然想起什么来，一把将自己头上的鸭舌帽抓下，扣在了林闪闪头上，并将林闪闪囫囵塞进电梯，自己也飞快地闪身进去，飞快地按上行键。

电梯门刚关上，后头便冲出两个手持摄像机的娱记。

"哎呀，差一点！刚那个女的你拍清楚脸了吗？"一个人拍着脑门问。

"没有啊！"另一个说，"就看见一个影子风风火火地跑过去了。"

"是咱安排的那个女的吗？"

"不是啊！咱们安排的那个还堵在路上啊！"

另一个立马做出反应。

"不管了，蹲！就算不是咱们的人，我们也遇上大料了，当红偶像小生在酒店接应神秘女友！"

"你怎么来了？还这个点？"

偌大的酒店房间，时年看着一身风尘仆仆、妆都有点跑花了的林闪闪，神情错愕。

"我、我白天在录制，录制完了都好晚了，我就赶过来，去了你这附近的蛋糕店，差点蛋糕店就关门了！然后我买了蛋糕，眼看时间快到了，打不到车，我只好跑过来了，好险，可算是赶在十二点前！"

林闪闪上气不接下气地把纸盒子往他面前一推，笑眼弯弯："生日快乐啊，时年！"

时年愣怔在原地。

他看着林闪闪脏兮兮的小脸,忽然心头微动,不知做何回应。

十二英寸的大蛋糕,草绿色的蛋糕奶皮,上面插着一个圆圆的彩色气球,气球上歪歪扭扭地写着"生日快乐"四个大字。

蛋糕在来的路上被摇晃得有点松动稀碎了,香草味从中溢出来,沁人心脾。

"你怎么知道今天是我的生日啊?"

时年坐在桌边,目光微微茫然地看着林闪闪忙前忙后地给他插蜡烛点蜡烛,乐此不疲地给他摆弄生日头冠。

"当然啦!我对你的关心可不止步于查看你的百度百科哦,我还去你的论坛、贴吧、个人资讯站里逛呢。"

林闪闪得意地把那金黄的皇冠放在他的头顶,笑眯眯地望着他:"所以我从一些很老的老粉嘴里知道,百科上贴的生日并不是你真正的生日,今天才是。"

时年沉默地看着她。

他想起每年自己的生日,都会是热闹的一天,粉丝们争相给他庆祝,雪花般的祝福语和帖子满天飞,业内同行纷纷发动态为他祝福……无不让人羡慕。

但在他心里,那些庆祝和恭贺,都只是献给了一个虚无的人和影子的,那是献给大明星时年的。

只有鲜少那么几个身边的人,知道他的生日不是那天。

只是如今日子久了,好像就连身边的这么几个人,都忘了他真正的生日了。

去年的今天,他的父亲还给他发过短信祝福。

而今年,阮开天有了秦芒,连他都忘了。

时年自己,却永远都不想忘记。

因为每年的今天既是他的出生日,也是他母亲的受难日,是那个他最爱的女人,把自己从肚子里生出来,将他第一次抱在怀里的日子。

这个日子,也是他十八岁时,母亲留在世上的最后一天。

时年久久看着跳动的烛火,眼眶里微微沾染上了湿意。

最后,他把脸埋在双掌间,微微地吸气。

"谢谢你,林闪闪。"

他在抬起头看向林闪闪的时候,眼底的光晕,前所未有的温柔:"谢谢你赶过来,也谢谢你送我的蛋糕。"

林闪闪看愣了,她从没见过时年的眼神如此温柔,从前在岛上的时候没见过,如今到了陆地上,更没见过。

她想,她只是跑来给时年送个生日蛋糕,就把他感动到了……人类这么缺爱的吗?

她兴致勃勃地跑来送蛋糕,其实也是因为自己想吃啦!

林闪闪摸摸脑袋,不知所措,然后把蛋糕刀递给了他:"快许愿,吹蜡烛,然后切蛋糕,我们吃蛋糕!"

时年问:"你的生日是什么时候?"

林闪闪摇头:"只知道大概的月份,也是这个月吧,不记得具体日子了。鱼类产卵嘛……你知道的,娘亲产完卵就跑了。"

林闪闪手腕忽然一紧,还没反应过来,她已经被时年拉过去,并排坐在他旁边了。

"那你就和我一起过生日吧。从今往后,每年的今天,就是林闪闪和我的生日了。"

烛光里,时年的脸部轮廓分外柔和:"闭眼,我们一起许愿吧。"

林闪闪的脸一红,心里忽然不自在起来。

可是鬼使神差地,林闪闪心里又莫名一暖,跟着他一起闭上了眼睛。

在那静谧的三五秒的时间里,林闪闪双手合十,在心里虔诚地默念:"我的愿望是,以后每年,我过生日的时候都有蛋糕吃。"

而时年在烛光里,悄悄睁开一只眼,偷偷看向了林闪闪。

他心里默念的是:"我希望以后每年的今天,我都能和林闪闪一起过生日。"

时年的生日,林闪闪大快朵颐。

不出时年所料,跨市打车,外加十二寸的豪华定制蛋糕,用掉了林闪闪剩下的半个月生活费。

　　林闪闪吃完了告辞要走时，还找他借钱打车。

　　时年眉头一皱："你……你走不了了，我的酒店被狗仔布点了，你得和我一起待到明天等贝拉来接。"

　　"啊？"

　　林闪闪当场石化。

　　那岂不是说，他们两人要同床共枕了？！

　　"你想得美，沙发那么大，还不够你睡的？"某大明星吃完了蛋糕就翻脸不认人，翻出一套自己的干净衣物扔给她后说，"赶紧去洗漱，吃个蛋糕吃得浑身都是，脏死了！"

　　林闪闪意犹未尽地端着柠檬水一边喝一边吃着最后一块蛋糕，听话地走进了浴室。

　　浴室里有豪华大浴缸，林闪闪玩心大起，在里面洗泡泡浴，敷脸护肤，鼓捣了好久都没出来。

　　直到时年都等得睡着了，她才出来。

　　她出来的时候，时年惺忪地醒了几秒，嘟囔道："真坑人啊，林闪闪，早知道我先去洗漱了……"

　　然而，这还不算完，更坑人的还在后面。

　　林闪闪出来的时候，忘了关浴室里蒸汽蒸脸的美容仪了。

　　以至于时年凌晨起夜，一走进洗手间，就发现里面雾气缭绕的。

　　浴室里本来就灯光昏暗，他方便完了，站到水龙头前洗手时，一抬头，就赫然发现布满水蒸气的雾面镜上，赫然的几个淋漓大字——

　　"我，死，得，好，惨，啊！"

　　时年顿时睡意全无，发出高声号叫，惊恐地冲出了洗手间。

　　后来，动静大到酒店经理都来了。

　　"你们今天，必须给我个说法！"

　　大明星时年愤怒地缩在被子里瑟瑟发抖，凶神恶煞地说道。

　　同样被大明星的威压吓得瑟瑟发抖的酒店经理，在洗手间四下检查后，最后在洗漱台上发现了一杯没喝完的柠檬水。

第十章·心动？那是禁忌

破案了。

"客人，这杯柠檬水是您喝的吗？"

时年微微一愣。

酒店经理演示一般地，用食指蘸取了点柠檬水，在干净的镜子上写了几笔，此时镜面上什么也没留下。

然后，他用蒸汽机朝着镜面喷雾，被水蒸气布满的镜面上，浮现出了经理方才用柠檬水写下的痕迹——

"或者有没有一种可能，那行字是您睡前喝了酒，自己留下的？"

时年呆愣在原地，然后在那几个离去的酒店人员怀疑的眼神里，羞愤欲绝。

"林闪闪！"

待人离开，时年一把掀开了林闪闪的被子。

林闪闪此时正躲在他的被窝里，在杀气腾腾的时年眼皮子底下，一脸心虚谄媚的笑意……

"我、我错了……我当时就是觉得好玩……"

后来，林闪闪那晚怎么活下来的，按过不表。

倒是次日贝拉看见他俩出现在了酒店的同一个房间，林闪闪还穿着时年的衣服的时候，眼神八卦至极，讳莫如深……

后来，贝拉私下里一脸的严肃地问时年。

"你是不是和林闪闪有事了？"

"冤枉，这个真没有！"时年叫苦不迭。

"那你是不是喜欢上她了？"

这个嘛……

那晚，说好不同床共枕的两人还是在床上追逐着，险些打了一架。

他原本想要像揍岳牙那样教训一下林闪闪的，可在和她双双扑倒在软床上的时候，他的心脏又极快地跳了起来。

那个时候，他发现自己想做的不是揍她，而是吻她……

他的心彻底乱了。

他到底是一直在追寻林闪闪身上莫名的熟悉感，还是不知不觉为林闪闪怦然心动？这个问题时时挂在了他的心头，弄得时年都有点无心工作了。

当一个人不自觉地总想起另一个人，不自觉地总在意起那个人的一切，在她出现麻烦的时候总第一时间只想冲过去。

那不就是喜欢？

"珠子怎样才能剥离出来？"

这不，工作闲暇时，时年就忍不住拿起手机和林闪闪对话。

"顾南烛会有办法的。他是人鱼里的科学家，他答应给我做一套剥离装置了，放心吧，不用剖人肚皮挖人胃的。"

林闪闪这头也正因为她在网络上的高人气，获得了节目组的广告拍摄机会。她正在化妆间被人鼓捣造型，拿着手机飞快地打字："不和你说了，我一会儿就要下水了。"

那头林闪闪又投入工作了。

时年放下手机，又开始托着腮帮子兀自思忖：当岳牙无意问了那句之后，他确实有尝试去弄清——

好像是有些喜欢的，否则怎么会失落？那这份喜欢，到底是从什么时候开始的呢？

真的只是因为林闪闪好多时候都太傻了？无非惹了他、逆了他、求了他，以至于和她的交集过多，让他觉得种种皆属应当的吗？

可往往一个人对另一个人的喜欢，就是开始得那么无声无息。

犹如被扬起的种子，落在风里生根发芽；也像海里漂游的绿藻，自水体生根的那一刻，从此如影随形。

二、

被岳牙发现秘密后，时年就没再欺负岳牙了，偶尔他还在饭桌上，带着老父亲的目光给他夹菜。岳牙狐疑地望着时年，时年就慈祥地摸了摸他的脑袋瓜，含笑解释道："林闪闪做的，你先试试毒。"

最近，时年要求林闪闪学会做正常的饭。

— 188 —

如此一来,他就不必和冯青瑜担当公寓里唯二的两个伙夫了。

期间,林闪闪是反抗过的:"我可以不学吗?水木是喝露水就能活的女神,所以她不用进厨房。那我也要做一个吃面包渣就能活的小仙女,这样我也不用——"

时年打断她:"水木不一样,她身体不好,沾不得油烟。"

林闪闪:"那你看看冯老师她做的菜那么好吃,她就不像你一样逼我学……"

"哈,怎么是逼你?"时年怪笑两声,握着锅铲威逼利诱把她按到墙角,"小姑娘,乖乖听前辈的话,这样前辈才能在有事的时候罩你。"

而这一幕,又如数被拍着 vlog 的岳牙记录在案。

岳牙握着手机,歪着头盯着屏幕里的画面质疑:"臭时年,林闪闪,你们俩是不是在偷偷谈恋爱?"

时年一锅铲飞了过来。

"——叫什么时年,喊爸爸!"

时年这预言家真准,林闪闪很快就遇上一个让她没辙的舞台了。

"这期的舞台 PK 主题是——'重回六一'。"

这档综艺的热度已经到了如日中天、全民投票的当口,当节目组的导演下发了本期的舞台主题之后,林闪闪傻眼了——

"可爱?那是什么风格?"

可以吃吗?

本来这种问题还是以请教路笙为上的,但路笙这周有个拍摄去外地了。

林闪闪给她传了一下自己的练习室效果视频,遭到了路笙连连的摇头否决:"你这是在演绎可爱还是面部抽筋呢?可爱是种由内而外散发的甜美气质,不是让你做各种嘟嘴卖萌、夸张无下限的表情和动作啊姐姐……"

林闪闪苦恼得很:"你又不在,我真的不会。"

她活了一百多岁,知道怎么稳重、怎么沧桑、怎么霸气侧漏、怎么活力朝气，可她独独就还没体验过可爱！

她的人生阅历不够啊……林闪闪私以为这不是她的错。

林闪闪去请教值班的水木，水木正对着落地镜正比着一个低胸吊带的开衩裙，她一米八的高挑身材微微一侧目，便是寡淡的气质，连问话都风情万种："你刚问什么？"

"没、没什么。"

林闪闪自觉问错了人，主动退下了。

等冯青瑜在公寓的时候，林闪闪又去请教了冯青瑜。冯老师连连摆手："我一把老骨头了，光听到这问题就挺要命的……"

"你是不是傻？咱家里，不就住着一个可爱本爱吗？牙牙那么可爱，全民喂着可爱多长大的。"路笙在电话里，一语道破天机。

"对啊！"琢磨着怎么演绎可爱舞台的林闪闪，闻言很快屁颠屁颠去找岳牙了。

"岳牙，岳牙，你知道怎么可爱吗？"

"不知道。"

岳牙正在地垫上一个人玩着四阶魔方，他给林闪闪的反应是一头雾水的无辜模样，产生了和她一样的疑惑："可爱？那是什么东西？可以吃吗？"

林闪闪盯着他肉嘟嘟的脸蛋儿，黑葡萄似的眼珠，以及又黑又卷的睫毛，感到了困惑："所以你也只是长得可爱，但是却对可爱一无所知的人类吗？"

"是啊！你这愚蠢的人类。"

岳牙"奶乎乎"的手臂一伸，把拼好的四阶魔方递到林闪闪手上，穿着奶牛花纹的连体衣起身："我又不知道怎么可爱。"

"啊，那你不帮我出出主意吗？干吗去呀？"林闪闪高声问。

"吃饭睡觉，保持可爱。"

林闪闪无奈。

没办法，林闪闪只能靠自己了。

她翻了好多网上以可爱著称的女团的舞台来看，比赛前的周末，她去了练习室一整天,晚上回到家里,她还在琢磨着怎么可爱。

晚上,水木带娃结束离开公寓前,看着林闪闪还在岳牙常玩的那块地垫上,孜孜不倦地练习,经过她的时候,不由得淡淡抿唇笑,眉毛朝着楼上一挑,给她支招:"时年已经结束出差回来了,你可以去请教下他。"

"他?"

林闪闪一蒙,心中疑惑三连:时年和可爱沾边吗?

但是,时年洗漱完回房后不久,他房间门还是被林闪闪敲响了。

时年开门,林闪闪端着一托盘颜色各异的菜碟子慢吞吞挪进了房间,扭扭捏捏地开口:"我……尽力了,你尝尝。"

林闪闪内心叹气:她最终还是向现实低头了。

时年刚系好浴袍,正一手端着杯子,拉开门见林闪闪蹿进来,他就不淡定了,差点将那一口水喷了出来。

第一眼时年是想笑的,倒不是因为她做的那几碟菜,而是林闪闪那模样。

她穿着次日登台的舞台服装,长发变成了两个马尾,头顶还顶着一对毛茸茸的兔耳朵,身着洛丽塔蓬蓬裙,脚蹬奶白绑带的长靴,脸上还画上了几道猫须。

林闪闪也是愣了愣。

头一次见到时年这美好的肉体包裹在一拢浴袍里……她脸颊也有点发烫,她把自己干涩的嘴皮子舔了两下。

时年道:"这是给我做的?我……我吃过了。"

"不尝也可以,但是你看我都做饭了,以后我也会学着做面包以外的食物的,怎么样?时年你就……帮我个忙?"

时年盯着她戴着猫爪手套的手指,嘴角的异动微不可察,他退了几步坐到床边,持续打量:"什么忙?"

林闪闪真的听不得他那要笑不笑憋着的声音,那声音简直能把嘲笑值拉满。林闪闪把眼睛一闭,豁出去了,她把手机音乐点开放到了桌面上后说:"嗯……你先看我跳一遍。"

时尚动感的音乐一起,她把时年想象成导师的模样,慷慨赴义似的摆好架势，然后……

"喵！"

林闪闪模拟了一声猫叫，随后手舞足蹈地将她明天要表演的舞蹈演示了一遍。

因为嗓音得天独厚的缘故，林闪闪所在的队伍里，每次舞台大家都习惯性让林闪闪开场，给观众们提提神醒醒脑，再拉入全新的情境。那声软糯清脆的"喵"声一出来，时年顿觉头皮有些发麻，手里的水杯竟有些拿不稳——

他之前怎么从来都没发现，林闪闪唱歌的声音，还怪好听的呢。

一曲终了，林闪闪再次扭捏不堪地站在他面前说："时年你看看我。"

时年沉默几秒："在看。"

而后，他微微歪头，眼神中带着几分疑惑："然后呢？"

"然后……因为水木说你才是专业的，所以我就想问问……"

林闪闪支支吾吾几下，忽然比了一个嘟嘴卖萌的表情弯身至他面前，一本正经地红着一张放大的脸，问："时年你觉得我可爱吗？"

气息忽然到了近在咫尺的距离里，时年一时无话，用琥珀色的瞳仁一眨不眨地盯着她。

"我……可爱吗？"林闪闪以为他没听见，又问。

时年只是继续盯着她。

红扑扑的嘟嘴，鼓起来的腮帮，她再眨一眨眼，那透着淡淡绯色的瞳仁都像是莫名的邀请。

此刻的时年还穿着浴袍，他并非毫无理由地怀疑——

"林闪闪，你在玩欲擒故纵吗？"

他将林闪闪一扯，倾身压在了床上。

天旋地转，林闪闪猛地睁大眼，看见居高临下的男人按着她毛茸茸的兔手，声音前所未有的低。

"我……"林闪闪心脏乱跳，突然说话都结巴，"我……我不——"

"不什么？"

时年浅棕的眼底已然变得黝黑深沉，他说："不要因为我喜欢御姐，就觉得我对可爱这一型的完全无感啊。"

答非所问反被撩。

她明明只是来求个评价和指点的好不好？哪有像他说的那样？可时年带笑的眼底，又使得他的评价那么呼之欲出——

林闪闪可爱吗？

可爱，现在的林闪闪简直可爱死了。

"时年说你可爱？"

新一期的节目播出后，路笙后来对此的评价是连连摇头："完了完了，看来我的偶像，也失去了公信力。"

明明林闪闪在舞台上演绎的"可爱"，尴尬得都要溢出了屏幕好不好？

但林闪闪似乎天生就是个热搜体质，就连"尴尬得可爱"一词都被刷上了热搜，粉黑参半，有人被戳中了萌点，有人觉得林闪闪业务能力还是不行，继上次舞台之后，她的实力又倒退回起点。

总之，林闪闪已然成了被热议的那个。

而这个时期岳牙日常发布的vlog，也悄然在网络上吸引了一个奇怪的群体——CP粉。

而这对CP正是时年和林闪闪。

这是一个八岁小孩压根儿没思考过的事。

他密集发布的vlog日常里，经常出现的地点无外乎公寓。经常入镜的人物，无外乎贝拉的手下，这几个轮流照看他的人。

之前这个公寓的话题度就挺高的。

而今多了个林闪闪。林闪闪和时年那时不时闯入镜头的片段，则让那些偶尔过来看岳牙的vlog的时年和林闪闪的粉丝，从他这里发现了新大陆……

就拿上次公寓里辣椒酱事件来说。

岳牙只是录制了一个自己恶作剧林闪闪的视频,跟踪了一下林闪闪吃到辣片面包的反应,观众们却紧接着看到了一身围裙的男神时年,俯身叼走了林闪闪嘴上面包的画面。

　　"我看见了什么?是时年和林闪闪吗?"

　　"天哪!时年!你在干吗,快住口啊!"

　　"我天,这个没剧本的吗,我们的'老幼病残'公寓也要走剧情套路了吗?但是我老公时年也太会了吧!"

　　"太苏了啊这两人,在线杀狗祭天啊!"

　　……

　　再结合之前时年追杀林闪闪时期,两人相爱相杀的基调本来早已奠定,眼下……

　　很多人突然在评论区敲出了"嗑到了"三个大字。

　　而身为正主的林闪闪和时年,却对此一无所知。

　　岳牙的粉丝在飞速地增加,岳牙觉得是因为自己的可爱。贝拉一顿研究倒是发现了不对劲,好在评论区大多是好的,但贝拉最后依然眉头纠结地扭动未做回应——

　　一个粉丝量巨大,一举一动都容易引起轩然大波的偶像男星。

　　一个尚未出道,目前还在新人阶段,摸滚打爬的菜鸡新人。

　　她实在不知这样是福还是祸。

　　最后,贝拉摸摸脑门决定暂且将这件事放到一旁。

　　反正时年和林闪闪站一起,怎么都比和一些胸大腿长的御姐同框要强。

　　俗话说,肥水不流外人田。

　　要是这俩真在一起了,她以后管理起来也省心了不是?

　　贝拉手里的艺人一个接一个地出风头,秦芒终于坐不住了。

　　"欸?哥,你听说了吗,听说秦芒的那边最近也签了个新人呢,也是个唱歌的,我觉得她是坐不住了。"

　　某天在公寓里围桌吃饭,路笙竖着筷子和时年拉家常。

　　如今的公寓可算是热闹了。

继林闪闪和岳牙成为常驻之后,时年和路笙也搬了进来。

从此之后,四个人吃饭睡觉,外出工作再返回,有人做饭,有人在客厅里看剧,有小孩爱玩闹——他们总觉得这个公寓里有了些温馨的感觉。

冯青瑜和水木也相继被路笙撺掇着产生了想法,最近也在考虑着要不要搬进来。

"嗯,今天刚见过,还一起合作录制了一个有声电台的语音播报。"时年不以为意,想了想,接着吃饭,"声音条件是挺好的。"

这个新人才刚进公司,就能和时年一起共事了?

"不简单啊。"路笙赞叹道。

"唱歌?有林闪闪唱得好吗?"岳牙闻言,插嘴问道。

林闪闪哄他睡觉时总给他唱催眠曲,他觉得林闪闪唱歌还是很好听的。

"那不知道,听说这几天这个新人就要推一首歌出来了,看样子是重金推的选手。林闪闪你可要小心了。"路笙道。

林闪闪含糊点头:"嗯嗯,不怕,她肯定唱不过我的。"

时年关注的重点显然有点偏,他问林闪闪:"说起来,贝拉给你的不是歌手定位吗?你的歌呢?"

林闪闪摆摆手,埋头在一小碟起司面包中。

她哪有什么正儿八经的歌啊?

说到底,那个节目都是些唱跳类型的舞台,开腔也就唱个三两句,她没多少发挥的余地好吧?

于是路笙叫她来两句:"时年哥,你给评价下,是林闪闪唱得好,还是那个新人唱得好。"

"肯定是秦芒那个好啊。"时年想都不想,"林闪闪住进来后,我都没听她在公寓练过嗓,而且她房间连声卡设备都没有,一看她就不是什么正经歌手。"

林闪闪颇不服气地说:"那你听过我唱歌吗?我可是有很多歌迷的呢!"

时年故作嫌弃地说:"我的时间很宝贵的。"

水木故意挑拨二人:"时年可是表示过,你参加的那是个新手村节目,和他格调不搭,拒绝观看呢。"

林闪闪努了努嘴,也不和他争辩什么,不听就不听,反正她堂堂的歌喉霸主,一条活了百来岁的人鱼,不屑于开嗓和一个人类歌姬比较。

她嘟囔道:"反正我肯定比她唱得好。"

但此话仍然遭到了路笙、岳牙和时年大肆的白眼,时年看着林闪闪这自大的样子,只是想笑她:"不知天高地厚。"

在他看来,秦芒签的那女歌手真的挺厉害的。

林闪闪也不在意,大家闲聊着,于是话题又岔到其他事情上去了。

三、

林闪闪和时年最近的相处状况良好,也和时年在取出珠子的事情上达成了一致,现在他们就等着顾南烛的分离装置成形——

"还没好,再等等吧。"

最近顾南烛的心情似乎不是特别的好。

在林闪闪叫嚣着"欸,顾南烛,你这是越来越不把你们的祭司放在眼里了哈"的过程中,那头就传来了忙音。

顾南烛放下电话,在水龙头下刷完最后一个盘子,拧干了洗碗巾,最后将那个蓝色餐盘放入了沥水架。

沥水架上摆着另外一个粉色的餐盘,和他的这个形状一模一样,只是上面积了些灰,已经多日不曾动过。

他的手碰过那个餐盘,沉默几秒后把它取了下来,对准了垃圾桶。

但几秒后,他的指尖却紧了紧。

最终,他还是没能将它扔进去。

走出厨房的时候,顾南烛环顾着空荡荡的屋子,忽然之间有些失神地想:为什么不扔了呢,你在等一个突然消失、不告而别的人,再度出现在这个屋子里吗?

好几周了。

如果不是那个餐盘还稳稳放在沥水架上,如果不是目之所及的家里,还残存着玄关处的一双小号拖鞋,桌面上还留着一个多出来的马克水杯,卫浴里还插着一根和他同款的粉色牙刷……

如果不是这些,他没有扔掉的旧物。

那个女人,就会像一场梦。

只是她走了,确切地说,她是无声无息地消失在了顾南烛的生活里。

他不知道那个女人为什么要不告而别,自从他把她捡回家之后,他们之间发生了好多的事。而她就像是夏日里一场突如其来的太阳雨,把他彻头彻尾地淋湿后,又倏然抽身退场——

一阵暴雨过境之后,雨水在飞快地蒸发,什么都了无痕迹。

可他仍记得初见时,她执拗地蹲在楼下不走的样子。

记得她抬起头来,用黑白分明的眸子,在他手心里写下她自己名字"殷影"的样子。

他记得她喊"哥哥"时万般别扭,让她喊顾南烛,她就异常顺口的样子。

她想要什么也从来都不避讳,会直接告诉顾南烛说"顾南烛我要这个"。

她的脾气大得很,心情不好时她压根儿就不理人。

她刚来那会儿走路也走不好,还经常说脚疼。

所以,他也记得有天她脚疼得厉害,把自己关在房间里一夜不开门。醒来的第二天,她高兴地开门扑到守了一夜的他的怀里,红着脸说"顾南烛,教我跳舞"的样子。

……

想着想着,那些画面便渐渐在他脑子里生动了起来,变成那个女人嬉笑怒骂,嗔憨静默般百态的脸。

那次是顾南烛第一次和女生跳舞,他的浑身都不自在,而那个女人更像是踩在刀尖儿上一样,满脸的隐忍。

她跳到一半就赌气说不跳了，说脚疼，转身时她的长发划过了他的脸。

"是我喜欢的歌。"顾南烛把她拉了回来，让她踩在自己脚面上，然后缓慢地挪动步子，"这样就不疼了。"

他的鼻尖快要碰到她的脸了。

他第一次感受到了他人呼吸的温度。

他还记得自己在实验室做实验时，她就一声不吭地待在旁边观察。

她问这是什么？他说这是一些可以试验性地扭曲时空的东西。一般这么说出去不会有人信的，她却不觉得是玩笑地点头："顾南烛，你是我见过最聪明的人。"

顾南烛一愣——他从不说假话，而她正好信他。

他问她看得懂吗？她说看着看着就懂了。

顾南烛不信，把一根导管递给她，她三下五除二就给他接好了回路，反倒是顾南烛惊讶得弄翻了反应池，引起了四溅的火花，实验室里瞬间断电，全暗了。

"顾南烛，你在哪儿？"

她被凳子绊倒在地，声音透着惊慌失措，能听出来她在那一刻是真的怕顾南烛消失在时空里了。

然后，她看见黑暗里，顾南烛整个人蓦然在微微发光，朝着她伸出手来："别怕。"

顾南烛是烛光鱼属的人鱼这件事，本该是个终极的秘密。

可他在黑暗里，在殷影面前，点亮了自己。

顾南烛摇摇头：他从来不会轻易在人类面前暴露自己的不寻常，怎么那个女人的一声喊，他就不管不顾了呢？

"对不起，吓到你了。"很快他又重新拉开了电源。

可她好像并不觉得奇怪的样子，只是在把手放到他手心的时候，一眨不眨地道："顾南烛，你发着光的样子很好看，我很喜欢。"

从此以后，终于有个人类知道了顾南烛的秘密。

他得以在她面前卸下他用于对付这个世界的面具,他也慢慢开始觉得,有个人不视他为异类,有个人类很依赖他,真好。

一个外表很冷淡的年轻女人,她连说话声音也冷冷淡淡的,但偏偏是这么冷漠的一个小姑娘,却高高兴兴地,做了一桌好吃饭菜,为他一个小小的升职而庆贺呢?

顾南烛在人间的几十年都未曾有人为他庆贺过什么,那天回家他却看见了气球和啤酒,殷影拉他坐下,鼓着掌对他说:"恭喜我们顾南烛"。

她做了一桌子他爱吃的饭菜,这是她第一次下厨,被烫了满手水泡。

顾南烛给她买了奶油蛋糕回家,她摇摇头说不吃,自己就在一旁抱着冰西瓜拿勺子舀着往嘴里喂,看着他吃,还给他开了几罐冰啤。

她明明喜欢蛋糕的啊,眼睛还时不时盯着呢。

"傻瓜,蛋糕不贵的,我们还可以买很多。"顾南烛说不清那时候他心里那种暖洋洋的好像海底的洋流苏醒的感情。

"顾南烛,升职快乐。遇见你真好,我会舍不得你的。"

后来她喝多了,带着啤酒清凉泡沫的唇落在了他的脸颊上。

顾南烛怔在原地,而后双眸加深。

"那就不要走,一直一直和我在一起吧。"

而那天后面的事情,无外乎借着酒意的亲吻、带着冰啤酒的清凉触感,以及带着蛋糕味儿的沉沦……

两人都喝多了,情难自抑。

顾南烛生平第一次在人类世界里找到了那种叫作"归属感"的东西,午夜酒醒,看着熟睡在自己怀中的女人也醒着,她的那一双眼睛比星星还要亮。

他亲吻她的额头,给她说起他的故乡、从前,说起从海里来的人鱼祭司林闪闪,还说起了他们人鱼族的历史,以及人鱼族与人类逆行生长的生命……

最后，他还说起了自己一去不复返的父母。

"我以前觉得自己是被抛弃的，后来才知道他们只是回不来。以前我不想承认那些，我希望他们知道，我爱他们。"

"我以前还觉得一个人过挺好的，"顾南烛说着，抱紧了她，"现在不了。"

殷影只是安静地听着。

顾南烛还说起林闪闪告诉他，他的父母是被那群凶悍冷酷的魔鬼鱼杀死的，所以他才要帮助林闪闪制作分离装置拿到人鱼之泪，人鱼之泪，绝不可以落在魔鬼鱼的手里。

殷影浑身一怔，抱着他一言不发。

她忽然不再笑了："那你会想报仇吗？"

"我在陆地生活了这么多年，已经是个人类了。"顾南烛攥着拳头，额角的青筋隐隐跳动，"所以，你说呢？"

人类不可能没有仇恨。

"顾南烛，睡吧。"最后她说。

他满足地阖眼睡去，以为他至此有了一个归处。

但次日，他再度醒来时，却发现自己的怀中，已然空空如也。

四、

对于林闪闪而言，装置没有做好，她就还得在人间周旋一阵子。

和顾南烛通完电话后，林闪闪就放下手机，垂头丧气地走进电梯，嘴里嘟囔着顾南烛孤僻到连她这个祭司都不理了。

林闪闪步入电梯正要关门，电梯门却突然被人伸手挡了一下："等等。"

一个女人快步跑进电梯，林闪闪没注意，往旁边挪了挪让了块地儿。

"几楼？"

林闪闪按完了自己楼层后，问那个后进来的女人。

"和你一样。"

那个女人一开口，林闪闪蓦然间就起一个激灵，她猛地回头后发现。

这个身材高挑，穿着一身黑皮夹克和黑马丁靴，有着一头黑长发的女人正望着她微笑，看她的样子似乎是已经等待她多时了："又见面了，林闪闪。"

"我们见过吗……等等。"

魔鬼鱼！

林闪闪在瞬间反应了过来，根据声音认出了这个人——纵然之前从未好好看清对方的面目，但这个声音，足以让她确定，这个就是之前曾几番和她交手，从她手上抢走人鱼之泪的魔鬼鱼。

此时此刻，林闪闪只觉得那个冷淡又熟悉的笑，危险十足。

当她正式以人的面貌出现在林闪闪的面前的时候，便意味着她已经渡过了化形期，实力大增了。

殷影朝她微笑着伸出手，自我介绍道："你好啊，我是殷影。"

在电梯门在阖上的那一秒，剑拔弩张的气氛，顷刻席卷了这个狭小的八角空间。

林闪闪没有伸手，只是如临大敌地盯着她。

"上次是我大意了，不过就你这记性，所谓的人鱼族的下一任祭司，也不过如此嘛……真不知道当年，我爸妈怎么会败在你的手下？"殷影见状也收回了手，她那不屑中，颇有几分冷漠地微笑，"人鱼之泪，我势在必得。"

"什么，当年率领魔鬼鱼先锋队闯入我们老巢的，是你的父母？"

伴随着电梯稳步地上升，林闪闪如临大敌。

对她来说，那一段记忆，太过深刻。

当年的她正处于实力全盛的时期，性子也嚣张。那次魔鬼鱼的入侵，却也是她拼尽全力，才率众取得的胜利——还多亏了从陆地上召回来的那两个同伴——顾南烛的父母。

他们从陆地上带了一些奇奇怪怪的武器。

凭借这些东西，以及林闪闪天赋的帮助，他们击退了魔鬼鱼。

而那两位大陆来的"人类观察员"，却也因此被魔鬼鱼"惦记"上了，被魔鬼鱼集中针对，最终葬身于深海底。

所以每每当林闪闪看见顾南烛在埋头研究那些东西之时,都能感受到流淌在他的血液里那种一脉相承的东西,让她也对顾南烛,怀有着或多或少的愧疚之情。

却没想到,眼前这位魔鬼鱼,不仅实力更为凶悍,更是继承了她父母毕生意志——对人鱼之泪虎视眈眈。

"你还不死心?你打不过我的。"虽然林闪闪的额头冒了点冷汗,但她也要撑住场子。

战力上,鲤鱼并非魔鬼鱼的对手,魔鬼鱼的能力是他们随时能释放电流,这在人鱼族群中,不可谓不强大了。毕竟,在水里,她们拥有最好的导电载体。

而人鱼族里,多是一些鸡肋的种族能力,比如顾南烛,身为烛光鱼一脉的他,也就能在黑夜里停电的时候,当个闪闪发光的电灯泡。

但林闪闪是个有着作弊工具的锦鲤,她的能力一旦发动,胜负则未可知。

"是吗?我看你也并不怎么强啊,都这么久了你还没拿回人鱼之泪。"

年轻的女人摇摇头,轻嘲的笑容表示她怎么可能对人鱼之泪死心?

她说:"不过也好,要是你已经拿到人鱼之泪回到海里了,现在也没机会逞这种口舌之快了。"

林闪闪不语。

殷影继续摆弄自己涂得漆黑的指甲:"看来我们只能在陆地上多玩一阵了。"

"哦对,还有那个大明星。"她提到了时年,她的目的也很明确——挑衅林闪闪,"上次算他运气好。"

"你敢动他!"

那魔鬼鱼不该提及时年,因为林闪闪如临大敌的模样,在听见她威胁的口吻里出现了暂停,一股森冷的眸光从林闪闪的瞳仁深处迸发了出来。

也许是林闪闪那一刻身上爆发的气势，和她之前的那种勇中带怯的感觉有点不同，殷影眉毛高高地扬了扬，略感吃惊地说："挺凶嘛，他是你喜欢的人？"

"关你什么事？你懂个屁的喜欢！你等我，等我拿到人鱼之泪，我们回海里打！"说这句话之前林闪闪做了一个深呼吸。

却换来对方像看傻子一样的眼神。

"这是什么光明正大的竞赛吗，我还等你到海里……"殷影用无药可救的眼神斜睨着她。

林闪闪敢肯定，那眼神就是看傻子的！之前顾南烛总那么看她。

林闪闪一时之间无言以对，她大声重复说："你休想动他！"

"怎么，你拦得住我吗？"殷影撩了撩耳边的碎发。

林闪闪知道殷影的狠毒，所以她第一时间在悄悄摸手机，准备在背后发信息给时年——她拦不住，但赶紧让时年知道殷影就是魔鬼鱼这件事，总不在话下吧？

"你确定你要提醒他小心我？"

殷影眼神往下，留意到林闪闪背在身后的小动作，嘴唇一勾。

"我当初抢到珠子上岸的时候，在珠子里面留了毒。海蛇的毒素，你应该不陌生吧？本来是想害你的，谁想被他吞进了肚子……不过现在呢，只要你对他说一个字，我就——"

林闪闪闻言一愣。

她知道魔鬼鱼的手段！

曾经他们用同样的方式在人鱼族生活的地区投过毒，那毒素被他们用黏液包裹起来了，极其微小，和水滴没什么两样。她们一旦发动某个音域的吟唱，那声波所及之处，黏液就会破碎，而毒素都会被引爆扩散，致人死亡。

"别那么看着我。"

殷影继续冷眼微笑，无视着林闪闪那像是要杀人的愤怒目光。

林闪闪气得牙痒痒："你……你想怎么样？"

真要论实战，林闪闪不敢保证自己能拦得住她。但她想了想，很快又大声提醒:"在陆地上杀了人你就走不了了!这里有好多警察。"

"他们抓得住我吗?"殷影不屑一顾。

"抓不住又怎样?要知道只要我在,你就走不了。"好在林闪闪虽然不爱动脑子,但也不算傻,"你要是真的动了他,我会不惜一切代价,帮助人类的警察抓到你!让那些科学家,把你生切活剖!把你做成一个一个切片!放到八倍镜下分析八百遍!"

"还八倍镜,你玩游戏呢?"

对方忍不住嗤笑起来,仿佛在嘲笑一个文盲。

但殷影转念又想了想,顺手按了个楼层:"不过你说得也有理。那我不杀他,我想想别的办法。"

本来人鱼之间的交流都是直来直往的,很少玩虚的,有多大筹码就告诉对方自己有多大筹码,就连打仗都真诚得很。

可魔鬼鱼一族就是一切奸诈、狡猾、心计、阴手段、森沉古怪的代名词。从前为夺权,魔鬼鱼还干过派卧底去他们人鱼族里面的行为……

因此这话从殷影的嘴里说出来,林闪闪也只敢将信将疑,她的心中反而更加不安了:"真的?"

"真的。"电梯到了某层突然停定开门,殷影明明还没到楼层,却笑着退出了电梯。

"谁让你天赋逆天,我'怕'你呢。"

林闪闪一阵鄙夷,看她那模样,她怕个鬼。

殷影当然不怕,度过化形期的她,不认为林闪闪能成为自己的对手。她哼笑一声,手掌微微捏紧,掌心汇集起细小闪电,转瞬便勾连了墙面的电梯按键。

"刺啦刺啦"——

"啊!"

电梯门骤然关上,墙内部被电流肆虐,身处电梯厢内的林闪闪忽觉电梯一抖,她的脚下倏忽空了下,电梯不上反停,紧接着猛地下降半截。

林闪闪突然失重,摔落在了电梯里,心脏都跟着一腾空,猛地随电梯顿卡重重落下。

该死的!一见面就和她玩这么狠的?

这是要她出个电梯事故,要她的命啊!

而电梯外面的女人的嘴角噙着一丝淡漠的微笑,头也不回地走远了——

"林闪闪,我倒是挺好奇,你那么在乎那个人类,他是你的禁忌吗?"

禁忌?

在人鱼的世界里,遵循的也是一夫一妻制。所谓禁忌,即两条人鱼互相认定后,互做标记,不允许第三者染指他们的关系。

林闪闪愣在原地,她突然想起上次泳池里,时年沉溺在水中,险些被这个魔鬼鱼开膛破肚。那时候她也异常暴动,她想她终于找到原因了:她确实认为,时年是她的所有物。

一想到这个人是她曾经的小奴隶,她就无法容忍别的东西去碰他、伤害他。她真的把时年看做了……禁忌吗?

电梯又猛地下沉了一截,林闪闪被吓得魂飞魄散——

该死的魔鬼鱼,才重逢就送这么恶毒一份见面礼,林闪闪忍不住口吐芬芳:"这个坏东西!"

电梯发生了故障,卡在半空里不上不下,林闪闪第一时间想去拨电梯里的物业专线,结果这也被那女人烧坏了。

她又掏出手机,但手机在电梯箱里也没了信号,一个电话都拨不出去。

联络不上外界,等人来?

她的头顶还在"咔咔"地细细作响,听着让她头皮发麻,等人来也危险得很。

林闪闪只得叹气,启动自救模式——

哈利路亚,来场运气吧。

"运气"再度在她头顶无形汇集,那些看不见的物质会带来幸运唉。

可惜她知道反噬在后头等着她呢，这一天天挖东墙补西墙的……

今天她又是为了生命安全，动用能力，而为自己招来后续生命安全问题的林闪闪。

第十一章
指不定我也看上你了呢

一、

在运气加持下的林闪闪，迅速获救了。

林闪闪心生疑惑：魔鬼鱼为什么会出现在辉皇？

在重新走进公司大厅的时候，林闪闪也很快从公司大厅屏幕上找到了答案。

公司的显示屏上常年播放的都是公司里近期最火的几个艺人，又或者是正在向外界重推的作品。林闪闪在比人高的落地显示屏上，看到了魔鬼鱼的脸。

她见屏幕上写着辉皇娱乐秦芒旗下新晋签约艺人，新生一代实力歌手——殷影。自签约以来发布的首支歌曲，在短短几周内就风靡各大直播间，横扫了各大排行榜，在大街小巷传唱……

林闪闪像近视一样凑近了看，MV（音乐视频）里的女人走的是冷酷个性路线，她那一身黑的皮质装扮和黑长直的头发并未变化，高挑眉毛笔直而斜飞上扬，眼睛黑白分明而眼神冷淡，极具个人特质和气场。

而她推出的那首歌，更有意思了，中文名字就叫作《魔鬼鱼》。

林闪闪琢磨着：这人还挺高调。

林闪闪驻足听了会儿这首歌，这是首掺杂着摇滚、电音、唱腔极具个人特色的英文曲目。开腔那两声慵懒的、从鼻腔里溢出的哼声，就将人牢牢抓住了。

的确是足以惊艳众人的独特嗓音，但林闪闪却不为此感到惊讶。

人鱼嘛，他们是天生的歌姬。

要做到这点，多么容易。

但是，林闪闪的脑子里，又冒出了新的问题：按理说魔鬼鱼已经出现在辉皇娱乐一段时间了，她之前甚至和时年有过合作，她为什么没有对时年下手？！

林闪闪的眉头紧锁，一会儿，她发觉这条魔鬼鱼可能有更大的预谋……

一会儿，她又觉得魔鬼鱼是不是也知道人鱼之泪在他体内已经散得不像样，害怕就这么开膛破肚取出来会损坏人鱼之泪，所以在等着她弄出来再说？

林闪闪忧思不断，再次觉得自己要抽个时间，去找找顾南烛了。

迄今为止，林闪闪还在那个又唱又跳的新生偶像节目里摸爬滚打，对比起来，她好像并没有殷影这么惊艳的出场。她在心里暗暗不服。

但让她更为心神不宁的，却是这个让她摸不准的危险分子的到来。

她的目标势必是人鱼之泪。

而她，却还不能告诉时年，不能轻举妄动。

顾南烛的分离装置还未做好，但那条魔鬼鱼可不是个会因为忌惮她，三思而后行的家伙。

而且对方一直徘徊在时年的周围，也不知道是在找办法搞出人鱼之泪，还是在等她的帮手来陆地，林闪闪深深地叹气：怎么办呀？

不过目前，容不得她想这个问题了。

因为她刚刚为了自救动用了运气，不知道紧接着来找她的厄运，会让她发生什么事故？

林闪闪出电梯后的第一个念头，就是想要抱抱时年。

啊啊啊，万事不谈，先消个灾、化个厄啊！

可巧的是，时年这两天在外地出差，不在市内。

林闪闪火急火燎又小心翼翼地给时年打电话。

想了想，她很快又挂断了，慌慌张张红着一张脸。

自从在酒店和时年共度那一夜后，林闪闪就更加难以控制自己脸不红心不跳地和时年说话了。

她眼睛一闭就是他脑袋上好闻的洗发水味道，微微湿润的发梢，以及那双仿佛藏着星辉的湿润眼睛。

他的呼吸轻轻喷洒在她的脸上，让她的脸颊一寸寸地升温。

那晚，时年忽然盯着她问："如果我亲了你，你会不会让我失忆？"

林闪闪大气都不敢出。

她没回答，但她的心里，好像在期待着那个吻……

最后，时年还是一翻身，没亲下去。他只是拍了拍她的脑袋说："算了，我还是选择保留记忆吧。"

……

"算了算了……不打电话。"林闪闪握着手机，就连想起时年的声音她的脑子都有点晕乎，"免得他觉得我对他欲拒还迎。"

她不打电话了，重新编辑了一条客气的微信发过去，微信内容是问时年啥时候回来。

盛夏的三亚，日理万机的大明星正在碧波倾天的海边沙滩上中场休息，他正盯着海浪出神，突然手机提示音响起。

他看到提醒，林闪闪来了微信。

海风里有淡淡的盐味儿和藻气，当整个名字在屏幕上闪动的时候，很微妙地嵌入了时年当下宁静的心里，并不突兀，还让他的内心生出了几分欣喜。

时年望向海面，海与天的分界线早已模糊，此刻好似融为了一体。

这边惴惴不安地等着消息的林闪闪握着手机，那边，时年直接回拨了过去："干吗？"

他一贯接电话的用词，可他的声音怎么就……变了，变得又低沉又醇厚的，带着点海风般的柔和？

林闪闪愣了愣，隔着遥远的无线电波，她的脸上竟瞬时有了些燥热。

她又开始扭捏了，不说话。

"干吗问我什么时候回去，想干吗？"时年又重复问道。

"嗯……"林闪闪的声音在电话里听起来鼻音较浓，不如平日里细碎清亮，也变得扭扭捏捏的，"有个忙想要你帮。"

无事不登三宝殿，林闪闪果然又是有事相求。

"什么忙？"

林闪闪终于鼓足勇气，小声开口说道："想……想让你抱我一下。"

那边静了几秒。

只隐约听见海风徐徐的声音，林闪闪看不见时年这边眉心微动，微微怔神的模样。

"林闪闪……"时年深深吸气，"你又做好人了？"

他的哑然也不过维持几秒的时间，当他意识到自己在笑时，他的心里头好像被拨动了一下。

"嗯。"林闪闪回答说。

时年没说什么，便挂了电话。

这边不咸不淡也没个应答，只留下手机那头的林闪闪抓耳挠腮，一副早知会失败的模样。

时年也是讨厌多管闲事的人，和顾南烛一样，他也警告过她既然人鱼之泪不在了，就不要随随便便做好事，他也傲娇地表示，自己可不是随随便便什么人都能抱的。

"唉……那天明明都想亲我，怎么现在抱都不给抱。"林闪闪嘟囔道。

这边,时年挂断电话后,他的嘴角却不受控地无声弯起。

他想了想,伸手招来了小旗,跟她耳语了几句。

不多时,小旗走开又小跑回来,为难地摇摇头:"哥,导演说时间调节不开,这边的拍摄就今天最后一场了。"

时年点头,那没办法了。

这头,林闪闪的手机又响了,她接起。

时年声音稍歉,言简意赅:"不好意思……走不开。"

林闪闪没想到方才时年挂了电话之后去请假去了,她忽然之间有些感动。

有时候人的点就是那么奇怪,当你知道对方真为你做了什么的时候,你的心里会瞬间甜腻起来。

林闪闪竟然因为时年一句"不好意思"而变得更不好意思,那证明时年关心她,并且愿意来拯救她,而她则红着脸大声道:"没事没事!我只是小小动用了一下能力,问题不大……不大……那你忙……还有,你在外面的时候要保护好自己,尽量不要单独一个人!不要随便和长得性感高挑的、还不太熟的女人走太近哦,尤其是同公司的女人。"

时年一怔。

她那是在管他吗?

然而林闪闪只是想要他时刻提防着魔鬼鱼。

这边挂断电话的林闪闪捂住脸,她发现自己怎么现在和时年说话时,口齿都不伶俐了,她怎么开始睁着眼睛说瞎话了?

她动用运气化解了非死即伤的事故,被她自己说成了小事一桩!

真行,林闪闪你真行,男色误人啊。

十年了还没长进,你真的是废了啊。

二、

关于让林闪闪下定决心一定要在节目里 C 位出道的事,则发生在次日下午。

因为节目组官宣了一条出道奖励，新生偶像节目已经燃起了综艺热度的半边天，作为一档国民度很高的节目，节目组为参赛选手们争取到了非常好的资源，成团出道第一名的选手，可以提前预订女主角，和当红的男明星时年一起，出演某部影视剧！

谁都知道，在当下的这个圈子里，能和时年搭档的人，那是出来一个火一个。

没其他原因，只要和时年沾边的新闻，话题度都很高啊！

不出预料，消息公布后，这个综艺节目的热度一飞冲天。

甚至连时年的女友粉们都被吸引了，成了关注这档节目的一部分主力军。

而成为第一名是所有选手一拥而上的目标。

林闪闪得知了这个消息后，眉头紧皱。

时年要拍戏？那就意味着，他会有相当长的一段时间不能住在公寓里了。青天白日里还好，殷影应该很难下手，可到了晚上，那该有多危险啊。

就怕贼惦记。

按照殷影的狡猾程度，时年有一百种被她伺机而动，开膛破肚的死法。但林闪闪就是不知道她在等什么，也不知道她准备何时下手。

"啊……难办。"林闪闪抱住脑袋。

魔鬼鱼危机来袭，而林闪闪誓要保护好时年，守好人鱼之泪，她捶了捶头疼的脑袋，抬起头时，她已经有了近期内最为严肃的目标：这个第一名！她必须拿到手！

可惜。

林闪闪身上是个充满变奏调性的人。

姑且不论她现在的实力是不是连进军前十都不太够，这厢豪言壮志的话尚未说完，她后脚就在朝着C位前进的路上，迅速翻车了。

林闪闪千算万算，也没算到这次的岔子，出在了她的嗓子上。

赛程进行至三分之二时，开始采用每期雪藏的模式，节目会待

- 212 -

定一些分数偏低的选手。

这个时期,选手们的数量也锐减过半,果不其然林闪闪还是被反噬到了。

又是一周的公演舞台,而她临近赛事时嗓子发炎,在舞台上失常发挥,被宣布进了雪藏的队伍。

天降横祸,说的就是林闪闪现在的遭遇。

这回林闪闪是真的慌了。

当她找到贝拉的时候,她的嗓子眼还是肿着的:"贝拉,怎么办,我一定要进决赛!"

贝拉觉得稀奇:"嗯?你什么时候这么在意这个比赛了?"

遥遥回想,林闪闪从前对演艺界的热情,都比不上几片面包对她的吸引。甚至她中间还因为不想努力,和路笙闹过矛盾。现在,她却进取心极强地跑来,找她表达焦躁慌张……这变化也太大了。

不过这种变化总归是好的。

贝拉觉得很欣慰,她拍着林闪闪的肩劝慰道:"没事没事,还有时间……"

贝拉带着林闪闪去医院看医生,开了点药,几天下来,却并不见好转。

就在林闪闪转战医院的第三天,贝拉因事情缠身陪不了了,便在群里吼了一嗓子,叫公寓有空的人,陪林闪闪去瞅瞅嗓子。

时年回公寓才放下行李箱脱了鞋呢,不咸不淡地在群里说了句:"我去吧。"

谁能想到时年在外省拍摄结束后马上就回来了,且发言迅速,先于路笙、水木、冯青瑜之前开腔。

林闪闪正在房间里摆弄着新买的声卡,愁着怎么练嗓子呢,看见消息时她错愕了下。

转眼她又听见时年拉着箱子上楼的声音,她心中一喜,心跳很快,身体快于脑子,打开了房间门:"时年你回来啦!"

一出声,嗓子粗哑难听。

时年闻声抬头,看见她的那秒,眼中的疲色转柔:"嗯。"

他应了声,拉着箱子登上最后几级,却没有回对面的房间,而是目不转睛朝着林闪闪走去。

回来的路上,时年就听闻路笙说了林闪闪比赛失利,她的嗓子一直莫名不见好转的事情。

时年摇摇头,在林闪闪面前站定。

林闪闪疑惑地抬头望他,便见他摊开手,试探地道:"要抱抱吗?"

也许真的如林闪闪所说,只会有小小的反噬。

可他还是鬼使神差地中断了自己的工作提前回来了。他回来的第一件事就敞开怀抱,冲林闪闪问了那句话。

林闪闪有点不知所措:"你、你……"

话没说完,她就被时年拉进了怀中。

林闪闪的眼睛露在他的肩头,她心中的小鹿都快撞断气了:时年是在担心自己对吧?但是之前他明明说的……让自己这个麻烦离他远点的呀。

此刻,时年心里有个声音,也在疯狂地问着自己:时年你疯了吗?干吗表现得这么明显这么主动?!

林闪闪不知所措地瞪大眼睛,空气凝固,甚至有一丝丝尴尬。

恰逢此时,岳牙惺忪着眼从林闪闪的房间里出来:"林闪闪,我听故事听困了,我回去睡觉了哇。"结果撞到了时年。

岳牙头一抬,眼睛彻底睁开:"嗯?"

时年不愧为偶像中的演技派,为化解那片刻的尴尬,当下还是顽固地又抱了下林闪闪,再然后——

又抱了抱岳牙。

并且,他老父亲一般摸了摸岳牙的脑袋,又拍了拍林闪闪的肩,摆出一副荣归故里,许久未见家人,挨个会晤的模样:

"乡亲们,我回来了。"

次日清晨,一束阳光探进公寓,林闪闪正在宽敞的阳台上做拉伸运动。当时年戴着蓝牙耳机换好运动装准备出门晨跑的时候,林闪闪回头冲他喊了句"早"。

这声若黄莺出谷,深溪萤鸣,清透至极。

"哟,还真好了?"时年挑挑眉。

"好了,谢谢你呀。你现在真是我的幸运星!"林闪闪脸一红,将双手背在身后。

时年佯装不在意:"咳咳,顺手而已,我可不是为了你特地回来的。"

"我知道……"林闪闪也矫情起来,"我的意思是,那也还得谢谢你。然后,未来你在任何时候遇见困难或者危险,都一定要第一时间告诉我,知道吗?"

"为什么要告诉你?"

"因为我会为了你,肝脑涂地的呀。"林闪闪道,她理所当然找着借口,"你帮了我嘛,那我这人,最懂得报恩了。"

她扭着腰身转过身去做练习,在清风拨云见鸟鸣的早晨,一抹和煦微暖的晨阳在她脸庞化开。

时年盯着她的背影愣在原地。

他心底的那股该死的心动又来了。

三、

不过世事无常,林闪闪还是没能逃过去医院的命运。

因为不出半日林闪闪的嗓子,突然又坏了。

这次是因为,贝拉受到林闪闪恳切拜托,答应帮她找个厉害的帮唱嘉宾,助她复活赛脱困。

于是贝拉在业内群里发布消息问了一圈儿,约了几个有意向的人准备聊聊。贝拉还没出办公室门呢,秦芒就扭着腰身,带着一个曼妙高挑的女子进来了,正是她新签的得意艺人,殷影。

"合作共赢下?我把殷影借林闪闪的舞台用,殷影则去那个节目,混个脸熟。"

贝拉研究过殷影的歌,她确实是个老天爷赏饭的类型。考虑几秒后,贝拉合计着是不是可以答应,于是秦芒提议四个人出来吃个饭,简单碰下面。

这边接到电话的林闪闪满腹狐疑:"殷影?"

那家伙的葫芦里卖的什么药?

"好的贝拉,我一会儿到。"想了想,林闪闪还是觉得不放心,躲不过,她只能去看看到底什么情况。

餐厅里,林闪闪和殷影正面相见。

一顿饭吃得两人暗中刀光剑影,面上和和气气,装着初见。

"你唱歌很好呢。"

"你也很不错……"

两人假惺惺地客套着,林闪闪以为殷影的手段在后头,暗中在桌子底下踢着贝拉的脚,告诉贝拉自己不想和殷影一起。虽然贝拉不明其意,但她还是按林闪闪的心意,拒绝了秦芒让殷影相帮的提议。

明明是被拒绝了,但当天,秦芒和殷影却仍是带笑离去。

徒留按着喉咙停在原地的林闪闪,她的四肢微微地麻痹中,喉咙传来火烧火燎的滋味。

谁能想到吃完了饭,林闪闪的喉咙当场就冒了烟。

原来陷阱在这儿……

贝拉倍感关切:"闪闪你怎么了,哪里不舒服?"

"我,没事……不过那碗汤是什么汤啊?"

林闪闪怀疑地指着一碗白嫩的汤。

"菜单上写的是豆腐佘元汤,不过……这里面是鲫鱼肉啊,店里上错菜了可能是。"贝拉看了眼菜品清单。

鱼汤!

他们的饭菜里,混入了鱼汤。这对人鱼来说,无异于食物中毒。

原来和她合作舞台什么的是假,来搞破坏才是真!

林闪闪有苦说不出,吃了一顿饭,她的嗓子像是遭受了一场重大火灾。

偏偏她还怪不了贝拉,也说不出来什么。

于是情况急转直下。

第十一章·指不定我也看上你了呢

林闪闪嗓子眼再次被灼伤，第一个去找的就是时年。当时时年正和人约了出门打球，林闪闪一个猛扎撞进他怀里，足足半分钟……没有用。

人鱼之泪竟对此毫无反应。

"你又怎么——"时年的手里挂着车钥匙，保持着原来姿势，双手微微张开，嘴角带着莫名的笑意，"下次这么热情之前，能不能打个招呼啊先？"

"我的嗓子又坏了。"林闪闪一开口，就让时年头皮发麻，林闪闪这嗓子又回到昨天夜里了。

时年皱起了眉："怎么弄的？"

"我、我中午吃饭，不小心吃到了我绝对不能碰的东西，伤了嗓子。"

"是什么？"

"鱼汤。"林闪闪苦笑，"人鱼不能吃同类的，我没留意。好像……人鱼之泪也治不好这个。"

时年没再废话，载着林闪闪去了医院。

去的路上，林闪闪坐在副驾驶，一张脸遮在口罩后伪装成时年的助理小旗。

其实她不想去医院的，是时年硬拉着她来的。她用火烧火燎的鸭嗓嘟囔着："其实真不用来，医生诊不好的，人鱼之泪都没办法。嗐，这不是吃饱了没事干吗……"

她心里清楚得很，医生搞不定这个问题的。

但时年不相信这个，在他的眼里，世界仍然是科学在支配的。

"什么叫……林闪闪！"

时年吸了一口气："我都没说油涨价了，你竟然嫌我吃饱没事干？"

他一忙碌的大明星都纡尊降贵专程陪她来看诊了，明晃晃的关心，可林闪闪却一副她的时间宝贵，吝于和他走一遭的不领情样子。

时年越发觉得自己主动到下贱了，于是他气鼓鼓地说："你可以的，林闪闪。"

林闪闪不吭声了。

医院的检查结果显示林闪闪一切正常。

"她嗓子都这样了,说话比鸭子还难听,您和我说一切正常?"时年瞪大着眼问医生,他难以置信。

"这姑娘声音应该天生就是这样的吧?"医生猜想道,"这报告上啥也没异样啊。"

时年一怔。

林闪闪一副早知如此的表情。

时年觉得自己遇见的怪人怪事颇多,而那些怪人怪事,都在他的脑海中刻下过不可磨灭的记号,现在,林闪闪又成为其中的一个了。

出医院的路上,林闪闪还是忍不住扭头小心翼翼地观察他的表情:"不是早和你说没必要来了,我说医院治不好,你偏不信。"

"所以你中午到底为什么要碰那些鱼汤啊?"

时年突然愤怒了,他高大的身子挡在了林闪闪前面:"告诉我林闪闪,你妈妈从前将吃鱼视为禁令,会因为看见了人从海里抓了鱼要烤而发疯,差点把人送上西天。为什么到了你这儿,这个意识如此淡薄?"

林闪闪的一整张脸都写着"委屈"两个字。

不是她意识淡薄,是殷影故意要搞她啊,那鱼汤特制的,她哪里能防备得了。

可是这些,她也不能和时年说。

"要不咱们先上车吧……"

林闪闪沉默了几秒,非常刻意地转移了话题。

如果现在就告诉时年殷影的存在,她不确定殷影是否一直都如影随形地跟在他们附近,下一秒就引爆时年体内的海蛇毒素。

可是如今,就连想象到时年突然倒在自己面前,面色苍白逐渐失去生机的模样,林闪闪都会觉得心痛。

唉,十年前,她为什么要故意欺负他呢?

明明当时舍不得,差点跟着他跳上人类渔船……现在却连相认都怕，杜撰出子虚乌有的母亲。

眼下她更是连担心和危险都不能对他诉说，只能这么紧紧地黏在他身边，自作孽啊。

林闪闪有点失神地望着时年：以前不知道这种要护着一个人的原因是什么。那次殷影那么一问，她才突然回过神来。

这大概就是喜欢吧。

"先回车上吧，我就是、就是不小心，也没别的什么原因。"

林闪闪虽然委屈，但还是笑着说了谎。

她说谎的样子实在是太明显，眼珠子左右乱晃，这让时年皱起眉头，觉得她好似有什么事情憋在肚子里不愿意对他说。

如果是委屈，那就更让他在意了。

"你不信任我？"

"这和信任有什么关系？"

"当然有关系。"想着林闪闪那些毫无章法冲过来抱自己的举动，时年感到自己被她依赖了，却又好像，只是作为工具被依赖了。

时年觉得自己有被冒犯到。

"不信任我的人，也不适合依赖我。"时年冷冷地看着她，他人狠话不多，意思却明白，"你说不说？"

林闪闪咽了咽口水："……不说。"

"好，那你以后都别开口和我说话了，也别再想抱我，也别有事没事就想亲我……我干吗帮你，我干吗管你？"

墨镜一戴谁也不爱，某人面上云淡风轻的，脚上却像踩飙了油门，两条长腿把步子跨得老大，林闪闪开启了两倍速脚程才跟上。

闻言林闪闪大感不妙，搞不懂时年怎么说着说着又生气了。

前段时间，他不还对自己挺和颜悦色的吗？

"别呀，时年你不要不管我——"林闪闪追了上去，"你生气可就不帅气了。"

两人回到车里，时年重新发动了车，瞥一眼林闪闪黏在自己脸上的眼睛，又不以为意地收回视线："看什么看，死心吧，别觊觎我了，以后我都不管你了。"

得，话题又被他无缝衔接回去了。

"别。"林闪闪眨了眨眼，拉住他的袖子说，"我都和你说……你别放弃我，等我拿到冠军好吗？不，不对，等我拿到人鱼之泪。那时候，你想知道什么，我都和你说。"

"嗯？你要拿冠军？"

闻言，时年将注意点放在了"冠军"二字上，他像是听到了什么天方夜谭，随后则是一脸"林闪闪你一定是在和我开玩笑"的神情。

"怎么了？有什么问题……"林闪闪疑惑脸。

"问题很大。"

时年哼笑两声，眼神上下打量她，摇着头，口气则是对她们这节目的藐视："众所周知，这节目的热度颇高，里面也是高手云集。或许你不算差，观众缘也挺好。但赛制就是赛制，和人气相关，但更需要实力打底，你觉得你现在的实力如何？"

林闪闪摸着下巴："我觉得我……天赋异禀啊。"

"哇，"时年为她鼓掌，"我从未见过如此厚颜无耻之人。"

林闪闪窘。

"那我不妨再为你科普一下你现在的状况：第一，目前舞台上剩下的，应该都是像路笙这样有实力的女生了；第二，你在复活赛的几次舞台都没有出镜率，在公众这里就会被冷却掉，人气数据积累对你很不利；第三，复活赛比往期你经历的每一期都要残酷，因为被雪藏的人，肯定会使出浑身解数……"

时年笑意盎然："林闪闪，你的复活赛几乎就是没戏了。还夺冠？你想屁吃呢。"

时年给林闪闪分析得头头是道，实话实说得不给她什么肖想的空间。

林闪闪充分感受到了时年的藐视，也充分认识到了自己前路的艰难，可她这是为了谁啊？

还不是为了他的安危！

这位正主怎么还能如此隔岸观火地嘲笑她呢？

林闪闪的心中很是愤懑，她甚至在碎碎念地叫嚣着，时年却忽然想起了点什么，眼睛一眯——

他忆起了最近，贝拉给他按头签的那个影视剧男主的出演预定，就是和林闪闪那档子节目做的捆绑。

好像夺冠的人，可以作为女主角和自己演戏来着？

林闪闪想要夺C位……莫不就是想当女主角？

"林闪闪，你干吗要夺冠？"

时年觉得自己又找到某种存在感了，他的精神为之一振，突然就背也直了气儿也顺了。

"呃……就是，忽然有那样的理由了呗。"这让林闪闪怎么回答？只能含糊其词。

"是吗？"

下一刻，时年突然凑近，他的俊脸顷刻在林闪闪的眼里放大，眼里含情带笑："林闪闪，你该不会是因为C位出道，可以和我一起演戏吧？"

"是、是吗？"林闪闪不由得往后倾了倾，装傻充愣。

被他说中了目的也很尴尬……

而时年脸上笑意更深，盯着林闪闪圆圆的眼睛，愈加迫近，下一句话问得气息沉沉："林闪闪，你是不是喜欢我？"

林闪闪有点不知所措。

"喜欢就承认嘛，"过几秒，时年又道，"你要是喜欢我，就好好和我说啊。指不定我瞎了眼，也看上你了呢？"

沉默。

有朝一日，时年终于让一位他的粉丝一言不发。

"时年，我倒是知道你自恋，上岸的时候我也的确是冲你而来……但不是想和你谈恋爱。"

过了很久林闪闪才轻轻吐气，将自己的心跳恢复成正常节拍，她的目光冷静下来："你看我说要夺冠，像在和你开玩笑吗？我就是要夺冠，我又不是在求你帮我，你凭什么这么笑我呢？"

——是为了他而来，却不是谈恋爱。

——她还要夺冠。

"原来你的事业心这么强,野心这么大的吗……林闪闪。"

时年被她的冷脸,弄得也消失了笑容,尤其当林闪闪明确地跟他说"你想多了"时,他的心情又像是坠入了深渊,落进了水底。

是他自恋啊……

他把真心的话当作玩笑讲出来,实属不易,现在又被人认认真真地否决。

"呵。"

时年不由得也自嘲一笑,林闪闪的所作所为的目的原来这么简单:他是她成名路上,可以借助的最大一块跳板。

所以什么离开离不开,幸运神什么的。

有些撩人心脾的话,从来都无从验证。

时年叹息一声,将车停在了路边,脸上表情也渐渐冷却下来:"下车。"

四、

接下来的日子里,时年突然就不理林闪闪了。

他还接了外地的通告,像是故意在远离林闪闪。

林闪闪觉得她和时年的关系最近变得有点莫名其妙,好像两人都有点委屈,又都有点爱生气,但都有点在意对方的一举一动,反弹式地,对对方的言语做出很大反应。

时年突然不理她,怪让她难受的,可难受过后,她更为担心他的安危。

她借来了贝拉的手机,私下里不停地联系小旗,问她时年现在在干吗,待会儿要干吗,身边有谁一会儿又有谁……

小旗被问得多了,就能看见时年瞥着眼,冷冷盯着她手机上来电人的神色了。

"贝拉为什么一直打电话给你,你是我的助理还是她的助理?"

"对不起,对不起,哥,你和林闪闪是不是吵架了?"

小旗飞快收起手机,小心翼翼地问道。

"吵架？"

原来是林闪闪那家伙。

好家伙，他不理她，她还去找贝拉申诉吗？

时年琢磨着"吵架"这词通常所使用的关系，又问小旗："林闪闪是我什么人，我犯得着和她吵架吗？"

"我以为你们……"小旗呆呆愣愣。

她亲眼见到那次林闪闪和时年出现在同一家酒店房间，也亲眼见过时年想要为了林闪闪请假，早早完工往公寓赶，也见着这次时年在出远门之前，脸上挂着的两个大熊猫眼圈。

"你以为的都是假的。"

时年打断她，轻声冷笑："我以为的也都是假的。林闪闪那个女人的野心大着呢，她根本不会对任何人上心的，放着我这么优秀帅气的顶流她都没心思，你敢信——"

话头又被时年截过去了，说起这些，他好像就变得怨气颇深。

小旗还没见过时年对谁有这么大反应的，这可不就是在乎嘛！

"哥，"小旗捂着嘴笑，身为铁粉一枚，她庆幸自己不是一个女友粉，而是一位老母亲粉，"林闪闪要是不对你上心，那真的没谁配得上'对你上心'这几个字啦！她比'私生饭'还上心。"

嗯哼？

"刚才那些来电，都是林闪闪打来的呢！"

小旗食指抠着太阳穴兀自思索："也不知道为什么，感觉她尤为担忧你的安危，恨不得四十八个小时跟在你身边似的……"

关注他的安危？

时年神色一怔。

安危倒不至于，可林闪闪在乎他……这应该是跑不了的吧！

他又无缘无故地乐了，拉住小旗："来来来，说说，她都问了你些什么。"

复活赛前夕。

林闪闪一直没想明白，时年为何突然就和自己冷战了。

时年的脾气真是让人捉摸不定,怎么说把她丢下车,就把她丢下去了呢?

她又想起了明天的比赛,这次时年不在她的身边支招儿,她的心里空落落的,像没什么底气了一样……

她把一切不安都归咎于魔鬼鱼身上。

这个殷影,真的够阴损的!存心破坏她的练习生比赛,不让她出道,这样等时年真正进组,她也就没办法牢牢看护在时年的左右了。

"可恶!"

这种特定的伤害还无法归结到噩运上来,即使和时年抱一晚上,她的嗓子也不见得能好完全。而且她尝试了几次动用幸运的能力,发现都使不出来。鱼汤灼伤了她的嗓子,也暂时封禁了她的能力,她明天几乎就是条死路了。

"夭寿了,关键时候想'奶'一把自己,都'奶'不出来……"

林闪闪躺倒在床绝望地望着天花板。

要不然,她像从前一样把时年五花大绑地捆了,把他按在顾南烛家里囚禁一段时间?这样总比他三天两头明晃晃地走在外面,安全得多。

想着想着林闪闪就迷迷糊糊睡着了,床头桌上开着练习模式的麦克风久久沉寂。

但她没睡很沉,半梦半醒之间,林闪闪听见了一阵敲门声。

很意外,门外站着的是冯青瑜。

"闪闪,有时间吗?"冯青瑜扶着眼镜,站在门外含笑询问她,她那彬彬有礼的模样带着一股子儒雅。

"有的啊,冯老师今天轮到你带娃?"

林闪闪一边点着头,一边礼貌地把冯青瑜往房间里让。

正常情况下,冯青瑜值班完并不会留宿公寓,主要是公寓里有个小孩很闹腾,而冯青瑜作为一代京剧文化代表人物,就和她身上散发的艺术气质一样,非常注意养生……翻译一下就是:她喜清静,带完孩子就撤。

"嗯呢,今天留宿,正好想起最近在做首歌……缺个主歌部分的 vocal（歌手），你有没有兴趣？"冯青瑜道。

"我？"林闪闪瞪大双眼，惊奇了一会儿。

冯青瑜来找她的原因，多少让她有些意外。

要知道，冯青瑜作为京剧领域举足轻重的代表人物，在贝拉签的这几个艺人里，冯青瑜给她的印象一向就是德高望重，不轻易出山！

贝拉说过，作为国粹的京剧近些年一直在渐渐没落，而冯青瑜忧心于此，她一直在致力于将京剧重新带入大众的视野。

"老祖宗留下来的好东西，如果只是作为非遗文化，存在于特定的展览和晚会上，未免也太可惜了。"冯青瑜曾经这么说过。

她希望将传统文化中的精髓，融合进流行文化中，再进行推广，让它能走进当代年轻人的视野中，被更多的人所喜爱、接受。

可以的话，她愿意穷其一生致力于此，带它去更远的地方，让更多的人看见京剧。

就连贝拉也如实评价：

"冯老师是个很有行业使命感的人，也为此做好了受到争议和牺牲的准备。而每个行业，其实都承担着它们部分的社会使命。像我们文娱行业，其实撇开商业的博弈之外，确实应该把好的、正面的、优秀而有营养的东西，传递给大众啊！"

刚入娱乐行业之时，冯青瑜也曾经遭受过京剧同行的抵触和大众的质疑嘲讽，那些人说她"狗屁大师，就是出来圈钱的""老祖宗的东西被她改得面目全非"。

但实际上，冯青瑜每次推出的歌曲都很严谨，制作水平也很高，并非是花里胡哨的口水歌改编的。

她的歌是好歌，也是带着深厚的文化使命走向市场上架销售的，她值得被敬重。

在林闪闪眼里，冯青瑜这种级别的大家，即使要找人合作，也应该找重量级的人吧。

结果冯青瑜竟然敲响了林闪闪的门，来问她"有没有兴趣"？

尽管林闪闪对冯青瑜的行为丈二和尚摸不着头脑，但她还是表现出了极大的兴奋:"当然有兴趣!冯老师您什么时候开始录啊?"

"就今晚,你方便吗?"冯青瑜进了屋,笑问道。

"呃,我的嗓子现在出了点问题,发出来的声音有点难听,可能得过几天才能好。"林闪闪挠了挠头,有点抱歉。

"你嗓子这样了,那你明天的舞台怎么办?"冯青瑜问,"对了,你的复活舞台的曲子选好了吗?"

"选好了,不过可能唱不出来。"

林闪闪点点头,又苦闷地摇摇头:"贝拉建议我退赛……"

"这样啊。"

冯青瑜闻言点点头,她那双睿智的眼里,燃起了丝丝兴味的建议:"那……这个曲子我做了比较新鲜的尝试,这首歌里,你的部分不需要动用真音,应该是没问题的。你……明天有没有兴趣搏一搏,别退赛,直接把曲子换成这首,和我台上试试?"

"这……"

林闪闪不想给冯青瑜丢脸,正要开口拒绝,哪承想冯青瑜笑着,递给林闪闪一个存盘,她的声音温和而不可抗拒——

"这是demo(录音样本),你可以先听听看。"

第十二章
经年不忘的梦

一、

关于那个新生偶像节目的记忆,林闪闪最无法忘记的舞台就是和冯青瑜一起的那场表演。

往后的日子里她总能记起那个舞台。

当音域破开了穿顶,当冯青瑜热泪盈眶,当观众们报以久久不息的掌声时,林闪闪也心潮澎湃,感动不已。

那是一场华丽的崛起,一次漂亮的反击。也是那次让她看见,落下峥嵘星光的舞台背后,有一道更为强大的温柔星光,在给她保驾护航。

当天,因为她临时更换新的个人演出曲,给节目组带来了很大的困扰。

无论从舞台调配上、宣传物料文案上,还是导演以及工作人员的心态上,都给了林闪闪比较负面的压力。

忙着更换布景、改灯光编程、重新落实舞台资源调配的工作人员,无一不是满满牢骚。

物料外宣工作人员一直强调，这版京剧老味儿组合爆点、卖点、时尚感，都不如那位新晋电音女歌姬殷影的强；导演、节目组也纷纷对林闪闪的临时状况，表达了不满……

林闪闪并不懂得如何与这些压力和干扰和平相处。

舞台排练的时候，她被人三言两语地刺激了，她紧握着话筒，有些陷入快要发飙的情绪里。尤其是还听到别人一边把殷影，那个堪称她死对头的家伙挂在嘴边，还一边用微微瞧不上的眼神比对冯老师……

"不录了，我要去打一架！"

林闪闪的脾气上来了，冯青瑜默默按住她，她的笑容温和而稳重："沉下心来，专注，准备彩排。"

冯青瑜还请工作人员喝水，和他们一一亲口道谢，说："辛苦了"。

众人皆浮躁，唯有冯青瑜波澜不惊，别有阅历半生的淡然在。

每个她说过谢谢的人，都变得不好意思起来。她像一阵和煦的风，无声无息地抚平了水面的褶皱。

现场气氛渐好，林闪闪终于得以专心起来。

公演正式开始的时候，节目的热度已经如日中天。几千平方米的演播厅内，人山人海。林闪闪的排名靠后，出场时间较晚，这对他们并不利。

"观众到了疲乏时间了。"

观众席里，贝拉坐在台下，冲着身边一道跟来的路笙摇头。

这档节目热度是大，但风格也更年轻态、娱乐化。冯青瑜不想砸了口碑丢了风评的话，坦白说，其实还是更高规格的场合和节目更适合她。

这个舞台，毕竟太年轻化了，参加这个节目对她来说是不必要且冒险的。

而林闪闪在这档节目里，几乎是个高开低走的走势，各方面的实力不大稳定。

都说人要珍惜自己的羽毛，冯青瑜这种实力唱将，却贸然选择了林闪闪当拍档……老实讲，贝拉其实没想明白，冯青瑜为什么要来蹚这趟浑水。

——明儿林闪闪的嗓子能不能发声都是问题,你确定?

当得知冯青瑜要和林闪闪同台合作时,贝拉惊讶得连鸡腿都掉落在地上,这么问她道。

冯青瑜推推眼镜微微一笑着说:"有时候,我也想学学现在的年轻人,疯狂一把嘛。"

"那我先带她去打个封闭。"贝拉慌得一批。

"别别别……"冯青瑜阻止她,"林闪闪说她搞得定,我相信她。"

贝拉汗颜,倒是没理由拦着。

针对此举,她只能归为公寓成员之间的关系越发深刻团结,而冯青瑜又足够关爱后辈这一说法了。

舞台上的灯光灭了,林闪闪和冯青瑜即将出场。

路笙捏着贝拉的袖子,也跟着摇头叹息:"只希望她们的分数别太难看,冯青瑜老师的歌一向偏传统中国风的,未必适合这个舞台。"

说话间,表演正式开始。

钢琴叮咚几声响起后,空灵的琴声先清空了这个舞台上的喧嚣。旋律缓缓动人,悠扬缥缈,不是古典风,反而带了几抹别致的风情。

路笙愣了愣,有点诧异:"欸?这个旋律……有点儿现代。"

但观众们并无如此敏锐的感知,目前在他们眼前展现的,是随着前奏渐渐亮起的舞台,雪白色的布景和蓝色的背景搭配得很梦幻。

远远的,一架钢琴前端坐着一个人。

这么看着,应该设计的是一个安静的舞台。

不难猜,冯青瑜在观众心中形象一向都挺鲜明的,她尤以歌曲中段糅合的戏腔出名,台下清楚这些的,大致已经能想象到林闪闪轻快地弹唱,然后副歌部分就是冯青瑜出场走戏腔的节奏了。

然而——

"塞外风雪旧,古道拔剑寻辙痕,九重阙凛云鬓深,流年寄沙影……"

端坐在钢琴前的剪影在一束光下亮起,第一句开口主歌的旋律响起,声音低柔陈润,字节落点鲜明……竟然是一身现代西装的冯青瑜!

冯青瑜出现在大众面前时一向是身着一袭长衫,戴着眼镜的形象。在一些艺术大家的身上,往往气质是不分雌雄的。

她只是寻常的坐姿,却如松竹玉树,无处不透出京剧大师、艺术家的风骨。

今晚她竟然换上了更为现代化的西装,还摘了眼镜,画上了淡淡的舞台妆。

不过她身上那种儒雅的气质倒是未曾消减丝毫,甚至在钢琴的衬托下,多了几分帅气和致命的吸引力,让人忘却了她的性别和年龄。

观众从未见过冯青瑜的现代的打扮,一时都愣了。

拿着折扇的京剧艺术大家某天突然端方坐下,在你面前弹起了钢琴,随着镜头切近……惊了,观众是真的惊了!

冯青瑜只朝着台下淡淡一笑,顿时引来了女观众的一阵捂嘴尖叫。

贝拉也被吓退到靠背上:"冯老师这……有点要人命啊。她从前的造型师是谁,拖出来我要打死他!"

路笙:"就是她自己……"

路笙也在震惊中。

伴随着音乐的间奏,林闪闪出场了。

不,确切地说,是林闪闪的声音出场了——

"问一声,君安在,雨雪霏霏沾我襟;道不尽,堂前雁字,铁马莽莽琵琶行……"

不见其人,但闻其声。林闪闪沙哑难抑的声音环绕在空旷的现场,舞台的一角,依然只有冯青瑜只身在弹奏着钢琴。

一支横笛起,万千人间气象,东风皆来。

林闪闪叹息一声——

舞台背后的画卷渐渐被墨色浸染,铺散开来。喑哑低落的念白,像是战火中被灼伤,默默地、沧桑地从远方传来……

她又吼了一声——

观众席上，人们的鸡皮疙瘩顿起，大家站了起来！

夹杂着渐渐强烈的鼓点，钢琴声渐弱下去，取而代之的是一声锣声。

铁血残阳，冰河万里，硝烟冲天而起。

舞台下。

"太燃了！"

"我的天，我怎么听哭了！"

这当然不是林闪闪常见的嗓音，可她的嗓音怎么变得那么沙哑沧桑，泣血粗粝中，带着马革裹尸的无尽绝望和无尽的故事感呢？

这和前面几期，林闪闪给人的小白形象反差太大了……

此刻，举座皆震惊，万众皆无声。

林闪闪！意外！惊喜！

观众席开始躁动起来，有些人摸着自己的胳膊："烟嗓？怎么做到的？感觉冯老师出来的时候，我的鸡皮疙瘩就起来了，然后林闪闪出来，我的鸡皮疙瘩又起一层。"

声乐渐融，观众的情绪被调动起来，冯青瑜的音调也渐起渐高，一直在和林闪闪的念白相辅相成，完成这段节拍感极强的主旋律。

"青锋难偿，为君扫尽天下莽荒，却怕你问，我是不是那位不归人——"

伴随着一声重重的鼓点，冯青瑜握着话筒起身，音域也攀升上去，直直冲上了演播室的顶棚。

舞台中央的屏幕轰然洞开，一身长衫，腰身佩剑，脸颊带血痕的林闪闪握着话筒大步走了出来。

此时此刻，所有人都已经沉浸到这首歌的情境之中了。

"这编曲……"路笙也是惊疑赞叹。

这编曲，不像冯青瑜寻常的风格，但是——

"真神了。"

最后，是一段真正的天籁之音的碰撞。

直到一曲终了，林闪闪、冯青瑜携手谢幕，台下的观众依然陷入热烈中，掌声久久不绝于耳，而她和冯青瑜只是相视一笑。

那一刻，千万人的欢呼涌入耳朵里，那是林闪闪从未有过的感受，那些声音在告诉她，肯定她，喊着"林闪闪，你是最棒的"。

林闪闪望向贝拉的方向，她看见了贝拉和路笙，她的视线却在瞬息里游离梭巡，像是在寻找着什么人。

林闪闪心想：要是时年在这里就好了。

她正在不可阻挡地一步步走向他，凭着自己的力量。时年说她野心大，那可不是吗？

她认真起来，看这场面，多么漂亮。

咦？

她清醒过来，为什么这一刻，自己第一个想到的是他，希望自己能被他亲眼看见？

唉，林闪闪不多久又低落下来：果然时年还是放弃她了。

关于林闪闪的那场复活赛，之后也在网上掀起了惊涛骇浪的热潮。那股子热度，听贝拉说，愣是把节目组也吓了一跳。

临时组的班子，一个嗓子还在发炎、险些退赛的练习生，一个并非走流量路线的帮唱嘉宾，却表演了这样令人惊艳的舞台。

网上铺天盖地的全是对这场舞台的热议：

"听说了吗？林闪闪那场，有观众因为太激动，在台下晕倒了。"

"真的神了！有人爆料说那场林闪闪正巧嗓子发炎唱不出真声，所以才有了这首歌的编排。编曲的到底是谁，这么有才？这绝对是我今年听过的，最好听的神级现场！"

"想要魂穿那场的前排观众！"

"林闪闪，我就知道你不是靠人气蹭分的废物，原来这才是你真正的水准！"

"绝地完美逆袭？必须的！那可是冯老师啊，这挂开得也太大了吧。论每次林闪闪即将淘汰时，她背后有多少神仙级大佬相助！"

当晚各式各样的话题，纷纷冲上热搜，最激动的当然还是要数贝拉。林闪闪又新增了不少的粉丝,贝拉握着手机数着粉丝数后面的零,笑成了一朵花。

自从签了林闪闪啊,她都开始怀疑经纪人是不是一份简单的工作了——这孩子怎么就这么有"热搜体质"呢?都不用自己想词条。

而这次事件后,最功不可没,同时也获益颇多的,自然是这次出山的宝刀——冯青瑜了。

继之前路笙被称为错过赛事的神仙教练后,冯青瑜又成了这个神奇的公寓里,引导林闪闪的第二人。

林闪闪对冯青瑜的感激尤为真心,除了私下里对她深深鞠躬,次日线上也发了条微博:

"再次感恩冯老师,感恩观众和粉丝,感恩所有所有!一路走来,一定是有幸运女神在眷顾我。"

下面附带一张"锦鲤"的图片——她的自拍。

不多久,网上便出现了冯青瑜的第一热评:

"闪闪这么可爱,我想笼罩你的,应该是个幸运男神[调皮]"

网友纷纷在下面评论表示没错没错,冯老师就是他们永远的"男神",气质绝伦,帅过男人。

林闪闪发完这条微博就开始坐在沙发上吃瓜。

看到冯青瑜的评论,她心下一动,一块瓜没咬紧,就"啪嗒"落在了地板上。

有的话就像是天边的流星,也许无甚稀奇,稀松平常。可落在有心人耳朵里,怎么听怎么像是降落世界的密码。

"冯老师?"

林闪闪在微信里敲冯青瑜,语音问得小心翼翼,心里的鼓点咚咚咚:"为什么是男神啊……"

"你说呢?"冯青瑜在那边看破不说破,"昨天你鞠躬完就被节目组叫走了,我都没来得及说。"

"不好意思,不好意思,昨天我应该好好地和您道谢才是。"

"不是说那个，不用谢我。"冯青瑜在那边笑道，"时年拿着这个编曲来找我的时候，我本来也犹豫要不要参加的。但我听了他做的 demo 后，真心觉得不错。"

"啊？"

心中的某种猜想被证实，林闪闪愣在了原地。

"嗯呢，应该是他去出差之前，熬夜做出来的，你真要感谢的话，好好谢谢他吧。"

冯青瑜深以为然："时年的才华其实一直横贯众多领域，他是我见过的最厉害的艺人。我想，这才是他能屹立顶流一线位置，却多年不被动摇的深层次原因吧。"

林闪闪愣在那里。

冯青瑜则会心地笑："幸运男神那么在意你，闪闪，接下来的比赛，你一定要加油啊。"

冯青瑜想起当初时年来找她的情景。

"你不认为林闪闪能够成功出道，也不认为她能够在这次复活赛中顺利逆袭，那你为什么还帮她？"冯青瑜当时打趣地打量着时年，问得意味深长。

"不知道……"时年耸耸肩，"也许只是想要试试贝拉说的，她身上的可能性？"

"哦？难得你对一个人身上的可能性这么感兴趣。"冯青瑜含笑地盯着他，那眼神不言而喻。

时年是不会因为别人的调侃而脸红的，他永远只会潇洒地接过话头，然后回以一个更帅气的姿势："又或者，我大概有点期待，她来和我演电视剧。"

时年笑笑，承认得坦荡："所以冯老师，靠您了。您就费费心，带带林闪闪那个菜鸡吧。"

"你还真是让人意外啊。"

"你说实力吗？"时年又明知故问，开始自恋了，"对我实力的夸赞，我全盘接受。"

"皮。"冯青瑜早已心领神会,笑着摇头,"我说的是你的审美。"

竟然是林闪闪。

御姐水木可是当了时年的梦中理想型十年呢。

二、

林闪闪渐渐明白,为什么人类的各种神话传说里,那些仙女来到人间就不愿意回去了。

但她不是很懂为什么,她问顾南烛,那种让她产生想留下来冲动的东西叫什么,顾南烛说:

"人情味。"

"这样啊。"林闪闪点点头,"我有点喜欢这里了。"

她成功突围的当天,回到公寓后,开门就见啤酒和彩带爆破,彩片挂在她头顶,大家齐齐笑着,把她围住喊着"恭喜林闪闪顺利晋级"。

明明只是她一个人的逆袭,但公寓里的伙伴都不约而同地推掉手里的事情,给林闪闪开了聚会派对庆祝。时年也在里面,他第一个将奶油抹在了她的脸上。

"时年?!你不是在别的城市出差吗?怎么回来啦?"

林闪闪却一眨不眨地望着时年。时年见她,沉默了几秒,一本正经傲娇地冷笑道:"我是什么人,我做事是什么效率。我这么厉害,就配不上提前交卷吗?"说完就偏过头去。

林闪闪心里有着说不出的高兴。

大家聚在一起喝酒,涮火锅。

虽然不是生日,大伙却给林闪闪买了好多的奶油蛋糕,林闪闪一时顶不住,险些唰唰流下两颗珍珠来。

林闪闪说自己不感动是假的。

在刚进入这个团体的时候,顾南烛告诉她人类世界的演艺界残酷复杂。长老祭司也告诉她,到了人类世界,人心隔肚皮,要小心这些当心那些。但这个公寓有个颇为神奇的地方，她进来后，发现里头的人都还挺好的。

可能因为她是运气很好的锦鲤吧，所见皆为阳光，所遇皆是美好。

贝拉长袖善舞精于算计，却活得有原则也有善意；岳牙混世小魔王闹腾得慌，但可爱起来真的让人毫无抵抗力；路笙对梦想赤诚而炙热；水木活得漂亮让人羡慕；冯青瑜的格局让人敬佩；时年……

时年是个意外，也是她年少时的欢喜。

当林闪闪喝多了时，这个念头倏然复现在她的心头。

对一个人的动心，或许只有一次或者无数次，林闪闪想。

她感觉到自己喜欢上时年了，一如多年之前那般。

所以她好想拿到人鱼之泪后，再次把时年拐回海里啊。

月色正浓，夜风也很温柔。

人类的酒量都还挺差的，林闪闪以一敌三，路笙、水木、贝拉都齐齐倒下了，房子里一片宁静。

皎月悬挂天幕，她的脚下不是深蓝的大海，而是浩瀚城市的灯火星海。

深夜，林闪闪叼着啤酒罐在阳台上发呆，也不知道她在想些什么。时年用两指夹着一罐啤酒走过来，在她身边坐下，同她一起喝酒望月亮。

"谢谢你啊，时年。"林闪闪忽然说，侧头认真地看他。

"谢什么？"

时年盯着月亮，没回头，他那俊朗的侧脸线条在月光下尤为立体。

"冯老师都告诉我了，是你帮我做的曲子。"林闪闪低头抠着手指，脸色红扑扑的，也不管啤酒罐倒在一旁，"我知道的，那首曲子是关键，没有它，我不可能逆袭。"

时年眼疾手快扶住啤酒罐，闻言看她一眼。

——这女人就连不好意思的模样，都无法做得含蓄点，那么明晃晃的，她要是当演员，必定破绽百出。

"哼，现在你知道我是全能的了吧？"

时年从不在这种事上谦虚，眉一挑："林闪闪，你看你没粉错人不是？我不止长得帅会演戏，还会教舞，还会唱歌……"

"我知道。"

林闪闪突然抬起头来，月光下她的目光直勾勾的，眸子微眯，掺和着醉意但异常认真地和他对视，目光好似穿透了他。

时年也回望着她。

林闪闪凑了过来，小声而醉意迷离地笑着，她的语气里带着几分小得意："我知道你会唱歌，还是我教你唱的呢。"

月亮寂静无声，醉人的啤酒味儿扑入鼻息，林闪闪的脸近在咫尺。

贴脸杀，不是之前他对林闪闪使用过的招数吗？为什么他会心跳不止。

时年沉默了一会儿，觉得她喝醉了，他说："说什么鬼话呢，本少爷轮得到你教？你什么时候教过？"

"很多年前啊……"林闪闪仍是认真。

"是吗？还很多年前，很多年前我才多大。"时年笑出声，怎么都喝醉了还在一本正经地胡说。

"你倒是说说，教我唱过什么？"

一定是林闪闪那张脸凑太近了，晃了他的心神。

他不由得双手掰过林闪闪的脸，把她往后撤了撤："你是真的喝醉了，要知道，从来只有我教别人——"

"对，你也有教过我。"

林闪闪在他的手掌里点了点头，小巧柔软的下巴在他的掌心里来回蹭了两下："不过你教的不是怎么唱歌，你只是教了我一首歌而已啊。我们不是互换来的吗？你教我一首人类世界里的歌，而作为交换，我教你唱歌。

"那些唱歌的技巧，关于怎么唱歌，那是我教你的……"

"到底胡言乱语些什么呢林闪闪，"时年无可奈何，"我又怎么——"

等等，很多年之前！

林闪闪晃人心神的脸离他而去,时年脑子里,突然惊起一阵闪电。

十年前,确实有人教过他唱歌。

于是,他偶然得到了许多唱歌的技巧,后来在他出道的路途上,他也因此获益颇多。

十年前,他也确实教给过那条人鱼一首歌,那是一首人类世界里的歌,旋律简单又悠扬的《在水一方》。

时年蓦然心中一悸,心中某根弦忽然被拨动。

"林闪闪,你说清楚——"

他如梦初醒般再次抬眼。

林闪闪却眼皮子一耷拉,脑袋一歪,脸倒在他的掌心里,悄然睡着了。

三、

月下安静得只有万般虫鸣。

林闪闪的长发盖在了她的脸颊上,从他的指尖漏下一两缕。

他再细细地去看,没错,是淡红色。那种淡红的颜色,每每在光下,都会透出梦幻一般醉人的绯色光泽——

时年诧异至极,眼神颤动,恍然间,他只听得见自己的呼吸声。

"林闪闪。"

时年喃喃着,气氛原本如同宁静的海边沙滩,而林闪闪的话却像一颗石子砸在岸边的礁石上突然惊起了海鸥群,让他心海狂澜。

时年摇不醒林闪闪,他的双手渐渐愣在原地,任睡熟的林闪闪倒在他怀中,心中只有一个声音在惊疑不定。

"难道……可是,怎么可能……"

十年的时间,怎么会有人能越长越嫩?

可如果她是人鱼……

时年一直被评为实力俱佳的全才。

虽然他是半道突然杀入演艺界的,但在外人看来,他跳舞、唱歌、演戏，无一不精。

可好笑的是：哪有什么无一不精的天才呢？不过是指哪儿打哪儿，查漏补缺罢了。比如他从前并不精通乐理，也不怎么会唱歌。

可是有人教会了他。

之后，他变成了一个在歌唱方面颇有才华的人。

而从认识林闪闪起，他就没对她的歌声有过任何过多的关注。哪怕林闪闪是因歌出圈，又因歌声而被贝拉一举签下，他之前也未有过多在意。

因为这世界上太多的歌落在他耳朵里，都会被他定义为靡靡之音。

原因很简单——他听过最好的。

在十年前，从一个人鱼的嗓子里。

发现林闪闪是条人鱼的时候，林闪闪告诉他说那是她母亲，他信了。

可现在……

时年回到了屋子里，去摇醉酒倒在沙发上的贝拉，急于向贝拉问清一些事。可贝拉睡得很死，他摇了她几下都没睁眼，仍旧鼾声如雷。

时年等不及了，自己抽出了贝拉身下压着的包，去包里一阵翻找。

贝拉有个习惯，会把比较重要的关于艺人的历史资料保存在一个U盘里，单独保管。

时年找到了那个U盘，奔上了二楼房间。

他灯都没开，就把U盘插进了笔记本，找到了关于林闪闪的文件夹。

文件夹里的资料很少，除了个人档案，便是两段视频。个人档案里语焉不详，父母家庭住址学历之类的都是空白，仿佛她就是孑然一人，唯一的紧急联系人那里填写着"顾南烛"。

而那两段视频，上面分别标记着"街头""线下海选"。

时年迫不及待地食指双击，点开了。

第一个视频，画面从一群人的后脑勺开始，不难看出是贝拉挤进人群录制的，镜头还有些晃。镜头正中央的林闪闪正握着麦，站在人群中央嘴巴一张一合，正在街头卖唱。她的浑身脏兮兮的，光着脚套着麻袋，身上还披着一件让他眼熟的西装。

时年的记忆蓦然被拉回到那次在邮轮上的相遇。

那次在船上，林闪闪像疯牛一般撞进他怀里，还顺走了他价格不菲的西装外套。

他放大了音量，林闪闪的歌声渐渐从嘈杂的环境里透出来。

清越、缥缈、空灵的嗓音悠然入耳，不是普通话，时有吟唱。那声音丝丝袅袅，犹如磁石般牢牢引来了一圈又一圈的路人。此时此刻，这歌声也缠绕住了时年的神经。

这个声音和十年前的某个晚上，他记忆里的某条人鱼的歌声渐渐重合。

人鱼独特的歌声，只要听过，必定难忘。

只是，这还不足以证明什么。

时年心如鼓点，手指僵硬地点开了第二个视频。

第二段视频，正是林闪闪被贝拉赶鸭子上架，参加练习生海选的记录，也是节目初期的海选情形。

只有贝拉有记录，这个视频是没有被搬上网络的。

——林闪闪说："嗯，嗯，这首歌……你们应该都听过，但我忘记名字了，是我很久以前，一个朋友教我的。"

——下面的人在笑："好，你直接唱吧。"

——林闪闪闭上眼睛，缓缓开嗓。

"绿草，苍苍，白露，茫茫，有位佳人，在水一方……"

那是从前一个人类教她的。

林闪闪唱的是《在水一方》。

视频播完，时年默不作声地闭上眼，靠在椅上。

过了好久，他才重新睁开眼。

静谧的夜里，时年重新盯着屏幕上不动的视频，他那长长的睫

第十二章·经年不忘的梦

毛在鼻翼上投下一片阴影。

"原来真的是你,林闪闪。"

窗幔微微随夜风飘起,U盘的记忆像是指示灯上闪烁的蓝光,渐渐被他看出重影儿来,最后汇成一片深蓝的海。

同时,遥远的记忆纷至沓来——

汹涌的海水恢复平静,静静拍打在礁石上,两个人影坐在礁石上,深蓝的天上也是这样万年不变的月亮。

那是时年和那条人鱼待的最后一夜。

那条人鱼陪着他,在礁石上坐了一个晚上。

时年:"你不会是要反悔吧?"

"呵。我堂堂的人鱼族预备祭司,一言九鼎。我不过是看你明儿就要走,过来送送你,我说不抓你就不抓你。"

"那就好。"

然后两人都没说话。

去海上看星星别有韵味,天体在浩瀚的海面上流转运行,位置很低,就像随手可以摘到手里。那个女人指着星空,说那里才是人鱼族真正的家乡。

"我来就是要嘱咐你,你在这里遇上的人、经历的事、过的这段生活,走之后最好烂在脑子里,不可以对外说,知道吗?"

"这是警告吗?"时年问。

"不算。"那女人侧头望他一眼,目光盯着他的嘴唇,"你知道的,我有的是办法让你忘记。"

那目光谈不上如狼似虎,但时年想起那女人之前告诉他的,人鱼的吻可以让人失忆。于是,他的脸蓦然变红,所幸夜里看不太清。

"所以,你为什么这么信任我?"

"无所谓信不信任的,反正我们要搬家了。"那女人耸耸肩,"就算你说了,也不会有人相信的。"

很难想象,一个把他当作奴隶使唤的女人,有朝一日居然会为了他,日日去远海上等待来往的船只。然后某天她告诉他说:"明天会有一艘很大的人类船只经过这里,我会把他们引过来,然后,你就可以回家了。

"这就当作我化形的时候,你守着我的报答。"

那女人如是说着,手里握着一颗左旋的海螺,低着头放在嘴边吹响,她的声音很笃定:"你不是个坏家伙,所以会遵守约定的。"

曲调悠扬静谧,略有离别的伤感。

时年静静地坐在旁边听着,看着女人姣好的侧颜和鱼尾在圆月下,构成了优美而迷人的轮廓。

虽然先前她又凶又横,恨不得全世界都是她的。

可是也是她将他从海里救起,是她陪他度过了生命里最难熬的那段时光,也是她一次次霸气护短,让他在这个蛮荒的岛上,得以幸存。

母亲去世的事,曾经让他很难过。

可眼下即将到来的分离,竟然也让他觉得有几分难过。

天色将明,时年记得两人有一搭没一搭地说话,直到最后没什么可聊的了,两人都还没有散场的意思。

静谧的夜里,那女人突然说:"好安静啊……我教你一首我们人鱼族的歌留个纪念吧。"

时年点点头:"好啊。"

她开了嗓,声音幽远而神秘,比刚刚的海螺声还要好听。

时年跟着学了一遍,发现有些音阶学不来,有些超越了人的发声极限。那女人就教他发声,最后时年在礁石上,一阵怪叫地学了一夜,两人笑到天明。

当太阳初升的时候,时年的发梢上挂满了海风里潮湿的露珠。太阳的第一缕金光照进他的眼睛里,他看见那女人呆呆地望着他,说:"哎,你的眼睛真漂亮。"

就像从前淹没的森林里,埋在海底的琥珀。

时年也看见光照进了她的眼睛,而她的眼瞳深处泛着淡淡的绯色,和她的半透明的鱼尾如出一辙。

"你也……"

时年顿了顿,没说出口,最后摇摇头说:"要不我也教你一首

第十二章·经年不忘的梦

我们人类的歌吧。"

"好哇。叫什么?"那女人顺手去摘他发梢上的露珠。风一来,她食指上的露珠盈盈颤动。

时年没说话,也没躲,只是盯着那女人的脸颊,启唇而歌。歌声低沉微哑:

"绿草,苍苍,白雾,茫茫……"

女人闭上眼,海面的水汽雾蒙蒙,被不歇的微风带来,迎面拂过。

"有位佳人,在水一方。"

……

远航途经的船只,终究来了。

"我要走了。记住,从今往后,我只是你做的一场梦。"

那个女人转身一跃,钻进深蓝的大海里。

"梦有什么好记的。"少年孤零零地站在礁石上,浪潮在他脚下拍打。蔚蓝的海天融成一色,风里传来轮渡遥远的鸣笛。

少年眼底有孤绝的波光聚集,女人愣了愣,忽然明白这是一场后会无期的分别。

她只好在海里朝他招手,笑道:

"你说得对,过来,让我亲亲你。"

不要,时年后退了几步。

这些日子为什么要忘记?她的脸、发色、笑容,他只想往后的日子里,他不会忘记这些。

年轻的时候,翻过一座山,遇到一个人。因为太过惊艳,所以再难忘记。

他不知道那个女人的名字,因为那个女人告诉他,堂堂人鱼族的祭司,名字岂是你能随便叫唤的。

"那我该叫你什么?"

"主人,"那女人又笑眯眯地捏着他下巴,"中二"至极地笑了,"或者女王大人。"

时年一度以为自己这辈子,只会在御姐里面做选择题了。

直到遇上林闪闪。

他总能在林闪闪身上隐约找到那种熟悉感。到底是什么呢？时年一直也说不上来。

今时今刻他终于找到了答案。

传闻，人鱼就是古时历史上人们记载的"海妖"，落泪可化珠，歌声可夺魂。

传闻，人鱼并不属于人类的基因文明，为了适应陆地海洋的两栖环境，他们到了一定境地，会将鱼尾蜕成人形。

又有传闻，人鱼的吻可使人前尘尽忘，宛如饮下孟婆的汤。

还有传闻，人鱼的时间流逝是和人类互相逆行的。

原来所有传闻都不是传闻。

如此一来，他认识的林闪闪，身上所表现出来的一切的奇怪都不再奇怪了。因为林闪闪就是"她"啊。

是别人口中的传闻，是他脑海里，经年不忘的梦。

第十三章
汇聚的她

一、

次日,勤劳的小旗早早就买好了豆浆,她赶了个早班到了辉皇娱乐的会议室,想要提前准备下会议室设备。

她打开会议室的门,却看见时年到得更早,他正独自坐在桌边,翻看某本资料。

时年即将迎来阶段性工作后的休假,他也正在为后续的新戏找找感觉和素材,此刻出现在这里,并不稀奇。

小旗不以为意,但当她走过去不经意一瞥,却见时年在看的竟是林闪闪那档子竞技节目的飞行嘉宾邀请之时。

小旗有些惊奇,问:"哥,你不是定好轮渡,要出海的吗?"怎么在关注这个?

"帮我取消吧,"时年说着,头也不抬,声音低柔,"以后都不用出海了。"

小旗险些跳起来,此言一出,对她而言无疑是振奋人心的:"哥,你终于要放弃跳海这个爱好啦!"

时年无语。

小旗兴奋极了，仿佛是卸下了生命中的重担，她甚至双手合十望天长叹："我果然成功地拯救了哥哥，哥哥果然只有我了。"

时年望着她这眼熟的自恋模样，不由得失笑，真是深得他的真传。

他望向窗外的眼神很平和："小旗，说出来你可能不信，我是真的怕水。所以，我每次跳海的时候，其实是希望有人来救我。"

他也觉得某个偏执的习惯，可以改一下了。

"啊？"小旗听得愣愣的，"哥，你希望谁救你？"

时年抿唇笑："已经找到了。"

他已经越来越期待，林闪闪成为他的女主角的那天了。

接下来，拦在林闪闪面前的，只剩下总决赛了。

谁也没料到林闪闪能突破重围，从复活赛中惊艳出圈，包括成竹在胸的殷影。

办公室里，电脑屏幕上循环播放着林闪闪的那个高光舞台。

殷影看得火气丛生，面色阴晴不定，她心想：伤了她的嗓子，却正好用一首掩盖本音的曲子弥补缺陷，还给逆袭回来了？

什么鬼才想到的点子？

看来是她小看林闪闪，不，小看林闪闪的经纪人了。思及此，殷影目光森冷地看着自己眼前的秦芒，不忿的目光愈加浓烈——

废物。

她感觉找错了队友，于是对着秦芒数落："你怎么什么都不如人家？"

"呵呵。"秦芒也颇感不舒爽，"包括眼光吗？"

殷影绝对是所有她签约艺人之中的异类。

明明她才是经纪人，可自从她签下这个一鸣惊人的，被她押宝觉得未来足以和林闪闪对抗的年轻女孩之后，为什么她会有种反被眼前的家伙利用了的感觉？

人的本能是很诚实的，殷影不光让她感受到了强大，有些时候，她甚至还让她感受到了危险的气息。

那双黑白分明又冷漠的眼睛但凡一盯着她,就让她背后森森发寒。

但秦芒坐在对面并不露出惧色,反而十指压住膝盖冷笑,刻薄这点,她和殷影不相上下:

"我是不如贝拉,我原本还想着,只要比林闪闪强就好。你说过未来第一歌姬的身份只能是你的吧?我看现在,还未可知。"

"哦?"

殷影斜睨她,亦冷冷的:"林闪闪要进决赛了,她有那么大的热度,我怎么盖?除非你想个办法不要让她夺冠。这样我和她的起点,才有可能稍微持平。"

"哪里需要什么办法,你只需要出来一首更惊艳的曲子,把她打趴下就好。还有,"秦芒讥讽地笑着,眼中含着精芒,"我告诉你,林闪闪是绝对拿不到冠军的。"

殷影还要说话,桌上的手机突然响起来,是公司的前台打来的:"殷影,楼下有人找,他说他叫顾南烛,是你认识的吗?"

贝拉能看得出来,总决赛之前的林闪闪非常紧张,这次她应该是认真了。

虽然目前她的人气很高,但和第一名仍有距离。所以她必须在总决赛中,也做出来一个惊艳的舞台。

最后的冠军,是通过现场投票和网络投票,共同决定的。

这些日子林闪闪都在没日没夜地训练,贝拉是看在眼里的。但她因为基础差,除了唱歌部分,其他的训练效果都没有令人满意。

贝拉终于是看不下去了,这才把她叫到办公室:"闪闪哪,我听时年说,你这次的目标,是夺冠?"

"是呀。"林闪闪点头。

贝拉握着林闪闪的手来回秃噜,舔着她那发干的嘴皮子,好似有点欲言又止:"那个,闪闪,其实我觉着吧,你能走到这一步,已经很棒了对吧?对于你这样一个之前从未涉足过这个行业的萌新来说,现在就已经超出预期,挺好的了。你觉得呢……"

"是挺好的,但我还是想要夺冠。"

林闪闪挠着眼角,一如既往没听懂贝拉话里的暗示之意。

"必须夺冠吗?"贝拉难为情地陷入沉默。

"闪闪哪,其实有件事儿我没告诉你……"

事情发展到现在,贝拉如今只能如实相告。

只是这下,开口也变得艰难了,她斟酌着用词:"这种节目啊,其实都带一定既定性的,各家送艺人过去训练、竞演舞台的目的也不尽相同。

"有的是为了露脸,有的则是为了锻炼舞台经验。但基本上……制作这档节目之前,第一名是谁,各家的心里都已经大致有数了,你懂我的意思吗?"

知道第一名是谁了?

林闪闪听得有点蒙:"不大懂,什么意思?"

"具体的操作就是某个选手吧,我打个比方……某个选手她背后的公司家大业大,她自己也实力不俗,很有观众缘,那么第一名跑不离就是她了。"

贝拉不好和她说得过于清楚:"总之你可以理解为,内定。"

林闪闪:"内定?"

"我之前没和你说过这个,"贝拉也为难地挠挠头,倍感尴尬,"是因为没想过你能走到这一步,也没想到你还想夺冠呢嘛。"

林闪闪一愣。

不能说贝拉有什么责任,毕竟就连林闪闪自己,刚开始都是敷衍了事,玩票来的。

只是她还是好失落啊,原来都是安排好的。

林闪闪那张原本布满斗志的脸,在贝拉吧啦吧啦的一顿说明下,以肉眼可见的速度皱巴了下去,她在心里犯难道:如果第一名不是她,那她又该怎么保护时年呢?

不一会儿,林闪闪觉得自己应该去问问顾南烛的科研进程了。就算分离装置还没完成,她也得抓着他出谋划策,想想办法。

于是,林闪闪告别了贝拉,直奔楼下。

第十三章·汇聚的她

两分钟后,时年又敲开了贝拉办公室的门:"林闪闪呢?来公司没?"

"刚走,她有事出去了,你找她干啥?"

贝拉点着炸鸡,头也不抬地问他。

"我有件很重要的事要找她确认。"时年说着,也离开了。

二、

殷影在辉皇娱乐的公司楼下,再度见到了顾南烛。

顾南烛是专程来找她的,殷影知道自己一旦发歌,在公众面前露面,就迟早会有这么一天。

因为,纵使顾南烛再不关注演艺界,再不爱点开网上的推送,他还是会不可避免地在路上听到她那首传唱度很高的歌。

他们的再次见面只是时间早晚的问题。

他来得不算快,距离她离开顾南烛已经有段时日了。

这段时间里,她能想象顾南烛一如既往地上班下班,穿行于城市,走过巷子口街角,过着日复一日安静的日子。

但她并没有想到,顾南烛因为听到了那首混杂着电音的《魔鬼鱼》,不惜走进了一家正播放着这首歌的女士内衣店,抓着店员激动地问这是谁唱的。

无论如何,他们还是再次见面了。

顾南烛还是跟之前一样,衣着整洁,脸上架着一副眼镜,斯斯文文的,只是他消瘦了一些。他坐在大堂的休息区,脊背笔直。

殷影走过去,顾南烛看见她,整个人站起来,眼里情绪翻涌——惊喜、思念、热切、无所适从、久别重逢……总之异常复杂:"小影……"

殷影却率先开口打断他:"我找回记忆了。"

殷影冷静的神情和漠然的语气,好像两人之间只是认识,未曾共同居住,也未曾有过任何故事。

一句话她就草草解释了自己的不告而别,也宣告了她如今对二人关系的态度。

顾南烛好似被泼了一盆凉水，说不出一个字，半晌他才道："这样啊。"

"我现在的日程很紧张，你有什么事吗？我大概只有十分钟的时间和你说话。"

她也不打算再多说什么，只是低头佯装看了看表，将二人的界限，划分得明明白白。

"哦，也没什么事。"

顾南烛握着手里的咖啡杯，低头将咖啡杯转了半圈——这是他无所适从的表现，殷影极为清楚不过。

"你之前不告而别，我一直很担心，这两天，我偶然听到你的歌……"

"没什么可担心的。我过得很好，有自己要做的事，也有生活的目标……"

殷影再度打断他，她的声音很轻但又不留情面："顾南烛，感谢你之前收留我，但我已经回到自己的生活里了，我们……就此别过吧。"

顾南烛再度愣了一下，看出她摆明了要和自己分道扬镳，一秒钟都不想叙旧的架势。

也是，他眼前这栋高高大大的建筑，正是无数名利场、社会文娱的中心。有多少人走进这栋建筑了，就开始经营完美纯白的背景和人设，从此害怕和从前的自己扯上关系呢？

顾南烛懂，在人间这么多年，他该懂的都懂。

于是，他扶了扶眼镜，说："那就好。"又说，"不客气。"

他深吸一口气，眼底积攒的情绪，很快被他一贯的沉郁气质所覆盖，又迅速恢复成了平时那个少言寡语、万事漠不关心的顾南烛。

他从包里拿出一个烛光鱼的毛绒公仔递给她："这个，你走的时候落下了。"

他来这里也只是为了把这个公仔还给她。

殷影盯着那个带录音音乐盒的烛光鱼毛绒公仔，眼神动了动，却没接。

这是之前住在顾南烛家里的时候,她在网上看见的,觉得可爱,就硬要顾南烛买给她,还说这个眼镜烛光鱼公仔和顾南烛长得好像。

那时候,城市里吵闹,到了夜里外面也有车流来去的声音。

殷影耳力很敏锐,到了夜里总是很难睡着。公仔送到她手上的时候,殷影就发现公仔里有录音盒,顾南烛还贴心地给她录好了一首催眠曲。

那时候顾南烛摸着她的脑袋说:"你知道我是什么了吧?你是这个世界上唯一一个知道我的秘密的人,所以我给你唱首歌,你以后,晚上一定能睡得香甜。"

他唱的催眠曲温柔动听,如梦如幻,好似漫无边际的缥缈星河。

那是人鱼专属的歌声。

她当然知道顾南烛是什么,可顾南烛却不知道她是什么,从来不曾知道。因为魔鬼鱼,是世界上最会隐藏自己的鱼。

听完,殷影默不作声,但之后的晚上,她一直有抱着那个公仔睡觉。

大堂里,殷影没接那个公仔,顾南烛手就这样伸了一会儿,然后他把公仔放在桌面上:"如果你觉得不需要了,可以扔掉。"

"还有,请你不必误会,我不是来找你的。我的一位朋友也在这家公司,不过是她托我办的事办好了,我过来和她说声,顺便带的这个过来。"

顾南烛好像也想澄清点什么,或者为自己找补点什么。

总之他说完后,就转身走了。顾南烛从见到她到离开,前后没超过五分钟。

朋友,顾南烛的朋友还能有谁?殷影心知肚明。

只是,他说林闪闪托他办的事情他办好了,难道——分离装置已经制作好了?

殷影若有所思,突然上前两步,犹犹豫豫地跟上。

"我……"殷影张张嘴,站在原地半天没动,脑子里划过的东西很多,眼神中似有挣扎。

她似乎想说点什么，但又没能开口，如鲠在喉。

她看着顾南烛的背影，眼神却罕见地浮现出一丝颤动。明明他只是一个普普通通的人鱼啊，她反手就能将他击倒。可她如今却不知道该怎么面对他，就像当初，她不知道该怎么和他说再见。

"再见。"殷影咬牙道。

"不见了吧。"顾南烛淡淡一笑，面色有点苍白地离去了。

不得不说，有的时候事情发生得就是这么巧合。

顾南烛走出辉皇娱乐的时候，忽然被林闪闪拦住了。

林闪闪突然出现在他眼前，双手一横："顾南烛，你刚刚怎么和殷影在一起？"

她从贝拉的办公室离开，风风火火地出公司，想去催顾南烛制作分离装置的进程，哪承想，她一下楼就看见了顾南烛和殷影站在一起。

林闪闪学乖了，没上去和殷影正面较量，反而在公司楼外候着顾南烛，直到顾南烛出来。

"只是认识。"

顾南烛挑挑眉，突然看见林闪闪让他也有点惊讶。

但他更好奇，为什么眼下她一副兴师问罪的模样？

他整理好自己的情绪后，开始关注林闪闪的表情："说起来，你们一个公司的，我还和她提起你。怎么，你们有过节吗？"

"认识？你还提过我？"林闪闪闻言，忽然表情变得怪异，"你和她怎么认识的！"

"怎么了？"

顾南烛看出了林闪闪的不对劲。

联想殷影一贯的做事风格，她不太相信这是巧合。

林闪闪深吸一口气，忽然飞快地把他拉到一旁，急匆匆地上下打量："你怎么会认识她？顾南烛，她有没有把你怎么样？"

"没有。"顾南烛说，同时他看到了林闪闪凝重的神情，"怎么了？"

"那就好。"林闪闪松了一口气,告诫他说,"顾南烛,我以未来祭司的身份提醒你、命令你,以后离她远点,听见了吗?她是那条夺走我人鱼之泪的魔鬼鱼!"

林闪闪话一出口,顾南烛脑子里如闪电般炸开:"魔鬼……鱼?"

"是。"

林闪闪脑中打起了十二分的戒备:"就是她,她很危险。当年人鱼族与魔鬼鱼一族'圣战',你的父母就是死在了她的父母率领的先锋队手里。"

顾南烛做梦也没有想到,有朝一日这样的笑话会发生在自己身上。

殷影,是魔鬼鱼。

他的父母,死在了殷影父母的手上。

这一刻,顾南烛的身体晃了两晃,那瞬间,他只觉得有四个字盘桓在脑海里,让日月变色,让自己手脚冰凉。

那四个字是:造化弄人。

三、

时年也觉得造化弄人。

在他发现林闪闪就是当年的那个女人之后,他分分秒秒都想要确认,结果拖到现在,他还没能见到林闪闪,还没有机会当面揭穿她的谎言。

那天晚上,他看了视频后心情激动,可林闪闪烂醉如泥怎么也弄不醒,他只好等她醒酒之后再说。

结果没等到林闪闪醒来,他就接到了那档新生偶像节目的邀请函。

时年顿了顿,这个之前打死也不去的人这下心里有了想法,还专门去公司和团队开会讨论了一波。

他本想开完会,就立刻赶回公寓,高兴地把林闪闪拎着扔进泳池里问话。哪承想一个电话,他又半路被外地通告拖走了。这一拖,就浪费了好几天。

等他再回来直奔公司，林闪闪又从他眼皮子底下出去了。

他立马追下楼，大堂里也并未看见林闪闪的影子。

"林闪闪是属烟花的吗？"他心想，说没影就没影了。

时年气得叉腰喘气时，一抬眸，却看见了大堂一侧的休息区里，一动不动站着的殷影。

几乎是理所当然的——

"喂，殷……什么来着，殷影对吧？"

时年大步上前，拍了拍殷影的肩，贯彻"公司是他家，无人识他"的特性特点，他居高临下地问："你刚有没有看见林闪闪？"

"嗯？"

还在愣神中的殷影，被人不客气地问话打断了心神。

她回过头，可巧不巧的，竟是时年。

那个胖乎乎的经纪人不在，那个形影不离的小助理也没跟着，就只有时年一人。

而就在刚刚，顾南烛来过，想要给林闪闪带来某个讯息。

殷影眯了眯那双明亮锐利的眼，笑了。

之前她还一直顾虑这位大明星的身边二十四个小时都有人跟着，这不，他终于在她眼皮子底下落单了。

而现在，既然分离装置制作好了，她好像也就不用再等什么了。

时年未曾注意她微小的表情，他对不甚熟悉的人一向缺乏耐心："怎么了，看见就说看见，没看见就说没看见，我赶时间。"

"看见了啊。"殷影答。

先前顾南烛带给她的情绪，转眼被眼前的"猎物"一扫而空，她嘴角一勾："你有车没？我带你去找她。"

不易察觉的神色，从她的眸底一闪而逝。

真可惜啊，的确是有着惊人帅气的男人，但他的人生要到此为止了。

"你为什么现在才告诉我？"

大厦外，顾南烛仿佛丢了魂，半晌才这么问了句。

林闪闪委屈得很:"你是说告诉你,你的仇人也在陆地上的这件事吗?我原本是想着拿回人鱼之泪后的我就天下无敌了,就可以单手把她抓起来送到你面前,再告诉你这就是你的仇人,直接给你拿去祭祀的……"

她没说谎,但是越说越小声。

她之前考虑的是,顾南烛也不是什么攻击系的人鱼品种,他落在殷影面前,那只有挨揍等死的份儿。她怎么可能让顾南烛得知了仇恨后,一个人去冒险呢?

"顾南烛,不好意思,现在告诉你这些是晚了点。只是,你为什么会认识她?"林闪闪奇怪地问。

顾南烛闭了闭眼。

他突然感受到了一股科学里无法推算、无法规避概率的无力——那种感觉就像是宿命给他开的一个玩笑。

林闪闪却还在兀自思索:"殷影为什么会找上你?莫非是她已经知道了你父母的事,如今也要对你斩草除根?还是说知道了你正在为我制作分离装置,要搞破坏,所以要对你不利?"

她对顾南烛和殷影之间的事情一无所知,猜测也非常直观。

可林闪闪说的那些,在顾南烛这里却都不成立。

"她没有把我如何。"

他现在脑子很乱,暂时失去了思考能力,却下意识地回答:"也没有对我不利。"

顾南烛觉得自己的心脏,仍然在缓慢地沉入水底。

"殷影是跟着我来的陆地,我和你说过,人鱼之泪就是被她抢走的。后来阴错阳差人鱼之泪到了时年的肚子里,所以我进了演艺界。现在她也进来了,就徘徊在时年身边,也不知道什么时候,她就要对时年下毒手……"

林闪闪还想和顾南烛报告更多的事情,她口袋里的手机突然响了。

她一看,是时年打来的,她刚要接,那头就挂断了。

"奇怪,干吗给我打了电话又挂了啊……"

林闪闪正抬眼，就倏然看见时年的跑车从她面前疾速驶过。

眼尖的她发现，此刻驾驶座上的人并非时年，而一闪而逝的是……殷影。

"时年！"

在公司门口吃了一屁股车尾气的林闪闪，一时间，心脏陡跳！

口中担忧的事，在下一秒化作了现实，她脑子"嗡"地一响，刹那间她脑海里其他想法都消失殆尽了。

时年被殷影带走了，就在她的眼皮子底下。

顾南烛尚未反应过来，却也看见了那辆疾速驶离的跑车，以及车里那个熟悉的身影。他怔住，上一刻，哪怕他再怎么不信林闪闪说的话，眼前的场景，无疑是林闪闪话的最有力的证明。

时年瘫软在了副驾驶座。

性能极好的跑车在路上风驰电掣，通向了他未知的方向。时年未曾料到，原来自己的身边除了林闪闪，还混入了这么多的人鱼。

"还真有点想不通那条锦鲤的脑子里在想什么呢，"车子明明快得只剩残影，殷影还能从容地微笑，"她难道真的相信了我说的，以为和你提及任何关于我有危险的话，你就会毒素发作，死于非命？"

时年一愣。

谁能告诉他这是怎么回事？

当他去车库里取了车，准备开出车库，让殷影带他去找林闪闪的时候，他的背后被殷影随手一指，一股诡异的力量就让他倒下了。

犹如电击。

此时此刻，四肢麻痹的感觉如此熟悉，让他想起了之前在泳池的那次落水。

"是你……"

时年的手脚使不上力，他费力地望向后视镜，却难以集中精力。但他还是隐约看见后视镜里，林闪闪在奔跑的、倏然变小的身影——

现在他充分确定了，当时自己在酒店泳池的落水事件不是意外，那个拽他下水的家伙，就是这个诡异的女人。

如果林闪闪这样的存在,还有什么敌对势力的话……

"你是魔鬼鱼?"

"对啊。"这边殷影摇着头继续笑了,"说真的,你看看那条锦鲤。我要是真在人鱼之泪上投了毒,早在我上岸发现你的时候,你就死了,我早开膛破肚挖走人鱼之泪了,哪里还会让它在你肚子里溶解,搞得现在还要等分离装置制作出来这么麻烦。那条鱼啊,真的蠢。"

时年的嘴唇紧抿。

他不清楚魔鬼鱼和林闪闪之间,究竟有过什么过节,但很明显,他们双方是敌对的,而且他们的目标都是自己肚子里的人鱼之泪。

眼下看来,自己是落入魔爪了。

而在刚才,他看见了在公司门口和顾南烛说话的林闪闪。于是,他积攒最后一点力气,拨了林闪闪的电话。

可惜还没拨出去几秒钟,便被殷影发现了。

她轻飘飘从他手里取走手机,扔到窗外:"你不会觉得林闪闪那种货色,能救得了你吧。"

手机在高速上,很快就被压成了一堆破碎的零件。

"你想对林闪闪做什么?"时年艰难地问。

"对林闪闪怎么样?哈哈哈。"殷影闻言笑得格外开心。

她打开车顶敞篷,黑发在风里飘散开:"你应该问,我要对你怎么样?"

时年无语凝噎:"我和你有仇?"

"仇是没有。"殷影也不和他细说,只是握住他的后脖颈,再度释放了一道电流,"不过你要和我去一个地方,我要取走你肚子里的人鱼之泪。"

时年指尖刚刚恢复了些许知觉,浑身又仿佛被闪电再次击中,再度失去了感知力。

在这个有超自然能力的人鱼面前,他始终只是个人类。

他突然想起来,林闪闪最近确实很在意他,不断地给过他提醒。

什么不要和不熟的女人接触、遇见危险随时打她电话什么的……

原来,她早知道自己可能会有危险了。

她不说,是因为她被殷影威胁了?

"你是怎么知道人鱼之泪在我肚子里的?"时年目光死死锁着她,"在林闪闪发现珠子在我肚子里之前,我就隐约感觉到有人在跟踪我了,那个人是你,对吧?"

他一直以来隐约的感觉,此刻终于被验证了。

可殷影为什么会比林闪闪更早知道人鱼之泪在他这里呢?

"人鱼之泪吗?"殷影简短地答道,"不就是你把我钓上岸的那天,你误食入腹的东西?我亲眼看着你喝了口水吞下去的。"

所以,殷影就是当初那条黑翎电鳗?

时年彻底回想起来游轮上的那件事。

"那你为什么一定要抢别人的东西?那是林闪闪的东西。"时年忍着头晕和恶心,索性一次问个明白,"人鱼之泪有那么重要吗?能让你赌上在人类法制世界里杀人的风险?"

"相传它认的主人,就可以担任下一任祭司,统御整个人鱼族。"殷影白了他一眼,"人鱼族至宝,你说呢?"

"那你——"

"你确定你还要问吗?"

殷影不耐烦地问,她此时已经下了高速,车身一转,便驶入了一条时年更为陌生的道路。她的话让时年闭了嘴:"不管是不是反派,话多的人,都死得快哦。"

这边,林闪闪猛地一踩地面,天地间无形的气流朝着她奔涌而去。

这次的动静就连顾南烛都有所察觉,他觉得空气都稀薄了些许,他看懂了林闪闪要干吗,却本能地察觉到了危险。

"林闪闪,别——"

如果发动运气这件事像龙卷风一样有能级,那么林闪闪现在发动的,无疑就是最高一级的。这也意味着,在她没有人鱼之泪的情况下,她随时可能会遭遇最为致命的反噬。

"不,我就要!不管代价是什么,我都要马上抵达时年的面前。"

"殷影随时可能会要他的命。"

- 258 -

在林闪闪的怒吼中，正在开车的殷影发现油量突然告急。

真烦啊，殷影一拍方向盘："要找个加油站了。"

就在这时，公司的门口迎头唰地停下了一辆跑车。

林闪闪定睛一看，应该是水木结束了工作刚回公司，一位男士下了车绕到另一边车门，犹如恭请女神一样地弯身，将水木从车里迎了出来。

林闪闪二话不说就冲了过去："水木，车借我开开！"

"欸……闪闪。"

不等水木有所回应，林闪闪就已经推开车主冲进了车里，另外一道身影紧随其上。

车辆"咻"的一声开走，水木望着某个被无情推开、倒在地面的青年才俊面露尴尬："不好意思，我朋友可能以为，这是我的车。"

四、

这一次的反噬，似乎来得格外迅猛。

方向盘还没捂热，车轮就不知轧到了什么东西，爆胎了。

车子像漂移一般猛地向路边撞去，砰的一声，车前盖被撞得飞起，安全气囊也弹了出来。

刚拿到驾照不久，就开跑车上路，带来的结果便是事故。

顾南烛都未来得及拿到方向盘的掌控权，林闪闪就开着车狠狠地蹭到了路边安全带。

所幸没伤别人，但现在她的额头全是血。顾南烛尚且还能保持着一丝清醒，他带着伤，抱着林闪闪出了车门。

只是，他声音都变了调："林闪闪。"

林闪闪满脸是血地睁开眼，脑子里嗡嗡作响，眼前一片混沌。

但她睁开眼的第一个动作却是抓住顾南烛的袖子，费力站起，浑浑噩噩再度朝车里走去。

耳边其他车主的声音、马路上嘈杂的汽车声她都听不太清了，她现在脑子里只有一个念头："要找到时年……"

她握紧了拳头，还想发动第二次运气。

"林闪闪，你冷静点！"

顾南烛拉住她，大喝道。

林闪闪双眼中泛出血色，她已然无法冷静："时年在她手上，她杀人不眨眼！"

魔鬼鱼不动时年的原因她想不出来，但一动手，她绝不会心慈手软，不达目的不罢休。

一次不行，那就再来一次。

只要运气比反噬早一点到来，她就一定能找到时年。

"林闪闪！"

顾南烛又一声大喝，用力拉住她的肩膀："住手，别莽撞了，你是不是想在找到时年之前就死掉！"

林闪闪被吼得脑袋发蒙，眼前阵阵眩晕。

"跟我来，我想我知道她带着时年去了哪里。"顾南烛又道。

林闪闪顿了顿，鲜血顺着她的鼻翼还在往下流。

顾南烛深吸一口气："相信我。"

说话间，他身上光芒乍现。

那光犹如耀眼圣光，在一方天地间忽地闪了两闪。现场想来救援的人们，均被那光晃了眼睛，刺目之下，人们立马伸胳膊挡住眼皮。

顾南烛则拉着林闪闪，在强烈的白光散去之前，迅速离开了现场。

"我想她一直没有伤害时年，是因为她知道人鱼之泪已经融入时年体内了。所以，她也一定在等我制作出分离装置。"

顾南烛和林闪闪最后赶到的，是顾南烛的住处。

"这里？"

林闪闪望着熟悉的高档公寓暂停了脚步，傻了眼。

"是，她曾在这里住过好一段时间，她知道的事情很多，她甚至能看懂我做的实验，会使用我的实验室。"

顾南烛低声解释了句，快步走进楼道："我想她之前未曾对时年动手，是因为她在等今天。今天的事情，也有我的责任。"

聪明如她，一定猜到了他去找林闪闪，正是要告诉林闪闪这件事。

他叹息着，想到自己所做的一点一滴都毫无遮挡，全数都落在对方眼里，什么都没能逃过她的眼睛。

或许这才是最好的解释。

她之前，应该正是为此而来到他的身边的。

顾南烛抿了抿嘴，他的嘴唇被压成一道笔直的线。

过往如泡影，唯有自欺之人不知自己正身处梦中，而她从来都那么清醒。

殷影啊殷影，你机关算尽，唯有他顾南烛，成了一个傻乎乎的笑话。

如顾南烛所料的那样。

半个小时前，殷影拉着丧失行动力的时年，从容地摁下了顾南烛的住所所在楼层的电梯，又不疾不徐地摁开了顾南烛家门口的密码。

她了解顾南烛，他理性、漠然，他的一切，都像科学实验一般，复杂而完美。

他会把所有波涛汹涌的情绪藏在他循规蹈矩、面无表情的日复一日里。

她从前一时兴起，恶意地打破了它，于是顾南烛的生活有了一个小小的缺口。但她明白，顾南烛在辉皇娱乐转身离开的时候，又把那个缺口亲手封上了。

他还会是那个理性严谨的顾南烛。

所以她猜他此刻，应该是离开了辉皇娱乐，去上班了。

殷影这才得以从容地拖着时年，排闼直入。

顾南烛的家里静悄悄的，门口的鞋柜里，居然还摆着她的粉色拖鞋，桌面上她的水杯也还在，这让殷影生出了几分怔忪，仿佛看到自己和顾南烛在玄关弯腰换鞋，桌边对聊喝水的场景。

她甩甩头，又把时年架上了阁楼，熟稔地进了顾南烛二楼的"实验室"。

那里面应有尽有,甚至包括一张简陋的床。

顾南烛偶尔会有彻夜实验,时隔几个小时便要做记录的时候。

那张被他用来临时休息的小床,现在便用来放时年了,手脚都不用绑,时年就成了试验台上的小白鼠,任人宰割。

不多久,他就被殷影刺破了胸口,插上针管,他不知道殷影要做什么,从他的角度只能看到源源不断的血液正在流出自己的身体。

他的生命正在逐渐流逝,他也渐渐感知不到疼痛了……

时年发不出声来,因为殷影的指尖按在了他的颈上,不时有电流释放出来,让他无法从那股麻痹中逃脱。

"林闪闪……"

时年此时竟也没了恐惧,他慢慢闭上眼,此刻他竟衍生出一个念头:真应该,早点抓住林闪闪那条狡猾的人鱼啊。

第十四章
爱情是逃不开的命运

一、

不知过了多久。

"时年!"

时年似乎听见了一声急躁高亢的呼喝,似远忽近,恍若有人在梦中呼唤他。

"林闪闪……"

时年乍然睁眼,他的神识倏然恢复。

他依稀只看见有影影绰绰的人影在眼前晃动,颈上禁锢自己的电流不知何时消失了,他终于有力气睁开眼,逐步获得自己身体的掌控权。

他才看清,实验室内闯进来的人,的确是林闪闪。

实验室的门被人轰然踢开,而手边一桌仪器,正被殷影猛地击扫过去。

林闪闪伸手挡住,却仍有部分落在了她的身上。

时年看见衣衫破损,脸上带着未干血液的林闪闪,心脏猛地一抽,刚要开口,却被林闪闪抢了先。

她扫了眼时年:"有事没?"

时年直勾勾地看着她,愣了:"有事。"

有事……找你。

那一眼让时年确定了很多的东西——

冷倨的口吻,以及那种睥睨而关心的扫视,仿佛是在确认她的所有物是否完整。那是他魂牵梦萦十年之久的那个女人才有的神情。

林闪闪听见时年说"有事",目光一侧,便瞧见了他胸口吊着的血红导管。

而后,她顿了几秒,再看向殷影的表情凶狠、冷静、漠然,却又目标明确。现在的林闪闪和平日里憨里憨气、漫不经心的她判若两人,但和十年前的那股狠劲儿一模一样。

明明林闪闪此刻那么狼狈,鼻青脸肿的,脸上还流着干涸的血,但她身上却有种将一身的伤置身事外的凶狠。

时年却只听见她声调不高,但冷冽的宣判:

"魔鬼鱼,你死了。"

"哦?"殷影似乎不为所慑。

这是时年第一次,亲眼见证林闪闪发动了属于她的能量。

被飞物打中的她没退半步,手拿下来时,长发披肩无风却微扬,瞳仁中的绯色愈加深重,耀眼得仿佛地表之下流动的炙热熔岩。

"来。"

他看见林闪闪嘴唇动了动,仿佛真的有他肉眼不可见的气运,以风驰电掣的速度,以她为中心聚拢而去。

时年只觉得呼吸有些许困难,感觉周围的空气都稀薄了些许。

此时,时年眼中的林闪闪凛然霸气:"我说过,你敢动他,你就不可能活着离开陆地。"

这一刻的她所向披靡,而下一秒……

实验室的灯管齐齐炸裂,碎片降落的空间里,殷影化作一道残影,宛若一股黑色闪电,直袭林闪闪而去。

林闪闪被击飞,霸气的话都未曾放完,她整个人就飞了出去。

殷影冷笑了一声，气定神闲地在林闪闪的原位置站定，还拨了拨头发："呵，还想要我死，那也要你有那个实力。"

有句话林闪闪或许一直忽略了，世间武功，唯快不破。所谓召唤运气这东西，就像是法师的施法，无法瞬时形成。

至少对于魔鬼鱼来说，运气来得还太慢。

林闪闪的霸气耍帅还不到三秒就迅速落败，她痛呼一声后就从时年的视野里消失了，门外，随之传来了林闪闪撞到东西的沉闷响声和她的哀号。

"太弱了。"殷影摇摇头说道。

她的嘴上噙着一丝漠然的笑意，高挑的身形一步一步走出实验室。

门外，林闪闪撞在了房间的墙面上，撞掉了墙上顾南烛最爱的一副标本，又一次滚下了楼梯。一顿碰撞下来，身上又添血迹和青紫，脑袋里一阵嗡嗡的动荡和眩晕。

"咳咳咳。"

还没从车祸里缓过来，就撑着身体冲上楼，又经历一次碰撞，林闪闪觉得肺部像被人抡了一记重锤，这下她连喘气都有些困难了。

殷影从来人狠话不多，手指上缠绕着滋滋啦啦的电流跟着下了楼。

"之前在你面前逃了几次，哪次不是情势所逼？你不会真的以为，你和我正面对决的话，能有胜算吧？"魔鬼鱼问。

"少来！"

林闪闪捂着钝痛的脑袋抓着桌角起身，身为锦鲤的她却有着一股不服输的狠劲儿，甩手就是一个物件扔过去："不打得你满地找牙，你就不知道姐姐我也不是吃素的！"

原本可躲，殷影却眼瞳一缩，鬼使神差地遭了这一下。林闪闪掷来的是她用过的杯子，曾经和顾南烛的并排摆在一块儿。

转眼，林闪闪好像又拎起了桌面上一个装着黑色金鱼的鱼缸。

那也是曾经她要顾南烛买的。

殷影手指暗自捏得发紧："锦鲤，我们……出去打。"

"你说出去打就出去打？万一我的鱼尾巴被你打出来了，我让人抓走了怎么办？"

明明嘴上是在表达着"万一我原形被你打出来怎么办"这样胆怯的话，偏偏被她讲出来，却带着强大的气势。

开玩笑，她斗过鲨鱼还带领全族和魔鬼鱼打过仗，她林闪闪又怕过谁？

两方殊死缠斗。

"林闪闪！"

时年听到了外面的动静，一着急，猛地蓄力起身，却发现自己的心口还插着导管，稍一动他的心脏就痛得发裂："嘶……"

他这才看清，那两端奇异的导管中央，有着复杂的导管回路，其间有一个透明的球形玻璃管，血液流经此处，透析出了一颗盈盈玉润的珠子。

实验室一片漆黑，那颗珠子的光，照亮了这方空间。

这大概就是人鱼之泪吧。

此刻的时年却顾不得许多，拿回了身体的控制权，下一秒他便伸手，想要把心口的针头拔掉——

"别乱动。"

忽然有人出声制止，是顾南烛。时年第一次见到眼前的男人，却直觉地知道眼前戴着眼镜、声音沉郁的男人，一定是林闪闪嘴里的"顾南烛"。

只见顾南烛飞快地在掌心的机器上调整了几个数值，时年觉得自己身体里血液被抽出去，又凉凉灌回身体，血气翻涌的感觉甚至都消散了些许。

"再等一下，把珠子取出来吧，留在你的身体里，是祸患。"顾南烛指着那个球形的玻璃管说道。

时年顺着他指引的方向看去，这才看见那在球形玻璃管中浮空的珠子，还有着最后一点点的缺口，正在他血液的流经下，渐渐补足。

时年微诧在原地，望着那颗珠子，突然变得安静，仿佛某种神

第十四章·爱情是逃不开的命运

秘的力量在安抚着他，叫他静在原地。

"可是林闪闪……"时年担忧道。

"再拖会儿。"顾南烛回头望了望说，"她会拖住的。"

原来是调虎离山，时年恍然大悟。

此刻门外，林闪闪正在用尽全力拖延时间。

早在进门之前，她就知道，即使她和顾南烛加起来，都不是魔鬼鱼的对手。所以所谓的运气，她其实早已再度发动过了。

而这次的运气所用之处，并非打过殷影，而是想要人鱼之泪完整地从时年的身体里剥离，让时年安安全全的，让珠子千万不要落在殷影手上。

目前为止挺成功的，她成功地引开了殷影，负责挨揍，而顾南烛则偷偷溜进实验室，完成人鱼之泪最后的剥离工作。

直到门外，传来林闪闪恹恹的一声"顾南烛，你好了没有，我顶不住了"。

又是一声重击，客厅归于平静。

顾南烛已经收好了人鱼之泪，给时年拆除了装置。

关于这个分离装置，看着挺吓人，实际上却不会让时年有什么性命之忧。

林闪闪已然耗尽了所有力气，她浑身被电流击中了好几处，头发都被烫焦了好几截，她鼻青脸肿地趴在一楼的客厅里，呼吸微弱。

而殷影在听见顾南烛的名字时，猛地僵在原地。

她缓缓回头，就见楼上奔下一道身影，直冲林闪闪而去。

明明自己浑身都是伤口的时年，抱起奄奄一息的林闪闪，把她揉进怀里，他的声音焦急又带着怒意："林闪闪你怎么样？一颗破珠子，你至于拿命去搏？"

时年险些就要落下泪来。

"就是啊……"林闪闪被他吼得有些委屈，却没有力气解释，只是昏迷之前用尽全部力气求生，"快，抱我去浴室，把我放浴缸里。"

在一条鱼濒死之时，有水源的话，多少可以让她恢复一丝生气。

时年顾不得其他，飞快地抱着林闪闪冲往浴室。

二、

而这头，殷影没有去追，因为顾南烛手里正握着珠子缓缓走出，站在了二楼的楼梯口，和她无声地对视。

"你什么都知道了。"

从某种意义上，殷影发现自己看透了顾南烛的同时，她也被他看穿了。

因为太过了解，所以他才能带着那条锦鲤，精准地找回到这里。从顾南烛的眼神里她看出，他知道她是魔鬼鱼了，知道她的家族与他父母的死脱不开干系了。

她看到他的眼底，是死一般的寂静。

殷影忽然觉得心口有些发窒，就好像自己的身影，忽然在顾南烛的眼睛里消失了。

那先前那些算什么呢？他们之间发生的点点滴滴真的就不存在了吗？

如果不是他先交付真心，她也不会在他吐露秘密、回忆过去以及畅想未来图景的那个醉酒的晚上，拥着散落的衣物，落荒而逃。

两人就那么对视着，相顾无言。

殷影做出了自己的选择。

"交给我。"她上前，一步步缓缓走上楼梯朝顾南烛而去。

"我不交呢？"顾南烛温柔的眼里此刻犹如看不见底的深潭，他手里握着珠子，与她对视。

殷影昂起头，两人近在咫尺。

她抬手，轻而易举地扼住他的脖子："顾南烛，我不想你死。"

"为什么？"顾南烛没动，殷影的手在寸寸收紧，他却只是问，"你为什么不想我死？"

"大概是为了感谢你的收留。"

"魔鬼鱼也会报恩吗？"

顾南烛又开始发光了，蒙蒙的白光，平时看着细腻而温柔，此刻眼下却透出丝丝惨淡。这是烛光鱼在生命遭到威胁的时候，身体本能的反应。

殷影半晌没说话，只是收紧了手腕的力道。

顾南烛只是一条毫无威胁和攻击力的烛光鱼啊，为什么殷影的指尖感受到他颈上的脉搏时，她却无端开始细细颤抖？

她又该怎么开口，去和他说上一句，如果可以，她希望当时把她从路边捡回去的人是任何一个路人甲，而不是他顾南烛呢？

唯有顾南烛捡到她这件事，是意外的巧合，不存在任何她的处心积虑。

可惜这个说法不会有人信，说出来也没有任何意义。

几秒后，她才又重复道："把人鱼之泪交给我，我不动你。"

"你杀吧。"顾南烛兀自笑了，喉结在她白皙的掌心里滚动两下，"你不杀我，我迟早也要杀你的，不是吗？"

顾南烛冷静的话仿佛无声的重击，早知如此，可为什么听在耳朵里，却还是有一丝悲哀？

"好。"

殷影的手指渐次扣紧，她的瞳仁里出现了丝丝裂纹："别怪我。"

顾南烛一副不畏死的模样，直愣愣地站在原地等她动手。

可为什么，殷影手指间的力量每扣紧一分，便宛如千钧重，越难更进一分呢？

算了。

殷影蓦然赌气地收手，突然一掌拍在他的心口，并释放了一道电流。

她最终，只是选择了麻痹顾南烛的身体。

她承认，她无法对他动手。

可是，她的电流却放空了。

顾南烛的身影突然消失，转而出现在了林闪闪和时年身旁。而他周身散发出强大而温和的光，竟然和他掌心人鱼之泪的光芒，玄妙地相似，恍若一体。

瞬移？不对！

再快的速度都不可能逃出魔鬼鱼的眼睛，他刚才是真正地凭空从她眼前消失了。殷影震撼道："怎么可能，你……"

她再度冲着顾南烛袭去，速度快到其他人只能看见一抹黑色残影。

可这次，顾南烛又出现在了屋子的另外一个角落，轻松地躲过了她的袭击。而他之前站的地方已经成了一片焦烟。

那是她带着细密的雷电，攻击过的地方。

顾南烛冷静地站立在新的地方，连姿势都没变化过，他的手里仍然握着那颗和他散发着同样光芒的珠子。

为什么？

殷影震撼之余已然惊慌，人鱼族中不可能出现比魔鬼鱼更快的物种，一定是那颗珠子搞的古怪。

殷影再次动了，随之而来的，是害怕事情脱离掌控的狠厉："把人鱼之泪给我！"

这次，等她清醒过来，却发现自己已经被顾南烛从背后剪住双手。不等她手里的电流再次释放，顾南烛突然在她脖子间一点。

而她指尖短促高压的电流，突然悉数被引回了她的身体，一阵钝痛之下，她的身体痉挛几下，软倒下去。

"什么……"

"没什么，你只是短路了。我是烛光鱼属，你忘了？某种角度上来说，我的身体里，也有电。"

殷影双眼一翻，在顾南烛的怀里彻底昏死过去。

林闪闪再度醒来的时候，周围一切已经归于平静，她还泡在顾南烛家的浴缸里，绯红的鱼尾巴也显形了，漂在水里。而她背后有人——

她正躺在时年怀里。

"终于醒了？"

疲惫的嗓音从耳后传来，林闪闪回眸，眼睛迅速红了一圈："你怎么……"

"你泡了三个多小时才醒，我本来是在浴缸外的，可后来我实在是托不动你了。"

林闪闪闻言挣扎着要起来，却被时年微微一用力，留水里了："再泡会儿，缓一下。"

他的双手同时牢牢地环在她的腰上，鼻息喷洒在她耳朵上，说道："咱们聊一下。"

"聊、聊啥？"

林闪闪一动不敢动，她被时年说得心慌意乱，总觉得时年口气不大对，好像知道了什么的样子。

时年面色虽然虚弱，语气却十分平静："不如就聊聊，今天你为什么不要命地，赶来救我吧。"

林闪闪突如其来地结结巴巴："我不是早说了，我是你粉丝，我妈还挺喜欢你的——"

"哦？我怎么觉着不仅你妈妈喜欢我，你也挺喜欢我的呢？"

时年不轻不重地在她耳边反驳，口气耐不住了："还不坦白吗？林闪闪，你，分明，就是，十年前的那个女人！"

"呀……"

终归还是露馅了，林闪闪一声怪叫，浴缸里的水仍腾腾升着热气，湿漉漉的水珠沾染了她红彤彤的脸。

"好吧。是我是我，我投降。"

她猛地缩肩，时年却没放开。

她转头，便看见时年那张在水里愈显俊逸的面颊，上面浮现着微怒的神情。

林闪闪立马缴械投降："对不起，我从前不该欺负你、羞辱你。你能不能看在我刚才拼死救你的分儿上，放过我呢？"

真的，她觉得凭借时年对十年前的她，那提起就磨后槽牙的程度，她现在是走不了了。

果然——

"不能。"时年咬牙切齿地笑道，"林闪闪，你既然落在我的手里了，那你就走不了了。"

林闪闪生无可恋地闭上眼。

"那你能不能，看在我刚拼死救你的分儿上，给我个机会弥补啊？我给你端茶倒水，我给你揉腿捏肩，我给你当丫鬟……"

林闪闪还在这边可怜兮兮地讨价还价，话没说完，她就被人堵住了唇瓣："唔——"

柔软火热的触感在唇上一触即发，身后的时年不由分说地霸道攥过她的下巴，将她飘忽的话头堵在了嗓子眼："笨蛋。"

时年骂了一句，不顾林闪闪"呜呜呜"喊着，还不停在水里扑腾，水溅了两人一身。

"我喜欢你，我喜欢你，十年前我就喜欢你。林闪闪，你怎么永远都那么笨，听不出人话里的意思呢？

"我讨厌你的话，当年你长双腿的时候，我就应该报复你了，我干吗还留下来守着你？

"我讨厌你的话，我这些年里干吗有事没事出海？你会有机会，在海上再次碰见我吗？

"我讨厌你的话，我为什么会喜欢水木那样的长腿和黑长直？你自己掂量不清，你自己从前是什么样儿吗？"

林闪闪上岸后，两人之间的种种就不说了。

哪次不是他莫名其妙地被她吸引，谁能想到，她竟然是担心这个，才藏着掖着。

果然现在的她和十年前的她极不一样了。

瞧她那胆子，过了十年，她都胆小成什么样了？

可蹉跎了这么久，他们不还是遇上，互相纠葛上了吗？

如果这都不是命中注定，他就不认识"缘"这个字了。

总之，这次，他不会轻易放林闪闪走了。

"哎，"他叹气，"我从前说讨厌你的话，都是因为我喜欢你啊。"

林闪闪一愣。

原来是这样的吗？人类的感情这么含蓄婉转的吗？为什么喜欢，

- 272 -

还能说成是讨厌呢?

时年没好气地说完,林闪闪脸红到脖子根,她这才如梦初醒。可她脑子还是蒙的,她被巨大的惊喜和表白冲得迷迷糊糊,她第一反应是担心:"啊……可是我现在不是御姐了啊。"

"所以我现在也不喜欢御姐,喜欢萝莉了啊!"时年被她气得怒上心头。

"可是我再过两年,就会变成未成年……"

"林闪闪,你一定要这么煞风景吗?"

时年顿在原地,恨铁不成钢道:"两年后的事情,不能两年后再说?你只需要回我,你现在,喜不喜欢我?想不想要和我在一起?"

林闪闪干脆闭嘴,两只湿漉漉的手臂搭上他的脖子,小心翼翼且主动地吻上时年的唇。

一吻结束后,她才红着脸,声若蚊蝇地低头道:"喜欢。时年,我也喜欢你。"

也想要和你在一起。

但她两年后真的就变未成年了嘛,到时候,时年该怎么办?

三、

"对了,顾南烛!顾南烛没事吧?"

林闪闪突然记起来:"殷影呢?人鱼之泪呢?都还在吗?!"

"还在。"顾南烛推门进来,吓了林闪闪一跳,都不知道他啥时候站在门口的,会不会刚刚和时年接吻他就……

顾南烛不理会林闪闪这个脑子缺根弦的家伙还在面红耳赤,只是走进来,朝她皱眉道:"我没事,只是这颗人鱼之泪,好像黏上我了。"

"这怎么说?"林闪闪讶异地望着顾南烛,"你怎么不把你身上的光给熄了啊?"

时年皱皱眉:"就是,亮得像个几千瓦的灯泡。"

顾南烛摊开双手:"不知道。从遇见这颗珠子开始,我身上就这样了,大概我刚刚用过这颗珠子的缘故。"

此时顾南烛浑身还在发着光,柔和又亮堂,而他摊开掌心,那颗盈盈玉润的人鱼之泪,就躺在他的手心。

他手掌心翻飞朝下,作势要让珠子掉地上,结果珠子又自己飘浮起来。

他又后退了几步,那珠子也跟着飘了过去,还好似欢快地围着他转了几圈。

他把珠子抓住,送到林闪闪手上,林闪闪尝试去握住,却发现烫手。

"嘶!"

她手一松开,那珠子又悠悠哉哉回顾南烛身边,绕着顾南烛转圈儿。

林闪闪无语凝噎,和时年面面相觑:"我怎么觉着,人鱼之泪好像要认主?"

难道顾南烛才是它寻觅许久,真正想要归属的主人?

先前从未有过的怪事,人鱼之泪一直是个神物,也是个死物。它一直是作为一颗神奇的珠子,挂在海藻串儿上的。

怎么到了顾南烛这儿,它就有了自己的意志,像是活了一样?

时年挑眉,关注点清奇:"这不正好,你不用回人鱼族当祭司了。"

"或许,这么几千年里,你们海里的人鱼族,真的知道人鱼之泪是什么吗?"

顾南烛则是聚精会神打量手上那颗珠子,扶了扶眼镜,望着那颗珠子,多了几分讳莫如深的猜想。

"珠子,神物,祖先流下的一滴眼泪,象征人鱼族最高地位的传承?还能吸附我的厄运……"

林闪闪呆愣愣地答,这是截至目前,她对人鱼之泪的所有认知。

顾南烛摇摇头:"这东西分明就是另外一种更高阶文明里的产物。我拿着它的时候,用它完成了空间的跳跃,还有时间的扭曲。"

林闪闪瞠目结舌:"说点人话成吗?"

顾南烛翻了个白眼，继续说下去："也正是基于此，我在对阵殷影的时候，能突然瞬间出现在房子里的不同角落，还能在她快如闪电的行动里，清晰地捕捉到她的运动轨迹，一招制敌。"

因为空间在他面前折叠了，而时间却被放大了。

最后一句话林闪闪倒是听懂了，在得知殷影已经被顾南烛擒获后，林闪闪长吁一口气。

"那殷影呢，你杀了没？"

顾南烛沉默几秒，闭口不言。

"好了，"林闪闪叹气，"你继续说说这珠子。"

"我相信关于吸附你厄运的奥秘，应该也和珠子的空间属性有关。"

半晌后，顾南烛又说回这个珠子："我先用它把你今天的厄运除一除吧，其余的事，包括对她的处置，你之后再定夺。"

在顾南烛的驱使下，那颗珠子再度洗干净了林闪闪周遭气运。

顾南烛很快就出去了，林闪闪托着腮望着他背影出神，总觉得他的背影看起来很疲惫。

"要起来吗？还是再泡泡？"时年问她。

"时年，顾南烛是不是喜欢殷影啊？"林闪闪突然问。

她不知道。

在感情这方面她迟钝至极，刚还被时年骂了一通，但似乎也因此开了点窍儿，也因此开始尝试去解读顾南烛的沉默。

"殷影呢？殷影是不是也喜欢顾南烛？我看见顾南烛家里好多女生用的东西，那都不是我之前住的时候有的。"

时年叹一口气："林闪闪，虽然你傻得可以吧，但我还得给你个建议，怎么处置殷影这件事上，让顾南烛自己拿主意。我觉得他们之间的纠葛，可能比喜欢更深刻。"

显而易见的问题不是吗？

他们之间要是没点什么，殷影如何会在抢夺珠子的时刻下不去手，顾南烛又如何会在眼下沉默不言？

"林闪闪,在你走出这个浴室之前,你也好好想想吧。你是去是留。"

时年在她耳边缓缓道:"既然人鱼之泪的这件事已经解决了。那我也就没有任何能留住你的理由了。

"唯有喜欢罢了。"

林闪闪怔住。

他们的故事好像到这里,又要告一段落了。

相认的喜悦和相恋的欢喜才如朝阳乍然初明,便好似又到了日暮黄昏,夕阳送别的时分。

虽然不想承认,可时年也清楚地知道,他们两人之间隔着什么。

林闪闪一眨不眨地望着他的眼睛,他眼底的情绪她都看得清清楚楚:"时……"

她也曾用那种眼神,望着海上远离的轮船吗?

林闪闪怔怔地望着他:"好,我想想。"

几个月后的海边,阳光耀眼,风也温柔。

林闪闪来到海边,与顾南烛碰头说再见。

"你决定了吗?"林闪闪问,"真的要替我回一趟海里?"

顾南烛望向远处的海面:"这些年来,我一直以为自己置身事外。

"所以我从来没有想过命运这种东西。林闪闪,在你看来,命运和人的气运一样,也是逃不开的吗?"

"我不知道欸。"林闪闪挠挠头,"我不知道命运是什么东西,我只是感觉,你好像更适合成为这颗珠子的主人啊哈哈……"

林闪闪笑得有点尴尬,如今那颗珠子已经彻底认定顾南烛了。对自己这个原主人,表现出了六亲不认的架势。

林闪闪只能猜测:"人鱼之泪既然选择了你,我想,它是有它的意志的。"

她甚至觉得,这么看来,顾南烛可能才是那个有能力带着人鱼族走出蒙昧,离开地球,回到故土的人。

毕竟人鱼族之前的几千年里,不曾出现过顾南烛这样的科技天才。

人鱼之泪从未在地球上展现过的神奇，也只有顾南烛才有机会一窥究竟。

而他这么多年在陆地上沉迷于钻研这些，或许也是冥冥之中的一种指引。

总之，靠玄学是走不出海洋，回不到故土的。

只有顾南烛，大概也唯有顾南烛。

不过这话她没说出口——因为祭司是一种责任，这个责任目前在她身上，且未来仍然在她身上。

顾南烛如果没有这方面的想法，她绝不会主动提。

"这次护送珠子回去，辛苦你了。等你找到大祭司，他应该会有办法收回珠子的。"

林闪闪又道，拍拍他的肩膀，说得非常认真："如果你想留在海里的话……"

"我还没想好。"

顾南烛抿了抿唇，低声道："这次去海里，我除了去取回我父母的遗骨，也会再看看人鱼族目前的境况。其他的，到时候再说吧。"

顾南烛问："你呢，真的不和我一起回去？"

"嗯。"林闪闪决定了，"只剩两年也好，我想留下，先留在这里。反正珠子在你手里嘛，你替我和大祭司说一声。"

她要留下来。

十年前，她就依依不舍地，将时年送上过返回人类世界的游轮。

那时候，她的喜欢和好感，成熟而无力。

她想留下他，却深深知道他不属于海里。

隔了漫漫十年的时间，时年和她，还是兜兜转转又遇到了。

隔着不透明的记忆，隔着对不上号的身体，两颗心却依旧越靠越近。

她从前不知道什么叫命运，现在看来，命运或许就是用一种毁灭般的姿态，去遭遇一场难以抗拒的浪漫撞击。

时年说，能留住她的理由，唯有喜欢罢了。

十年的喜欢……难道不值得她花两年来拥抱和偿还？

至于未来，她还没有想好。

她现在想的是：管它呢，反正我林闪闪的运气一向那么好。

林闪闪把一个不大不小的鱼缸交到顾南烛手上："还有你的命运，请你自己裁定。"

正在鱼缸里游弋的一条黑色的影子，是被顾南烛用某种手段锁住了能力的殷影，加上人鱼之泪的加持，她现在的形态就像一条黑色小鱼，目前再无任何威胁。

是放是留，这不再是属于她和殷影的恩怨情仇了。

"嗯。再见。"顾南烛接过鱼缸。

林闪闪最后笑容灿烂地倒着在沙滩上行走，和顾南烛招手说再见。

沙滩上最后空空落落，只留下一串浅浅的脚印，等风浪渐大，潮水一覆盖，便也了无踪迹了。

尾声

　　林闪闪离开沙滩,不多久便接到了小助理的电话:"嗨哟,姐姐呀,你又一个人跑哪儿去啦?下午的戏份马上就要开拍啦!"

　　助理是新配的,嗓门儿足够大,每次都能把林闪闪震得头皮发麻,警醒意味十足。

　　也是,顶着 C 位出道的光环,林闪闪现在的一言一行全都被公众盯着,备受关注。

　　"来了来了,我在回片场路上了,哎,你帮我看看时年到了没?我的台本又不小心弄丢了,你问问他,能不能一会儿再借我用用……"

　　林闪闪应付了几句便挂了电话,提起裙摆开始往公路上狂奔。

　　不多久,她又接到了一个电话。

　　"你这周弄丢的第多少个台本了?这么多个台本是被你偷偷躲哪个角落吃了吗?"

　　电话里,不可一世而又熟悉的声音传来,林闪闪的脸都赔笑成了一朵花:"不是啊,那又不是面包。我这不是只有七秒记忆,放东西在哪里总是不记得嘛。"

电话那头的男人哼了一声，不置可否："告别了就快点回来，我让小旗开车去接你了。就两年余额，你不要给我浪费在迷路这种事上——"

林闪闪"嘿嘿嘿""是是是"地答应着，听着他的声音倍感满足，只觉得从前心里悄摸埋着的一颗种子，在十年后生根发芽，直至开花。

现在时年在她的眼里，简直无所不能。

因为不愿意浪费时间，所以林闪闪必须要是他的女主角。

因为林闪闪必须是他的女主角，所以林闪闪必须夺冠。

在那场悬念重重的决赛过程中，关于时年是如何空降成为飞行嘉宾，如何在与每位决赛选手的互动里，让观众嗑了他和林闪闪的糖，使得他俩的 CP 粉数量一夕剧增，铺天盖地投票给了林闪闪……则又是另一个故事了。

总之，他们二人如今成了国民度最高的一对 CP，外界疯狂捕风捉影，时年却照旧从容淡定，也不回应；林闪闪则向外界疯狂地否认，生怕自己刚出道就被时年的女友粉给生吞活剥了。

但私下里，时年可没少撩拨她。

比如此刻，他要挂电话，又忽然来了句："林闪闪，想我了没？"

明明才分开不到三个小时！

"不想不想，一点都不想。"林闪闪看见小旗的车了，嘴上说着，朝那边招着手小跑。

"不想？"电话那头的男人闻言果然色变，"林憨憨你说什么，有本事再说一次？"

"一点不想你！"

林闪闪打开车门坐上后座，手里握着在海边给他带的一只新鲜海螺。她看了看手腕上的手表，呵呵直笑："我到了两点再想！"

【全文完】